中国当代侦探推理悬疑小说精选系列

目击者

李伟东 著

群众出版社
·北京·

图书在版编目（CIP）数据

目击者／李伟东编 . —北京：群众出版社，2018.12
ISBN 978 - 7 - 5014 - 5895 - 0

Ⅰ.①目…　Ⅱ.①李…　Ⅲ.①侦探小说—小说集—中国—当代
Ⅳ.①I247.5

中国版本图书馆 CIP 数据核字（2018）第 267967 号

目击者

李伟东　著

出版发行：群众出版社
地　　址：北京市丰台区方庄芳星园三区 15 号楼
邮政编码：100078
经　　销：新华书店
印　　刷：三河市荣展印务有限公司

版　　次：2019 年 1 月第 1 版
印　　次：2019 年 1 月第 1 次
印　　张：8.5
开　　本：880 毫米 × 1230 毫米　1/32
字　　数：196 千字

书　　号：ISBN 978 - 7 - 5014 - 5895 - 0
定　　价：30.00 元

网　　址：www.qzcbs.com
电子邮箱：qzcbs@ sohu.com

营销中心电话：010 - 83903254
读者服务部电话（门市）：010 - 83903257
警官读者俱乐部电话（网购、邮购）：010 - 83903253
文艺分社电话：010 - 83901330　　010 - 83903973

目　录

目击者

一、啤酒屋爆炸案

午夜时分，绿岛啤酒屋里人声鼎沸，每张台旁都坐满了神采飞扬、兴致勃勃的客人，衣着得体、笑容可掬的服务生们手捧着托盘穿梭于桌台与吧台之间。

突然，大厅里响起一声惊天动地的爆炸声，一位坐在15号台旁的青年男子被炸得支离破碎。爆炸声响过后，一股熊熊燃烧的大火在大厅里迅速蔓延。

破碎的啤酒瓶扎在几个男人的脸上，殷红的鲜血顺着他们的脸颊流淌着。女人的尖叫声、男人的惊叫声交织在一起。人们争先恐后地拥向大厅门口，啤酒屋里混乱不堪。几位陪酒小姐跌倒在地板上，惊慌失措的人们跃过她们的身体跑到大街上……

几分钟后，消防车、救护车鸣着笛相继赶到现场。由于报警及时，消防官兵快速扑灭了熊熊燃烧的烈焰。医务人员从爆炸现场抬出了一具残缺不全的男性尸体。

一位身穿黑色风衣的男子站在马路边的阴影里，默默地注视着眼前发生的一切，嘴角掠过一丝冷漠的笑，随即转身离开了喧嚣的大街，消失在漆黑的夜里……

从啤酒屋里跑出来的客人和小姐们站在人行便道上，惶惑不安地注视着摆放在地上的尸体，唏嘘不已，同时暗自庆幸，刚才发生的爆炸没有危及自己的生命。

随后，数十辆豪华小轿车争先恐后地驶离了啤酒屋的停车场，只留下一个年迈的保安，孤零零地守在停车场大门口……

花山市公安局刑警支队重案队队长薛阳带领几位年轻精干的刑警赶到了爆炸现场。

十几名110巡警在接到指挥中心指令后，也迅速赶到现场，设置了警戒线，疏散围观的群众。

八名伤势较轻的青年男女已被救护车送往医院，那具被炸毁的男性尸体摆放在啤酒屋门口。

薛阳疾步走到覆盖着白布的尸体旁，掀起白布查看死者的伤势。只见死者脸部被炸得血肉模糊。

随后，薛阳走进了烟雾弥漫的啤酒屋。啤酒屋老板正指挥着十几位年轻的服务生清扫消防队灭火时留下的积水。爆炸地点位于大厅15号台，在15号台旁扔着一只沾满血迹的黑色手提包。

薛阳拾起手提包交给他身边的刑事技术人员王大江。他看着满是积水的大厅，地板上散落着的破碎的啤酒瓶以及被撞翻的桌椅板凳，知道现场勘查没有任何收获。

一位年轻的酒吧服务生满脸惶惑地站在 15 号台附近，朝神情威严的薛队长投来怯生生的目光。通过服务生那怯懦的眼神，薛阳断定，他曾目击了爆炸发生时的情景。

经了解，这位服务生叫米林生，23 岁，花山市人，一直负责 15 号台。爆炸发生时，15 号台旁只有被炸死的那位青年男子一人在饮用啤酒。

绿岛啤酒屋共有四十名陪酒小姐、二十六名服务生，一楼有一个四百平方米的宽敞大厅，二楼有二十六间 KTV 包房。一楼大厅有十二名服务员负责端茶送酒，十八名年轻小姐陪客人饮酒唱歌。

在爆炸发生之前，共有五位客人使用过 15 号台。第一次使用的客人是一对年轻的情侣，晚上 8 点 50 分，他俩坐在 15 号台旁，直到 11 点 10 分才相拥着离去。第二次是一位三十来岁的青年男子，时间是 11 点 20 分至 12 点 10 分，他喝了两瓶啤酒后离开了啤酒屋。二十分钟后，死者和一位二十多岁的年轻女人坐在了 15 号台旁；十分钟之后，年轻女人离开座位去接听手机；又过了大约五分钟，一声震耳欲聋的巨响后，青年男子被当场炸死。那位年轻女人在爆炸案发生后行踪不明，很有可能在爆炸发生前她就悄悄地离开了啤酒屋。

技术员王大江对黑色手提包进行了指纹提取，并对包里的物品进行了检验，包里装有工作证、钱包、一部诺基亚手机等物品，钱包里面有一张龙卡和一千二百元现金。

经证件核对，死者身份得以确认，他叫邱慧勇，35 岁，花山市纪检委干部。

由于死者是一位纪检干部，薛阳认为，这起爆炸案非同寻常，也许隐藏着不可告人的秘密。

针对这种情况，薛阳觉得，在酒吧服务生、陪酒小姐以及饮酒的客人中肯定还有目击者，于是他决定在他们之间展开广泛的调查。

但经调查，当天啤酒屋的客人们只顾喝酒、高谈阔论、欣赏歌舞表演，根本没人注意到 15 号台发生爆炸时的情景。爆炸发生后，人们惊慌失措地拥向门口逃生，更无暇关注其他。而另外几名陪酒小姐和服务生则声称，对 15 号台的客人没有任何印象。

15 号台位于啤酒屋一楼大厅僻静幽暗的西北角，坐在这张台旁可以观察大厅里的所有情景，但如果站在大厅门口则很难注意到 15 号台。

在大队侦查会议上，队长薛阳仔细地翻阅完尸检报告和调查笔录，点了支香烟，略微沉思了一下，说："4 月 16 日凌晨 0 点 45 分，市绿岛啤酒屋发生一起爆炸案，在 15 号台喝酒的市纪检干部邱慧勇，被一枚自制炸弹当场炸死，与其一起饮酒的一名年轻女子在爆炸发生后下落不明。死者情况我们已调查清楚，他是一位很有正义感的纪检干部，在纪检委享有极高的声誉，有'铁包公'之美称。经他处理的案件数以百计，处理的违纪党员干部已高达数百人。这起案子有别于其他案件，市委领导对此案高度重视，并作出迅速查清事实真相、严惩凶手的重要批示。市局和支队领导命我们大队近期内破案。如果我们没有迅速侦破此案，会给我们的工作带来负面影响，也会给其他纪检干部的工作带来阴影，为此，我们要加大侦破力度，将凶手绳之以法。由于邱慧勇在工作中铁面无私、不徇私情，难免会得罪一些人，所以我们应将邱慧勇处理过的人员列为调查的重点，尤其是那些对他怀恨在心、扬言要报复的人员。

"绿岛啤酒屋在花山颇有名气，经常举办一些具有民族特色的演出。爆炸案发生时啤酒屋里正在表演特色的新疆舞，所有的客人都被年轻美貌的新疆姑娘优美的舞姿和美妙的乐曲深深地吸引，根本没有意识到危险的临近。据服务生讲述，当天晚上一共有五位客人使用过 15 号台，除去死者邱慧勇之外，其余四位客人都有一定的嫌疑，案发后神秘失踪的年轻女人更是我们调查的重点。

"爆炸发生后，现场陷入了一片混乱之中，现场勘查没有获取任何有价值的物证和线索。通过爆炸物品残留的碎片和技术分析，我断定，凶手精通化学和爆破知识，使用硝化甘油等化学物品制造了一枚威力巨大的炸弹。以上是我对本案的基本看法和观点，大家对此案有什么不同见解，可以谈谈自己的看法。"

青年刑警刘振庆在听取了薛阳的案情分析后，认为队长对此案分析得极为透彻。每当发生疑难案件时，薛阳总是会根据现场遗留线索，针对案件情况进行一番综合分析，进而阐述自己的观点和认识，带动大家的逻辑思维和推理能力，从而起到一种抛砖引玉的作用。

女刑警孙晓晨仔细推敲了薛阳的分析后认为，有一点还应引起重视，即爆炸是否是由绿岛啤酒屋引发的？

薛阳颇为赞许地点点头，说："我们应将这一问题作为调查的重点。我们在现场调查时，啤酒屋老板面露尴尬之色，一副欲言又止的样子，服务生米林生注视我的目光总是躲躲闪闪。这起爆炸案存在许多疑点。那么，这究竟是一起什么性质的案件呢？我决定从以下几个方面开展我们的调查工作：第一，刘振庆到市纪委会同有关人员查阅相关资料，从邱慧勇的工作对象入手进行细致的排查工作，绝不能有一点遗漏之处；第二，王海负责对那位神秘失踪的年轻女子进行调查，目前，我们还没有掌握这位女子的任何资料；第三，孙晓晨负责从现场爆炸遗留物品中寻找相关线索，查找使用同样犯罪手法的犯罪嫌疑人；第四，我负责调查老板和服务生的社会关系，查清老板究竟有什么背景。"

二、敲诈信

刑警王海在接受调查任务后，驱车赶往绿岛啤酒屋。他认为，那位神秘女人离开现场时一定乘坐了某种交通工具，因为夜深人静的时候，一个年轻女人是不可能独自一人在大街上行走的。于是他决定，首先对啤酒屋门外停放的出租车进行详细的调查。

绿岛啤酒屋地处花山繁华的光明大街，大街上行人和车辆川流不息。而由于发生了爆炸事件，啤酒屋大门紧闭，门口挂着一块上面书写着"内部装修　暂停营业"的纸牌。

王海先后查访了十几位出租车司机。啤酒屋爆炸案传遍了大街小巷，所以他们对此都非常清楚，知道凶手炸死了一位纪检干部。但对于王海提出的问题，他们都纷纷摇头，流露出一副爱莫能助的神情。但王海毫不气馁，依然不辞辛苦地问询着，并且通过调查得知，昨天晚上绿岛啤酒屋出租车停靠点一共有三十余辆出租车。

第二天，夜幕降临后，夜班出租车陆续来到绿岛啤酒屋前。王海按照原有的思路，再次对其进行了细致的调查。功夫不负有心人。王海在问询一位出租车司机时，获取了一条极有价值的线索。

该司机是一位四十多岁的中年男子。他在王海的提示下，仔细回想着啤酒屋发生爆炸前的情景：一位二十六七岁，留着披肩长发的美貌女人，一边打着手机一边从啤酒屋急匆匆地走出，钻进一辆停在路边的白色别克轿车，与轿车里的一位中年男子说着什么。几分钟后，巨大的爆炸声在酒吧里响起。

该出租车司机所描述的那位女子的衣着打扮、体貌特征与服务生米林生所说的那个神秘女人一致。

王海立即打电话将这一调查结果向薛阳汇报，薛阳指示王海继续调查别克轿车的车牌号码。

但出租车司机对轿车车牌号码没有太深的印象，仔细回想了半天才依稀记得，车牌尾号好像是"6"。

王海立即赶到车管所，对全市所有尾号为"6"的白色别克轿车进行排查。经查，全市共有五十八辆尾号为"6"的别克轿车。王海又不辞辛苦地对五十八辆别克轿车车主展开了细致的排查，其中一辆轿车车主进入了王海的视线，资料显示：安志宏，男，37岁，花山市羊毛衫厂厂长。

王海复制了安志宏所驾驶的别克轿车的照片，经出租车司机辨认，这辆白色别克轿车正是爆炸发生时出现在案发现场的那辆车。

刘振庆从市纪委查到了邱慧勇曾经调查的几个人的情况：王政通，男，46岁，花山市中华制药厂厂长；沈国安，男，47岁，花山市高压油泵厂厂长；刘俊京，男，39岁，花山市印染厂厂长；吴永亮，45岁，花山市万翔房地产公司董事长；安志宏，男，37岁，花山市羊毛衫厂厂长。经邱慧勇调查，他们都是利用手中职权贪污受贿、中饱私囊，而引起了干部职工的强烈愤慨。其中问题最为严重的是安志宏，他的所作所为在群众中造成了极其恶劣的影响。目前,安志宏已被市纪委停职检查。而邱慧勇在办案过程中的刚正不阿也引起了安志宏等人的强烈不满和愤恨。

值得注意的是,安志宏年轻时曾在解放军某部工兵营服兵役,懂得爆破知识,并且能够利用化学物品制作炸弹。

王海和刘振庆及时沟通后,感到无比振奋,认为找到了侦破案件的突破口,立即打电话向薛阳汇报调查结果。薛阳在电话里沉吟了片刻,说:"这起案子错综复杂,你却在极短的时间里锁定了目标,说明你和振庆的工作做得非常到位和细致。你立即调查那位年轻女人与邱慧勇的关系。据服务生米林生说,爆炸发生前,他俩肩并肩走进了啤酒屋,到了深夜时分,还紧挨在一起喝酒唱歌,可见两人的关系非同寻常。那么,那位年轻女人和安志宏又有什么关系呢?安志宏在花山有一定的社会地位,对他的调查必须慎重,不能让他有所察觉。他现在只是停职检查,市纪委还没有对他做具体处理。"

薛阳对王海布置完调查任务后,缓缓地放下话筒,点燃了一支香烟。看着袅袅升腾的烟雾,他陷入了沉思……

刘振庆在市纪委有关同志的配合下,查阅了邱慧勇办理案件的一些资料。在近期内调查处理的违纪人员中,安志宏、吴永亮等人是邱慧勇的重点工作对象。

薛阳把两位重点人员的详细情况记在笔记本上。就在此时,值班刑警小赵带着一位满面愁容的中年男人走进办公室。

当薛阳看清这位中年男子的面容时,眼睛里闪过一丝亮光。来人正是绿岛啤酒屋老板金洪飞。

平日里精明干练的金洪飞,今天却是一副心事重重的样子。他见到双目炯炯有神的薛阳,紧锁的眉头舒展开来。

薛阳请金洪飞落座后，给他沏了一杯绿茶。他从金洪飞窘迫的举止中，感觉出他一定有重要情况要向警方反映。

金洪飞无暇喝茶，好似溺水的人抓住了救命稻草一样，言辞恳切地说："薛队长，我有一件事要向你汇报，希望得到你的帮助。案发前，我收到一封敲诈信。我当时没有把这件事放在心上。没想到，还真出事了！"他一边说着一边从裤兜里掏出一个牛皮纸信封，双手递给薛阳。

薛阳戴上白手套接过信封，从里面取出一封用电脑打印的信，标准的 A4 纸。

信中写着：

> 金洪飞，你过去的所作所为，我们非常地清楚。如果想让你的啤酒屋从此太平无事，限你在三日内准备好一百万元，否则，后果自负！具体交款时间，等候我们的通知。
>
> 4 月 14 日

看后，薛阳将信封和信纸放进了一个透明塑料袋里，然后直视着金洪飞，语气严厉地说："爆炸案发生后，我们在现场调查时，你并未向我们提供任何有关爆炸案的线索。当时，我从你的脸部表情中已经看出你有什么难言之隐。但现场非常混乱，我不便向你提出更多的问题。如今，事已至此，你要配合我们工作，提供收到这封信的详细情况。"

金洪飞点点头，说："今天下午 3 点多，我接到一个陌生男子的电话，他说话的语气阴森可怖。他说：'那封信你收到了吧？钱准备好了没有？那天晚上的爆炸只是一次小小的警告，如果不按照我说的去做，你和你的啤酒屋将在花山彻底消失！'

我听他这么一说，吓出了一身冷汗，急忙说：'我现在没有一百万，能不能再少一点？'他粗暴地说：'不行，一百万元一分也不能少！明天下午4点，你把钱放在一个黑色手提包里，带着这个手提包到建设大街"好朋友"超市一楼家电部。具体怎么交款，到时候我再告诉你！'他说完这几句话后就挂断了电话。"讲述到这里，金洪飞停顿下来，用一种求助的目光注视着薛阳。

薛阳默默地倾听着金洪飞的话语，心想，难道这是因敲诈啤酒屋老板而引起的爆炸案？炸死纪检干部邱慧勇只是意外的巧合？可是，爆炸发生后，邱慧勇当场死亡，而与其一起饮酒的那位女子却踪迹全无，这又说明了什么呢？按常理，她没有受伤，应该留在现场向刑警们提供证词，可她并没有这么做。由此看来，这起案件并不是单纯的报复杀人案，其中一定隐匿着什么。

薛阳想到这里，拿起桌上的电话，拨通了技术科王大江的手机，让他到办公室取走敲诈信，对信封和信纸上面的指纹进行技术提取。放下电话后，薛阳在一张信纸上写了几行字，然后把这张信纸折叠好，交给坐在身边的刘振庆。刘振庆接过信纸后，心领神会地离开了办公室。没过几分钟，王大江走进办公室取走了办公桌上的信封和信纸。

薛阳锐利的目光在金洪飞脸上停留了片刻，语调低沉地说："敲诈者对你过去的行为非常清楚。这个人应该是你熟悉的人。"

金洪飞睁大了眼睛，吃惊地说："这几年，我一直在苦心经营啤酒屋，和过去的那些朋友早就不联系了。再说了，这几年我也没有得罪过什么人呀……"

薛阳轻轻地摆了一下手，打断了金洪飞的话，果断地说："有几个问题，值得我们分析：第一，敲诈者未等你有任何反应，三天后便在啤酒屋里实施了爆炸，他要让你相信这封信的真实性。这说明他对你非常了解，知道你收到敲诈信后，会把这封信弃之一旁，置之不理。第二，爆炸发生后，敲诈者打来威胁电话，指定了交款时间和地点。'好朋友'超市是我市一家大型超市。明天下午4点钟，超市门前的广场上将举行大型文艺演出；同时，超市为了促销，还要举办让利销售活动，所有商品都是打折销售。届时，超市内外肯定挤满了抢购商品和欣赏文艺演出的市民。敲诈者把交款地点定在这里，可以说是蓄谋已久。因为，一星期以前'好朋友'超市举办让利销售活动的宣传单就开始在全市大街小巷散发，就连我家的报纸箱里也被塞进了一份。第三，在你所交往的人员中，谁最精通爆破知识，并且能够利用化学物品制造炸弹，希望你认真回想一下。"

金洪飞浑浊的眼睛里流露出一丝迷茫，他竭尽全力地回想着，少顷，他轻轻地摇着头，脸上闪过一丝无可奈何的苦笑。

薛阳见金洪飞提供不出什么线索，只好问道："在来公安局的路上你是否发现有可疑车辆对你进行跟踪？"

金洪飞略微沉思了一下，非常肯定地说道："绝对没有。司机全神贯注地开车，我则坐在轿车里向车外观察，一直到公安局大门口，也没有发现什么异常。"

薛阳用宽慰的口吻说道："你回去以后，啤酒屋要正常营业。如果敲诈者再打电话，你一定要沉着冷静、应答自如，绝不能让他察觉出你已向警方报了案。我们会派员对你和你的啤酒屋采取保护措施，你明天中午等我的电话就行了！"

金洪飞忐忑不安地问道："那，那一百万元还用准备吗？"

薛阳斩钉截铁地说道："我们会做出相应的安排。"

三、"好朋友"超市

孙晓晨端着两盒从支队餐厅打来的饭菜，推开了队长办公室的门。她见薛阳静坐在宽大的办公桌后面，禁不住埋怨道："薛队，你看都几点了，只要有了案子，你准连吃饭的时间都想不起来了。"

薛阳从沉思中抬起头，见晓晨给他打来了饭菜，心里涌起一股暖流。他从椅子上站起身，从孙晓晨手里接过热乎乎的饭盒，说："爆炸案有了一个新的情况：啤酒屋老板案发前曾收到一封敲诈信，今天又接到一个敲诈勒索电话，让他明天下午4点钟，把一百万元带到'好朋友'超市。"

孙晓晨说："看来，邱慧勇被炸身亡确实是由于啤酒屋老板金洪飞引起的！"

薛阳摇头轻叹道："现在还不能作出结论。我已派刘振庆对金洪飞进行暗中保护，防止再发生什么意外。"他一边说着话，一边打开饭盒大口地吃了起来。

吃过晚饭后，他端起孙晓晨沏好的茶水，刚喝了几口，桌上的电话响了起来。薛阳拿起话筒，电话里传出刘振庆浑厚的声音："薛队，我对金洪飞进行了调查。他今年35岁，数年前曾是我市'斧头帮'的重要成员。'斧头帮'是一个带有黑社会性质的犯罪团伙，该团伙一共有三十余名成员，在我市东城区一带手持板斧欺压百姓、收取保护费、敲诈勒索……"

薛阳脑海里浮现出恶名远扬、鱼肉乡里的"斧头帮"。当年，他对这个犯罪团伙也有所耳闻。该团伙的罪恶行径在市民百姓中引起了强烈的愤慨。之后，市公安局派出精干力量经过一番艰苦侦查和取证后，一举摧毁了横行一时的"斧头帮"。

刘振庆继续说道："帮主叫师玉虎，自幼习武，练就了一身好功夫。师玉虎自恃武功高强，带领一帮师兄弟胡作非为。特警队对师玉虎实施抓捕时，其手持板斧劫持人质负隅顽抗，被我狙击手当场击毙。由于金洪飞认罪态度较好，主动检举揭发团伙中其他犯罪成员的罪行，积极配合公安机关调查取证工作，被从轻处理，判处有期徒刑三年。刑满释放后，他在中缅边境待了两年，之后回到花山开始经营绿岛啤酒屋。在经营啤酒屋的这几年时间里，未发现他有任何违法犯罪行为。另外，打给金洪飞的电话，已查清是'好朋友'超市门口的一部公用电话。"

薛阳若有所思地放下了电话。由此看来，金洪飞确实不是一个简单的人物！

孙晓晨收拾好办公桌上的饭盒，愤然说道："薛队长，我们绝不能让凶手的阴谋再次得逞，我们应制订一份详细的抓捕计划。"

薛阳没有马上答话，而是拨通了技术科王大江的电话，了解敲诈信上指纹提取的情况。

王大江说："一共提取了四枚指纹，通过与电脑数据库里储存的指纹数据进行比对，这四枚指纹未在数据库里储存过。"

由此，薛阳认为敲诈者具有一定的反侦查经验，为防止留下指纹，对信封、信纸上面遗留的痕迹进行了特殊的处理。

第二天上午 10 点，明媚的阳光照耀着花山，和煦的春风吹拂在行人的脸上，使人们感到无比舒适和安逸。

在绿岛啤酒屋执行监控任务的刘振庆打电话向薛阳报称：绿岛啤酒屋一切正常，金洪飞没有再接到敲诈者打来的电话。

由于啤酒屋爆炸案案情重大，已引起市局领导的高度重视，责令刑警支队限期破案。上午 11 点钟，市局刑警支队支队长亲自在支队会议室里召开案情分析会。

重案队刑警刘振庆和王海由于分别执行各自的侦查任务，

未能参加案情分析会，只有薛阳和孙晓晨出席了会议。

为了确保此次行动万无一失，市局专门抽调特警队二十名精干特警增援重案队。二十名特警队员个个身怀绝技、武艺超群、胆识过人，具有丰富的实战经验。

支队长在听取了薛阳的案情汇报后，沉稳地说："今天下午4点钟，'好朋友'超市将举行让利酬宾销售大型活动，超市里将会出现抢购商品的拥挤场面，这样会给我们的抓捕工作带来一定的难度。稍有不慎，将会造成无法估量的损失。所以，我要求大家这次行动只能成功不许失败。通过协调，银行方面借给了我们一百万元人民币，由金洪飞亲自携带，到超市里与敲诈者进行交易。此次行动，我们分设抓捕组、监控组、支援组、排爆组、救护组等若干战斗小组，每三人为一个小组。各小组要密切配合、协同作战、听从指挥。由我担任此次行动总指挥，薛阳亲自带队实施抓捕。鉴于疑犯会制作炸弹，在交易时，很可能会随身携带炸弹，我们一定要保证自身安全，绝不能让疑犯引爆炸弹。"

支队长语气坚定地部署完行动任务后，用慈祥的目光注视着每一位年轻的特警队员。所有特警队员刚毅的脸庞上都充满了临战前的自豪。

下午4点钟，"好朋友"超市里洋溢着喜庆的气氛。超市里人头攒动，挤满了购物的市民。特警队的特警们悄无声息地到达了各自的岗位。

金洪飞身着笔挺的西装，右手提着一个装有一百万元的大型黑色手提包，在一楼家电部转来转去，可没有一个人上前和他搭话，并且他的手机也没有接到敲诈者打来的电话。时间静悄悄地流逝，超市里购物的市民越来越少。渐渐地，金洪飞脸上露出了焦虑不安的神色……

到了晚上 7 点钟，仍然没有任何人和金洪飞搭腔说话。扮作清洁工的孙晓晨手持清扫工具，不露声色地在金洪飞附近清扫着地板；周围负责抓捕的特警队员显得有些沉不住气了……薛阳不时地朝他们投去宽慰的目光，示意他们越是在这种情况下越应该保持沉着冷静。

自金洪飞出现在一楼家电部，薛阳对所有接近他的人员都进行了细致观察，未发现任何可疑人员和异常情况。虽然敲诈者没有露面，但是他也应该给金洪飞打个电话呀？难道他发现了金洪飞身边的特警，逃之夭夭了吗？

此时已是晚上 8 点钟，薛阳决定取消此次行动。因为，时间越长久越容易引起敲诈者的怀疑。经请示此次行动总指挥后，薛阳向参战的特警们下达了撤离"好朋友"超市的命令。

金洪飞在几位警察的暗中保护下，驾车回到了绿岛啤酒屋。而一直到黎明时分，金洪飞的手机里始终没有响起敲诈者粗暴的声音。

四、红颜知己

王海和刘振庆在汇总了各自的调查信息后，最终将调查目标集中在疑点最多的安志宏身上。

他俩驱车赶到羊毛衫厂，在秘书的指引下，走进了宽敞明亮的厂长办公室。

安志宏相貌英俊、高大魁梧，裁剪得体的"杉杉"西装使得他的身材更加挺拔。他非常热情地接待了来访的刑警。

王海开门见山说明了来意。安志宏听后，明朗的脸色略微有些阴沉。

他燃起了一支中华香烟，语调低沉地说："我确实在经济方面出现了一些问题，市纪委派员对我进行了调查。调查人员叫邱慧勇，是一位极有正义感的干部。他进驻我厂之后，我主动向他说明了我的问题。"

根据前期的调查工作，刘振庆得知安志宏已被停职检查。可是谈话期间仍然有几名工作人员走进办公室，向他请示汇报工作，签署合同协议，根本没有任何他停职检查反省的迹象，羊毛衫厂的一切工作依然由他主持。所有针对安志宏的说法，难道都是毫无根据、捕风捉影的传闻？刘振庆看着眼前的一切，流露出一种疑惑不解的神情。

具有丰富工作经验的王海决定重新调整询问思路，他语气平缓地说："4月16日凌晨，在绿岛啤酒屋，邱慧勇被一枚炸弹炸死了。他的突然死亡，对于你来说意味着什么？"

安志宏红润的脸庞上闪过一丝愠怒，他不快地说："我不懂你的意思。我的问题应该由纪委出面处理，与公安局有什么关系？"

王海非常清楚对于安志宏这种人，必须掌握他的要害，击中他的软肋，才能迫使他低头就范。于是，王海加重了说话的语气："在爆炸发生之前，有一位年轻女人与邱慧勇在一起饮酒。没过几分钟，她从啤酒屋里出来，在门口打手机，并且钻进了停在路边的一辆白色别克轿车。当啤酒屋里陷入一片混乱时，别克轿车载着那位年轻女人离开了爆炸现场。经过我们对车牌号码查询证实，你就是这辆轿车的车主。这不能说明什么吗？"

安志宏眉宇间闪过一丝慌乱，但转瞬间又恢复了平静。他说："看来你们对我那天晚上的行踪进行了调查，我没有什么可隐瞒的。在案发那段时间，我确实在啤酒屋门前出现过。对于你们刑警来说，我有着充分的作案条件和动机，当过工兵，并且会制作炸弹；杀死邱慧勇后，会使我摆脱困境。但是，你们这次偏离了方向，上级领导会对我的问题作出公正的结论。"

王海冷静地听着安志宏的陈述，然后不疾不徐地说："深夜时分，那位年轻女人与邱慧勇在一起喝酒唱歌，说明两人关系非同寻常。爆炸发生后，她乘坐你的轿车离开了现场，说明她和你肯定也是非常熟悉。要不然，她不会直接坐进你的轿车。她在你和邱慧勇之间起到了一个什么作用，你能够作出合理的解释吗？"

王海尖锐的话语把安志宏逼进了死胡同。他仔细打量着目光刚毅的王海，心想，如果不如实说清那天晚上的详细情况，这位刑警绝不会轻易收场。他被王海一身凛然的正气所打动，不由得点燃一支香烟，内心世界翻腾起伏……

待一支香烟快要燃尽时，安志宏语气坚决地说："邱慧勇在纪委享有极高的声誉，具有丰富的办案经验。经他亲自查办的案件，全部查证属实，没有一起错案。我知道如果不彻底交代自己的问题，他这一关我是绝对过不去的。为此，我愁眉不展、寝食难安。我的反常举止引起了我的女友鲁佩瑶的注意。在她的百般追问下，我如实道出了内心的苦衷。没想到，佩瑶听后脸上闪过一丝喜色，欢快地说邱慧勇这个人她非常熟悉，多年前，他们是住在一起的老邻居。她和邱慧勇都是在一个铁路家属院里长大的，父母都是普通的铁路工人。邱慧勇从小就对平民百姓有一种特殊的感情。他年长佩瑶八岁，对她特别地关爱。由于她父母体弱多病，常年在家休养，邱慧勇经常帮她家干一些体力活，她的父母对他充满了感激之情，她也把他当成自己的大哥哥。他不但帮助佩瑶做繁重的家务，而且还常常接送她上下学，使她避免遭受地痞流氓的侵扰。在佩瑶十岁那年，他们居住的大杂院拆迁，搬家之后，他们就失去了联系。她说："我和勇哥是从小在一起长大的朋友，我有事请他帮忙，他是不会拒绝我的。'"安志宏讲述到这里，停顿下来，端起办公桌上的茶杯，喝了几口散发着清香的绿茶。

他放下茶杯，又继续说道："去年3月份，我和妻子办理了离婚手续。鲁佩瑶是我非常亲近的女友。用现在时髦的话说，她是我的红颜知己。她愿意利用和邱慧勇的特殊关系，为我摆脱眼前的困境。"

根据服务生米林生和出租车司机的描述，王海知道鲁佩瑶是一位美貌的女子，有一种与众不同的魅力。

王海和刘振庆继续安静地听着安志宏的话语。

安志宏说："前年夏天，邱慧勇的妻子因患乳腺癌离开了人世。当他接到鲁佩瑶的电话时特别高兴。但是，他对于我的问题态度非常地坚决。他对鲁佩瑶说：'安志宏只有彻底说清自己的问题，才是目前唯一的出路。'之后他和佩瑶单独见了几面，两人总是一起吃过饭后，再一同前往绿岛啤酒屋欣赏歌舞表演。两人在一起时都感觉到非常愉快，分别诉说着离别后各自的生活经历。邱慧勇对死去的妻子充满了无限的怀念，而自从遇到鲁佩瑶之后，他似乎从悲痛中解脱了出来。

"鲁佩瑶也知道邱慧勇性情耿直，办案时不徇私情。但她对我的事依然抱有极大的希望，恳求邱慧勇对我从轻处理。那天晚上，他俩在西域食府吃过晚饭后，又来到了绿岛啤酒屋。每次他们见面，我都悄悄地跟在他们后面，这一次也是如此。我把轿车停在啤酒屋对面幽暗的地方。大约过了几分钟，鲁佩瑶神色匆匆地走到大门口，我见她脸色凝重的样子，不知道发生了什么事。她走进轿车告诉我，保姆打来电话说她的孩子腹泻，发起了高烧，在家里哭闹不止，叫她赶快回去。说到这里，我顺便说一下有关鲁佩瑶的情况，她是我厂的一位车间工人。她丈夫因故意伤害致人死亡，被判处了无期徒刑。她带着两岁的女儿艰难地生活着。我考虑到她生活困难，孩子又需要照料，就把她调到了厂办公室工作。说句心里话，我也是被她漂亮的容颜、美妙的身姿和迷人的气质所深深地吸引，才有意这么做的。通过长时间的接触，我俩相互产生了爱慕之情。我给她买了一套一百二十平方米的大房子，并雇了一个保姆负责照料她年幼的孩子。我和妻子离婚后，她和在监狱里服刑的丈夫也办理了离婚手续，我俩开始在一起同居。我利用手中职权，做了一些违纪的事情，她闻知后对我百般劝慰，希望我向上级组织彻底说清自己的问题，重新做一名堂堂正正的好干部。邱慧勇也对她的不幸遭遇给予了极大的同情和关怀。她的父母双亲早已离世多年，如今她唯一的牵挂就是年幼的女儿。

"话说回来，她并不想让邱慧勇知道我等在外面，我俩正商量着怎么办时，啤酒屋里传出了巨大的爆炸声。伴随着爆炸声，大厅里燃起了熊熊的烈火。大街上、人行道上挤满了慌乱不安的人……我和鲁佩瑶在人群里寻找着邱慧勇，可是没有找到他。待大火扑灭之后，医护人员从大厅里抬出了邱慧勇残缺不全的尸体。

"在这种情况下，我们也是无能为力，只好驾车离开了现场。因为孩子还在家里发高烧，等着我们送她去医院。邱慧勇是一名纪检干部，得罪过很多人，一定是有人记恨他，对他实施了报复。不过，在某种程度上，我也有洗刷不掉的嫌疑。因为，我也是一名违纪人员，正处在他的调查之中。如果让人发现我在现场，那我就更加说不清了。"

两位刑警分析着安志宏所说的每一句话，感觉到他讲述的事情经过有一定的逻辑性，也符合人之常情。但是，仍然有必要对他那天晚上的行踪进行详细的调查。

安志宏长吁了一口气说："从那天离开现场之后，我就意识到警察会把我当成重点怀疑对象。直到现在我才有一种如释重负的感觉。"

王海对于安志宏的社会关系已有了一个大致的了解：市委宣传部部长曾有祥的秘书俞汉成是安志宏的战友，两人在部队的时候结下了深厚的战友情谊。曾有祥是市委常委，位高权重，在花山市是一位举足轻重的人物。安志宏在接受市纪委调查之后，俞汉成曾给市纪委有关人员打过招呼，要求在安志宏的问题上给予关照。

针对安志宏所讲述的情况，王海决定找鲁佩瑶进行核实。因为这关系到一个纪检干部的名誉问题。

同时，两位刑警也对吴永亮展开了秘密调查。经调查，吴永亮有着明显的不在场证明。于是，刑警们在嫌疑人的名单上划去了吴永亮的名字。

随后，王海和刘振庆找到了鲁佩瑶。她眼含热泪地讲述了两人在一起的情景。同时，她也对邱慧勇的惨死感到无比的痛惜。在刑警面前，她双手合十，为远在天国的勇哥默默地祈祷。

五、服务生之死

经过一天的缜密侦查，王海和刘振庆拖着疲惫的身躯回到了重案队，向薛阳汇报了各自的调查结果。至此，只有孙晓晨的调查工作未有丝毫进展。

薛阳略微沉思了一下，说："在前期侦查工作中，我们确定的嫌疑人被相继排除。我确信爆炸案里有一股涌动的暗流。那就是安志宏停职检查仅仅是一种表面现象，一定有人在暗中支持他的违纪行为。邱慧勇遇害身亡，对于那些违纪人员来说，无疑是搬掉了一块绊脚石。在这一问题上，我们仍然不能放弃调查，要重新对邱慧勇曾经处理过的人员进行详细调查。金洪飞自接到那位陌生男人的敲诈电话后，绿岛啤酒屋一直平安无事，而且那个人也没有再找他。我分析敲诈者已得知金洪飞报了警，或者在超市周围发现了埋伏的警察后逃离了超市。'好朋友'超市人多拥挤，敲诈者选择在超市交易可以说是经过了深思熟虑。我们所面临的对手有着极高的智商，同时，金洪飞这个人也值得我们去深入调查。他曾是'斧头帮'的重要成员，这起爆炸案也许就是过去的'斧头帮'成员刑满释放后对他实施的报复。另外，他在中缅边境有两年时间的空白，回来后就花巨资开了规模极大的绿岛啤酒屋。据调查，绿岛啤酒屋没有三百万元难以维持周转。他父母都是工人，而且早已退休多年，手里没有多少积蓄。他手里的那笔巨款应该引起我们的重视。我已经把金洪飞的所有资料电传到云南刑侦部门，请他们协查金洪飞在云南有无违法犯罪记录。

"过去我们在侦破敲诈勒索案时，嫌疑人总是在敲诈未果的情况下对被敲诈人实施疯狂的报复。而在这起案件里，敲诈者寄去恐吓信后，未等金洪飞有所动作，便对啤酒屋实施了爆炸，在这一点上其有别于其他敲诈勒索案件，敲诈者应该是非常熟悉金洪飞的人……"

正当薛阳对爆炸案的相关疑点和线索进行分析推理时，办公桌上的电话响了起来。薛阳接起了电话，是市局指挥中心值班民警下达指令：绿岛啤酒屋服务生米林生在其住所里被害身亡，要求重案队速派刑警到现场展开调查。

薛阳脸色悒郁地挂掉了电话，感到了一种前所未有的压力。他们的侦查工作一直处在非常被动的状态。

警车闪烁着耀眼的警灯，风驰电掣般驶到米林生遇害现场。米林生的住所位于开元小区 8 号楼 3 单元 4 号，是一套两室一厅的单元房。

110 巡警已在现场附近设置了警戒线。

薛阳跨出警车，与在现场维持秩序的几位巡警打过招呼后，顺着楼梯来到二楼 4 号。

他径直走进客厅，只见米林生身穿一件白色衬衣俯卧在地板上，头部浸泡在一大摊殷红的血水里，洁白的衬衣上沾满了鲜红的血迹。

他疾步走到尸体旁边蹲下身体，观察着死者头部的伤痕。死者全身只有颅骨处这一处伤痕，鲜血正是从此处涌出的。凶器应该是锤子、斧头之类的钝器。另外，死者身旁散落着几十张百元大钞，这些钞票上面也沾满了鲜血。

在薛阳的示意下，法医和技术人员在尸体周围忙碌着。

根据死者伤口以及血液凝固程度，法医初步判定，死者死亡时间在 4 月 18 日中午 12 点至 12 点 30 分之间。

薛阳又走进了餐厅，餐桌上摆放着一盘酥鱼、一盘青菜和一副碗筷。微波炉里有两个雪白的馒头。

报案人是绿岛啤酒屋的服务生，名叫蒋哲，今年 24 岁，居住在开元小区 16 号楼 2 单元 1 号。

薛阳看了一眼惊恐不安的蒋哲，把他叫到了宽敞明亮的阳台上。

昔日的好友惨遭杀害，蒋哲的心头涌上了一股浓烈的悲哀。他向薛阳讲述了发现米林生尸体时的情景：“今天傍晚 6 点 30 分，晚饭后，我骑上自行车来到米林生家楼下，冲着他家阳台喊了他几声，房间里没有任何动静。我俩有过约定，每天晚上一起结伴去啤酒屋上班，如果有事情需要处理，就提前打电话告诉对方一声。我又拨打他的手机，但他就是不接听。我觉得奇怪，他难道睡过了头，连手机铃声都叫不醒他？我只好上楼敲他的房门，连敲了几下，我发现房门虚掩着，就推门走了进去。走进客厅，我被眼前的惨景吓呆了，只见米林生满头是血地趴在地上。我立刻拨打了110报警。挂断电话后，我又把米林生遇害一事告诉了我们的老板金洪飞。还有一件事要向你们反映，昨天晚上，下班回家的路上，米林生告诉我他很快就会有一笔钱了。我心想，前几天他还向我借钱筹办婚礼呢，没想到这么快他就有钱了，他的钱是从哪儿来的呢？"

之后，通过向米林生对门邻居了解，薛阳得知，这套居室只有米林生一人居住，他父母住在本小区6号楼2单元2号。这套房子是他父母留给他结婚用的婚房。他的未婚妻是花山市火车站的一名客运员。

在掌握了米林生的相关情况后，薛阳命王海对现场周围的垃圾桶和下水道进行仔细的检查。根据以往的经验，他坚信凶手会把作案凶器丢弃在现场附近。

现场勘查一无所获，凶手没有留下自己的指纹和脚印。散落在地板上的钞票，经清点一共有五万元。

薛阳根据餐桌上的饭菜以及死者的死亡时间推测着当时的情景：中午12点钟，米林生正准备吃饭时，门铃响了起来，他打开房门，看清来客之后，把这位客人请进客厅。两人说过几句话后，客人给了他五万元钱，趁他数钞票之际，客人掏出藏在身上的锤子，凶狠地砸在米林生头上。作案后，凶手清除了自己遗留的痕迹，逃离了现场……

王海在距离现场一百米处的一个垃圾桶里翻找出一个沾满血迹的锤子。经检验锤子上面的血迹，与死者米林生的血型是一致的。

王海微蹙着眉头，低语道："这是一起什么性质的凶杀案呢？"

薛阳默默地看了王海一眼，并没有马上说话，脑海里闪现着几个疑问……渐渐地，薛阳察觉出了其中的端倪，随即问了王海一句："你怎么看待这起案子？"

王海不假思索地说道："凶手一定是杀人灭口，这一切都与啤酒屋爆炸案有关。米林生肯定在啤酒屋目睹了凶手的面容，凶手如果不除掉米林生，将会给自己带来致命的威胁和灾难。因此对米林生痛下杀手。"

薛阳微微颔首，颇为赞许地说："你分析得确实有一定的道理。可是，地板上散落的五万元钱又说明了什么呢？"

"这……"王海一时语塞，不知如何回答是好。

薛阳接着王海刚才的话语，继续分析道："啤酒屋爆炸案是一起针对性极强的凶杀案。邱慧勇执着的工作态度和敬业精神触动了一些人的核心利益，他们对邱慧勇怀恨在心。当他们看到邱慧勇与鲁佩瑶有过几次接触时，认为可以利用这一问题搞垮邱慧勇。但没想到邱慧勇作风正派，与昔日邻居家的小阿妹没有丝毫的越轨行为，两人始终保持着非常纯洁的友谊。黔驴技穷的凶手只好采取极端残忍的手段，对邱慧勇实施杀害。米林生说案发当晚15号台一共有五位客人使用过，第一次是一对热恋中的年轻情侣，他们使用的时间较长；第二次是一位青年男子，他喝了两瓶啤酒，大约半小时后离开了啤酒屋；之后没过多久，邱慧勇和鲁佩瑶就坐在了15号台旁。在使用几号台这一问题上，客人一般无法自由选择，总是在服务生的指引下使用。也就是说凶手为了准确无误地炸死邱慧勇，必须让他坐在安放了炸弹的15号台旁。那么，服务生就起到了至关重要的作用。那个青年男子很可能就是安放炸弹的凶手。

"可以推断，邱慧勇近日的工作安排和日常生活都在凶手的视线之内。当凶手发现了邱慧勇近日经常在绿岛啤酒屋喝酒唱歌时，便把作案地点选择在了这里。我在米林生家卧室床头柜的抽屉里，翻出了放在信封里的一万元钱。据蒋哲讲，他们发薪的日子是在每月25日。米林生每月只有三千元的工资，他家里的这笔钱从何而来呢？我们可以设想，凶手提前赶到啤酒屋，用一万元钱收买了服务生米林生，让他把邱慧勇和鲁佩瑶安排在15号台。米林生家境一般，父母为他购买一套房子后，已经花完了手里的积蓄。他急需用钱筹办婚礼。金钱对于收入微薄的服务生来说是何等的重要。当米林生看到一万元现金时，眼睛都直了，未加思索便答应了凶手提出的要求。这件事对于他来说，简直就是易如反掌。而且，凶手还答应事成之后再给他五万元好处费。凶手离去不久，邱慧勇和鲁佩瑶走进了啤酒屋，在米林生的安排下，坐在了15号台。

"爆炸发生后，米林生见出了人命，感到惊恐万分、焦虑不安。经调查，米林生没有什么背景和复杂的社会关系，与邱慧勇也没有任何纠葛。他做了凶手的帮凶无非是财迷心窍、见钱眼开。

"凶手作案得手后，立即对米林生实施跟踪，打算伺机下手除掉他，从而达到灭口的目的。当凶手确认了米林生的详细住址后，随即制订了周密的杀人计划，那就是以另外五万元为诱饵对其实施灭口。"

王海露出了一副疑惑不解的神情。

薛阳看出了王海心中的疑虑，说："根据现场散落的五万元钱，首先排除了谋财害命的可能。凶手杀米林生完全是为了灭口。米林生看我时躲躲闪闪的眼神至今使我记忆犹新，他心里有一定的顾虑。当他得知死者是一位纪检干部时，很可能向凶手提出了索要不仅仅是五万元钱，甚至是更多的钱财。这更使凶手坚定了杀死米林生的决心，要不然后患无穷啊！"

"如果米林生当时拒绝了凶手的要求呢？"王海再次提出了心中的疑问。

薛阳肯定地说："凶手以一万元钱为诱饵，只要将来人安排到15号台即可。面对唾手可得的钞票，米林生怎么会拒绝呢？更何况，凶手当时肯定没有说要炸死邱慧勇。"

王海若有所悟地点点头："金洪飞收到的那封敲诈信，是不是也与邱慧勇有关系呢？"

薛阳不置可否地摇摇头，说："对于这个问题，目前我们还不能作出太早的结论。"

正当刑警们陆续撤离凶杀现场时，金洪飞驾驶着一辆帕萨特轿车停在了薛阳乘坐的警车前。

金洪飞打开车门，疾步走到薛阳的警车旁，语气焦急地说："啤酒屋领班白雪莉，今天晚上准备上班时，在自家报箱里发现一封恐吓信……"略微停顿了一下，他又继续说道，"白雪莉收到这封信后，感到疑惑不解。在发生爆炸的那天晚上，她在啤酒屋里没有看到什么异常情况呀。我给她说了米林生被人杀死的消息。她确信这封信不是什么人在和她开玩笑！她决定寻求警察的保护和帮助。我让她沉住气，待在家里不要出门。"

金洪飞说完这件事后，轻叹了一口气，沮丧地说："倒霉事都让我碰上了，我的啤酒屋还真是没有太平日子了！"

薛阳决定立即赶赴白雪莉的住处，了解详细的情况后对其实施保护。

十几分钟后，刑警们赶到了白雪莉居住的丽都花园生活小区。白雪莉的寓所位于小区16号楼3单元5号。这是一套三室两厅双卫装修豪华的单元房，与米林生居住的那套简陋住宅相比简直是天壤之别。

当白雪莉确认站在眼前的这位英俊潇洒、举止干练的青年男子就是威震花山的优秀刑警薛阳时，从内心感到非常的宽慰和喜悦。

薛阳仔细端详着衣着华贵、艳丽的白雪莉，她大约二十四五岁的样子，容貌娇美、体态婀娜，玫瑰红色的披肩长发倾泻在肩头，窈窕的身躯散发着一股醉人的清香。

她双手颤抖着将一封信递给薛阳。这是一封用电脑打印的信，信中写道：

> 你在绿岛啤酒屋里所看到的一切，如果不守口如瓶的话，你将遭到与酒吧服务生同样的下场。

薛阳不动声色地将信封和信纸放进了物证袋里，准备把这封信带回支队进行技术鉴定，从中寻找线索。

"你在打开报箱时，周围有什么可疑的人吗？"薛阳打开了笔记本。

白雪莉紧锁着眉头，想了一会儿，说："周围没有人，就我自己。"

薛阳轻轻地点点头，说："发生爆炸的那天晚上，你在啤酒屋看到了什么异常情况，或者看见了你所熟悉的人吗？"

白雪莉低垂着头，竭力回想着那天晚上的情景："晚上7点钟，我到啤酒屋上班后，一直在大厅和几位服务生迎宾。快到9点钟时，两位熟悉的客人要我陪他们到楼上8号包房喝酒。我在啤酒屋工作两年了，经常来啤酒屋的客人们对我非常熟悉，所以，我陪他们喝酒也是工作需要。自那以后，我一直在楼上

KTV 包房，有几拨客人都邀请我到他们的包房里稍坐片刻。同时啤酒屋新来了几位陪酒小姐，我怕她们陪不好客人，一直在楼上指导她们。快到 12 点的时候，我去了一趟楼下的卫生间，在楼下大厅我确实没有看见熟悉的人和发现什么异常情况呀。"

薛阳注视着一脸迷惑的白雪莉，感觉到她确实没有说谎。从她的言语间，薛阳分析她到楼下卫生间时，肯定目睹到了什么，而她本人却浑然不觉。想到这里，他继续问道："你到楼下大厅时，看到大厅 15 号台的客人了吗？"

"15 号台在大厅西北角，许多年轻的情侣都喜欢坐在那个位置。当时大厅里客人很多，我只顾低头走路，没有注意到 15 号台的客人。"

薛阳决定让孙晓晨陪伴白雪莉，保护她的安全，并指派王海在楼下负责警戒，观察形迹可疑人员。

布置好相关的工作后，薛阳对惶恐不安的金洪飞说："你不要有什么思想压力，回去以后啤酒屋正常营业，有什么异常情况随时给我打电话。"

回到办公室，薛阳把现金及恐吓信交给技术员王大江进行指纹提取，然后，静坐在办公室里点燃了一支香烟……

凶手没有对白雪莉直接下手，反而对其写信恐吓，有意暴露自己的意图，这其中又说明了什么呢？在这起疑案里，会不会还存在另外一种情况？凶手采取了声东击西的战术，把我们的注意力全部集中到白雪莉身上，然后对啤酒屋里的其他人员下毒手？凶手在啤酒屋待了半个小时，应该有不止一两个服务生或陪酒小姐看见了他的面容。难道他要将所有看见他面貌的人员全部杀掉吗？

时间悄悄地流逝……午夜时分，王大江脚步沉重地走进办公室，看着笼罩在烟雾中的薛阳，满脸沮丧地说："鉴定结果出来了，恐吓信和钱币上没有提取到对我们有用的指纹。"

薛阳点点头，沉稳地说："狡猾的凶手是不会留下指纹的，看来，凶手的每一步都计划得非常周密和严谨。"

六、血腥的往事

啤酒屋老板金洪飞孤坐在幽暗的办公室里。房间里烟雾缭绕，桌上的烟灰缸里堆满了烟蒂。啤酒屋发生的爆炸案，使得他的生意一落千丈，难道这一切都是……他又点燃了一支香烟，忽明忽暗的烟头似乎给空旷寂静的房间带来了几分萧飒的气息。数年前在云南曲靖时的情景，在他的脑海里闪现着……

金洪飞从监狱刑满释放后，感觉到这世界变化得真是太快了，自己已经无法适应眼前的生活了。众多的亲朋好友、街坊邻居，见到他总是带有一种异样的目光。过去的兄弟们相继受到政府的处理，今后再也不能和他们在一起瞎混了，打打杀杀的日子是不会长久的。他想在花山做个小买卖维持生计，可是手里又没有多少积蓄，投资是需要本钱的，总不能靠父母接济自己一辈子吧？他对自己未来的生活感到无比的迷茫和困惑……

就在他走投无路之际，一位名叫老妖的狱友敲响了他家紧闭的房门。在劳改农场改造时，他和老妖曾在一个监区。老妖原名叫钟镇涛，时年40岁，云南曲靖人，曾因在花山市娱乐场所贩卖摇头丸，被判处有期徒刑五年。

老妖皮肤黝黑，身材矮小、瘦弱，操着一口浓重的云南曲靖方言。在花山的劳改农场里，关押的都是一些花山籍囚犯。由于语言方面的原因，老妖难以和这些人沟通。在监狱这个特殊的环境里，他自然而然受到了一些人的欺负和刁难。金洪飞看不惯这些人的所作所为，总是在老妖受别人欺凌的时候出手相助。他是"斧头帮"的重要成员，在花山黑道上有一定的名气，而且还是师玉虎手下的得力干将，所以，在监狱里服刑的犯人还是无人敢招惹他的。就这样，看在金洪飞的面子上，他们也就不敢欺负老妖了。

老妖刑满释放后回到了云南。没过多久，他得知金洪飞出狱了，就带着一份厚礼，亲自上门拜访金洪飞，感谢他在监狱里对自己的恩情。

老妖在花山海鲜城一间豪华的包房宴请金洪飞。此时的老妖一改在监狱里时的猥琐形象，一身得体笔挺的名牌西装，衬托着他那精壮的身材。同时他的身边始终跟随着两个身材魁梧的彪形大汉和一位体态丰满、风情万种的妙龄女郎。

走进包房的金洪飞立即被老妖威严的气场震慑住了，他愣怔住了，嗫嚅着说不出话来……

老妖从椅子里站起身，疾步迎上前去，激动地握住了金洪飞的双手，并把他请到了酒席的上座，给他斟满一杯茅台酒，饱含深情地说道："感谢兄弟在里面对愚兄的照顾，我敬兄弟一杯酒。"说着端起酒杯和金洪飞碰杯，一饮而尽。

老妖身后的一个大汉急忙给老妖和金洪飞的酒杯里又斟满了酒。金洪飞对老妖的豪爽举止充满了疑惑，同时也对他的真实身份在内心打了一个巨大的问号。

老妖看出了金洪飞的疑虑，从手包里取出了一张烫金的名片，上面印着：云南省曲靖市金百利贸易有限公司董事长钟镇涛。

随后，他将其他几人向金洪飞做了一番介绍："他们是我公司的得力干将，这位是我办公室的秘书阿霞，这两位是公司保安部部长阿龙、副部长阿胜。记住了，金洪飞今后就是你们的飞哥！"

另外三人从椅子上站起身，恭敬地问候道："飞哥好！"

金洪飞受宠若惊，接连干了三杯酒。酒过三巡之后，老妖诚恳地说道："我看兄弟在花山的日子不太好过。不如屈尊到愚兄的公司谋个一席之位，跟哥哥去云南闯荡闯荡！"

面对老妖充满诚意的邀请，金洪飞动心了！

老妖对金洪飞非常欣赏，爽快地说道："兄弟到了公司，你担任公司的副总。我手下所有的兄弟都归你调遣。"

金洪飞见老妖把话说到这个份儿上，他还能再犹豫什么？他端起酒杯说："这杯酒，兄弟敬大哥了！我愿意追随大哥到云南干一番事业。"

到达云南之后，老妖冒用他人信息给金洪飞制作了一个假的身份证，并且给他购买了一套三室两厅的单元房，配置了一辆路虎车，还从一家发廊包了一个叫舒丽的按摩女郎长期照顾他的日常生活。舒适安逸的生活以及丰厚的收入，使金洪飞对老妖感恩戴德。渐渐地，金洪飞熟悉了公司的业务，同时也知道了老妖的真实身份。老妖就是曲靖市赫赫有名的大毒枭——妖哥。

当年，老妖在花山遭人陷害，被花山警方抓捕入狱。他隐瞒了自己的真实身份，同时暗自庆幸，花山警方并没有掌握他的全部罪行，否则，政府一定会赏他一粒"花生米"的。在监狱里吃点苦受点累算不了什么，可是，陷害他的那个人，他一定要和其秋后算账！出狱后，他要东山再起，重振雄风！因此，他默默地忍受着他人对自己的百般刁难和欺辱。而金洪飞挺身而出，为他打抱不平，使他深受感动。通过频繁的接触和细心的观察，老妖感觉出金洪飞是一个讲义气重感情的人，如果稍加调教，肯定会成为一个不可多得的人才。

之后金洪飞在老妖的指挥下，多次参与毒品交易活动。渐渐地，他在曲靖黑道上有了一些名气。然而，他的真实身份只有老妖贩毒团伙内部几个核心人物知晓。金洪飞的出色表现，得到了老妖的赏识。之后老妖便隐身而退，躲在幕后，遥控指挥金洪飞贩卖毒品，不到两年时间就赚了个盆满钵满；而金洪飞手里也有了一笔巨款，后半生完全可以衣食无忧了。

一天深夜，老妖把金洪飞叫到郊外的别墅。在一间寂静的密室里，老妖仰靠在太师椅里向金洪飞讲述了自己在花山遭人陷害一事。他说道："洪飞，我之所以住进花山的监狱，那是因为我掉进了别人精心设计的陷阱。我知道是谁做的，但是我故意装作一副什么都不知道的样子，一直埋头做生意；等把咱们的生意做大，赚到足够的钱后，我再着手除掉当年陷害我的人！我不但要除掉这个人，而且还要把他的家人全部做掉，一个活口不留！等处理完这件事，我就隐退江湖，不再从事这个行当了。现在，我身边能够为我办这件事的人，也只有你了！"

金洪飞知道老妖对自己非常器重，如果没有妖哥的提携和帮助，他手里就不会拥有这么一大笔钱财，于是，挺直了身子，豪气冲天地说道："没有大哥，就没有我金洪飞的今天。大哥的事，就是我的事，我一定替大哥出这口气！"

老妖看着金洪飞信誓旦旦的样子，从心里感到无比的喜悦："我没有看错人，你真是我的好兄弟！"随后，他从身上取出一张卡，放在桌子上，"这是给你的辛苦费。事成之后，你就接替我的位置，继续在曲靖干下去。"

金洪飞暗自思忖，这是老大考验自己的关键时刻，不能有丝毫的退缩。但现在干的是在刀尖上舔血的行当，这一行能干多久呢？既然老大都要金盆洗手了，我也不如趁早离开云南，回到老家过普通人的平静生活。于是当即满怀激情地说道："大哥的恩情，洪飞永生难忘。我想把这件事办好之后，离开曲靖回花山。因为舒丽已经怀上了孩子。大哥的仇，我一定要报，具体怎么做，大哥尽管吩咐。"

老妖略微思索了一下，把一个大号牛皮纸信封放在桌子上，慢悠悠地说："既然你有这个打算，我也不便强留。事成之后，我一定会做出相应的安排。这是那个人的照片和全部资料。你带着阿胜干这个活儿，全家活口一个不留！"

老妖的仇人是曲靖市一家贸易公司的董事长魏志。魏志在曲靖黑道上也是一个响当当的人物，暗中从事的也是贩卖毒品的行当。当年，魏志为了垄断曲靖地区的毒品市场，略使小计便把老妖扔进了监狱。没想到，老妖出狱后，东山再起，生意越做越大。而他好像也并没有把过去的恩怨放在心上，只是一心一意地做生意。魏志被老妖制造的假象迷惑了头脑，自认为陷害老妖入狱一事做得天衣无缝，始终没有被老妖识破，就逐渐放松了对老妖的警惕和防范。

随后，金洪飞经过一段时间的跟踪和蹲守，悄无声息地杀掉了老妖的仇人——魏志和他全家老少六口人，为老妖报了仇。事后，老妖遵守诺言给了金洪飞一大笔钱。金洪飞拿着这笔钱离开了云南，回到了花山，从此再也没有和老妖、阿龙、阿胜等人联系过。

如今，啤酒屋出事，难道是过去仇家的后人找上门来复仇？想到这里，金洪飞不禁打了一个冷战，感觉后背上袭来了一股凉气……

七、消失的彩虹

清晨时分，急促的电话铃声打破了办公室的寂静……

薛阳拿起话筒，话筒里传来孙晓晨焦急不安的声音："薛队长，不好了！白雪莉中毒死亡了……"

薛阳放下电话，疾步跑到院子里发动警车，拉响警笛，直奔丽都花园。

王海睁着红肿的双眼，伫立在楼道口，坚守着自己的岗位。

薛阳跳下警车，步履匆匆地走进现场。只见白雪莉身穿睡衣，面孔扭曲、身体呈虾状痛苦地蜷缩在餐厅的地板上。在尸体旁边，扔着一个酸奶瓶，空气中弥漫着一股淡淡的杏仁味。薛阳察看着奶瓶里残留的酸奶，初步判断死者死于氰化物中毒。

孙晓晨身体好似虚脱一般，有气无力地叙述着今天早晨事情发生的经过："昨天你们回去以后，我待在客厅，白雪莉在卧室里休息。早晨 7 点钟，她从卧室里走出，从门口奶箱里取出一瓶酸奶。我说：'你处在我们的保护之中，你所食用的食品必须经过我们的检测，你订的这瓶酸奶最好不要食用。'她摆摆手，不以为然地说：'那个凶手不过是吓唬我一下，不会把我怎么样的。'她一边说着话一边坐在厨房的餐桌旁，用吸管吸吮着酸奶。我见她这么固执，再劝阻她已经来不及了，只好走到客厅给你打电话。正拨着号码，就听见白雪莉在厨房里发出了痛苦的尖叫。我急忙跑过去，见她倒在地板上，双手使劲儿地抓着喉咙。我意识到她中毒了，立即拨打 120 急救电话，但转眼间白雪莉就气绝身亡了。"

了解了事情的详细经过后，薛阳打开厨房窗户，让在楼下担任警戒的王海上楼。

王海脚步匆匆地走进客厅。

薛阳戴着白手套，仔细观察着酸奶瓶封口锡纸，发现在吸管插口处有一个细小的针眼儿，通过这个针眼儿他断定，凶手是用注射器将毒物注入酸奶瓶里的。酸奶的生产日期是今天凌晨3点钟，7点钟，白雪莉喝了酸奶，这期间间隔了四个小时。那么，谁最有可能接触到这个酸奶瓶呢？按照流程酸奶制作好后装进奶瓶里，会由送奶工在黎明时分，逐个送进订奶用户的奶箱里。

薛阳看了一眼站在身边的王海，问道："你在楼下看到送奶工是什么时间？"

王海想了想说道："时间是清晨4点50分，送奶工是一位三十多岁的男子，他是用钥匙打开的楼门。这栋楼在楼道口安装了楼宇对讲系统，未经主人许可，任何人都无法进入楼内。只有楼内居民持有大门钥匙，才可以自由出入。而居民们为了取奶方便，都把奶箱钉在各自的家门口，因此会给送奶工配制一把大门钥匙。"

"送奶工离开以后，还有什么可疑人员出入过这栋楼？"

王海摇摇头，说："没有什么可疑的人。5点钟以后，起来晨练的人很多，可是他们都持有楼门钥匙。"

难道是这个单元的居民对白雪莉下的毒手？薛阳暗自思忖着……少顷，他又问道："你能确定晨练的人都持有楼门钥匙吗？在5点至7点间，有多少人出入这个单元，你做过人员统计吗？"

"出入人数我没有做过统计。可是，我能够确认出入楼道口的每个人都是用钥匙打开的楼门。"王海非常自信地说。

薛阳轻轻地点点头，随后在每个房间里仔细观察房间的摆设，似乎在寻找着什么……

这是一套三室两厅双卫一百二十平方米装修豪华舒适的住宅，在花山的市场价为一百二十万元。薛阳在卧室梳妆台抽屉的夹层里，翻出一本写着白雪莉名字的房产证，一张一百万元的存折以及大量的金银首饰。

白雪莉仅仅是啤酒屋陪酒小姐的领班，即使收入丰厚，也不可能拥有这么多的财产。薛阳对她的个人情况进行了调查：她出身于纺织工人家庭，父母早已退休多年，家境并不是多么的殷实。她身后一定有一位资助她的人，那么，这又是一个什么样的人呢？

白雪莉年轻貌美，有着诱人的姿色，近两年在啤酒屋从事陪侍工作。她肯定有所钟爱的男人，这个男人用金钱包养了她。可是，薛阳搜查了所有的房间，没有发现任何男士用品，只是在大门口的鞋柜里找出一双男式拖鞋。由此可见，这个男人是多么谨慎。

这时，技术人员将白雪莉的手机打开后，其中的一条短消息引起了薛阳浓厚的兴趣，内容是：三天后，给我一个满意的答复，否则，鱼死网破！

这条短消息是白雪莉昨天晚上23点57分发送出去的，手机里显示着对方的手机号码。

薛阳走到客厅问孙晓晨："昨天晚上，白雪莉接打过电话吗？"

孙晓晨极为肯定地说："她一直在卧室里看电视，我没有听见手机铃声。"

薛阳沉思了一下，说："她为什么要发送这条带有威胁口吻的短信呢？她遭到恐吓后，一边寻求警察保护一边再去威胁他人，肯定是掌握了对方重要的秘密。振庆，你到电信部门查清对方手机机主的身份。"

这时，窗外传来几个人的说话声：原来，今天早晨，16 号楼所有居民都没有收到在市牛奶公司预订的牛奶。

薛阳站在窗户旁侧耳细听着居民们的议论声，所有的住户都没有收到牛奶，为什么偏偏白雪莉收到了呢？他的心不由得缩紧了一下，先前的推理有失误之处，问题的症结仍出在送奶工身上。想到这里他决定到楼下去查看个究竟。

经过一番调查，16 号楼一共有三个单元，所有住户都订了鲜奶或酸奶，而只有白雪莉一户收到了酸奶。顺着这条线索查下去，查询结果显示：15 号楼所有的居民也都没有收到预订的鲜奶和酸奶。那么，14 号楼的居民呢？

根据调查，14 号楼 1 单元、2 单元的居民们收到了鲜奶和酸奶，3 单元的居民却没有收到。薛阳站在 14 号楼 2 单元楼道口，仰望着蔚蓝的天空，天空中飘浮着朵朵白云，他的思绪变得豁然开朗……

薛阳发现 14 号楼前面是 15 号楼，15 号楼再往前是 16 号楼。王海只是站在 16 号楼 3 单元楼道口负责警戒工作，14 号楼前发生的一切，王海根本无法知晓。薛阳急忙让王海在小区周围寻找送奶车。他坚信送奶工与白雪莉没有任何瓜葛，一定是凶手化装成送奶工，瞒过了王海警惕的眼睛。送奶工在送完 14 号楼 1 单元、2 单元的鲜奶后，肯定在 3 单元的楼道里遭到了凶手的袭击！已经过了这么长时间，送奶工很可能会有生命危险！那么，凶手会把送奶工藏在哪里呢？

薛阳在 14 号楼 3 单元楼门前的空地上慢慢地踱起了步子。这时，一个污水井盖引起了薛阳的注意。他敏锐的目光在井盖上停留了片刻，逐渐看出了问题的端倪，原来，井盖上有明显被人掀动过的痕迹。

薛阳用一根伸缩警棍撬开了紧闭的污水井盖，往井里观望着：只见一个二十多岁的男青年双手被反绑着，奄奄一息地俯卧在井底，嘴里塞着一只衣服套袖。男青年看到井盖被打开后，急忙仰起脸，嘴里发出呜呜的求救声，眼睛里流露出重获新生的光芒……

　　这位男青年正是牛奶公司的送奶工人。他一边感谢薛阳的救命之恩，一边心有余悸地讲述着事情发生的经过："清晨时分，我从公司取出制作好的鲜奶和酸奶，骑着送奶车到丽都花园，给居住在小区里的住户们送奶。当我刚走进 14 号楼 3 单元楼道口时，突然，从角落里站起来一个手持木棍的蒙面人，我的头部被狠命地击打了几下，当即倒在地上失去了知觉。当我从昏迷中苏醒时，发现被人捆绑住双手双脚塞进了污水井里。水井有三米深，我的双手被反绑着，嘴里又塞着东西，根本无法呼喊救命。幸亏井盖上有两个鸡蛋大的窟窿眼，使空气得以流通，要不然我早就被闷死了！"

　　法医对白雪莉的尸体进行了尸检，发现她的子宫里怀有三个月的胎儿。

　　技术员王大江对酸奶瓶里残留的奶液进行了检测，奶液里含有氰化物，奶瓶上只有白雪莉的指纹。

　　与此同时，刘振庆的调查取得了突破性进展，白雪莉发短信威胁的人是一位有着特殊身份的人物。薛阳听过振庆的工作汇报后，似乎从重重迷雾里看清了凶手的面容，语气缓慢地说道："这一系列命案，都是凶手使用的障眼法，干扰我们的侦查视线。"

八、幕后的黑手

花山市北郊有一处环境优美的风景区——圣景岗，山脚下有一大片茂密的柳树林。

清晨6点钟，一位身穿练功服的七旬老人背着一把太极剑，走进了这片密林。密林深处有一小块空地。每天清晨，老人都要在这块空地上练习太极剑。树林里空气清新怡人，是练功习武的好场所。

可当老人走到空地上时，被眼前的情景惊呆了：一棵柳树的树枝上悬挂着一具男性尸体，脚底下是一块老人平时休息时坐的大石头。

老人稳了稳神，急忙掏出手机报了警……

没过多久，几辆警车相继赶到，闪烁的警灯和面容威严的刑警们打破了柳树林的寂静。

薛阳带领重案队的精干刑警和刑事技术人员开始勘查现场。

查看过尸体后，薛阳从死者口袋里翻出一个黑色钱包，钱包里有工作证、建设银行龙卡和现金一千二百元。

薛阳打开工作证，确认了死者的身份。他叫俞汉成，36岁，是花山市委宣传部办公室秘书。

刘振庆看着俞汉成的尸体，说："我们刚锁定侦查目标，他就这么快上吊自杀了。"

薛阳暗自思忖，这绝不是一起简单的自杀案件，于是，简洁地说道："白雪莉发短信威胁的手机机主是俞汉成。经过查阅通话记录，俞汉成的手机只和白雪莉的这部手机保持单独通话联系，从来没有拨打过其他的手机和固定电话。可是在俞汉成身上并没有发现这部手机，这说明了什么呢？"

他一边说着话一边走到俞汉成尸体旁，指着柳树下的脚印，说："这片草地上有明显的被人踩踏过的痕迹，说明有人负重来到过这棵柳树下。你对这行脚印有什么看法?"

刘振庆仔细观察着两行深浅不一的脚印，恍然大悟道："俞汉成肯定是被人背到这里的。凶手把俞汉成吊在树上，伪装成上吊自杀的假象，离去时的脚印就显得十分轻快了。"

薛阳非常自信地说："俞汉成是在深度昏迷的情况下，被凶手背到现场的。他身上只有脖颈上的一道勒痕，再无其他伤痕，而且这道伤痕绝对是绳索留下的痕迹。"

经过尸检，法医确定俞汉成的死亡时间是在昨天晚上 11 点至 11 点 30 分之间。死者血型为 A 型，与白雪莉所怀胎儿的 O 型血不相符。他的胃里含有少量安眠药成分，并且还有大量白酒以及鲍鱼、龙虾、闸蟹等海鲜食品。

薛阳看着这份尸检报告，从中查找到了问题契机，应以鲍鱼、龙虾等海鲜食品为突破口，查找俞汉成被杀害之前喝酒的地点。

经过初步查询，花山市一共有一百二十六家经营海鲜产品的高档酒店和酒楼。薛阳决定，先从这些高档酒店、酒楼查起。几位刑警拿着俞汉成的照片分别到市里各大酒店、酒楼查询。

中午 1 点钟，薛阳在花山海鲜城获取了一条重要线索：一名叫栗萍萍的年轻服务员对昨天晚上在二楼雅间冬菊厅吃饭喝酒的客人俞汉成印象深刻。

栗萍萍语气轻快地说："我昨天晚上负责二楼的冬菊厅。7 点钟，照片上的男子和一位四十多岁的中年男人在前台迎宾小姐的引领下走进了冬菊厅。他俩点过鲍鱼、龙虾、大闸蟹等海鲜后,还要了一瓶茅台酒。等酒菜上齐之后,中年男人说这里不需要我了,需要什么时再叫我。我只好关上门在雅间门外等候。年轻男子好像对中年男人非常尊敬。那个中年男人有一副领导的派头。他俩在冬菊厅吃了两个小时。9点多,青年男子去了一趟卫生间。9点半,两人结账离去时,青年男子好像喝醉了酒,走起路来摇摇晃晃。中年男人一直搀扶着他走到楼下。"

薛阳问道:"那瓶茅台酒喝完了吗?"

栗萍萍说:"喝完了!"

薛阳点点头:"那位青年男子去卫生间时,你看他有醉意吗?"

栗萍萍摇了摇头,说:"步履显得特别轻快,丝毫没有醉意。他回到雅间也就二十分钟的时间,就喝醉了,我还觉得挺奇怪呢。"

薛阳断定,中年男人一定是趁俞汉成去卫生间时,往俞汉成的酒杯里投放了安眠药。

"他俩是几点钟离开海鲜城的?"

栗萍萍略微想了一下,说:"9点40分左右。"

薛阳推算着,从海鲜城到圣景岗,驾车至少需要一个小时,他们到达圣景岗的时间是10点50分左右。在这一个小时的时间里药性发作,俞汉成肯定昏睡不醒。从山脚下到那片密林,轿车根本无法通行,步行也得需要十分钟,与法医推断的死亡时间是一致的。

他推测到这里时,对栗萍萍说:"如果你再见到那位中年男人时,还能认出他吗?"

"当然能!"栗萍萍用十分肯定的语气说。

薛阳和几位刑警对俞汉成的住处进行了细致的搜查。他居住的是一套四室两厅双卫一百六十平方米的房子。俞汉成年轻的妻子得知丈夫的噩耗后，当即昏厥了过去。

刑警们未在俞汉成家里查找出那部与白雪莉单独联系的手机，只是在书房里搜出了大量的硝化甘油、电雷管等制造炸弹的化学物品及工具。

薛阳站在书桌旁，注视着桌上的几份《花山晚报》，看得出俞汉成有阅读报纸的习惯。他翻动了一下报纸，这几份报纸都是前几天发行的，唯独没有昨天和今天的报纸，这两天的报纸应该还在楼道口的报箱里。薛阳脑海里闪过一丝灵光，报箱应该是俞汉成认为最安全的地方，他一定会把重要物品藏在报箱里。

果然不出所料，薛阳在报箱里取出了昨天和今天的报纸。同时，还有了一个新的发现：俞汉成在报箱里精心制作了一个夹层，夹层里存放着一支录音笔。

薛阳打开录音笔，里面传出的声音令人不寒而栗。薛阳明亮的双眸里喷射出了一团不可遏止的怒火……

听完录音笔里的录音后，薛阳在脑海里酝酿了一个完整的工作方案。他决定，去市委检查俞汉成存放在办公室的私人物品。

俞汉成是市委宣传部秘书，有着极其特殊的身份，而且，他曾担任市委宣传部部长曾永祥的专职秘书。近一段时间，一位新来的大学毕业生接替了俞汉成的工作，担任曾部长的秘书；俞汉成则在等待上级领导安排新的工作。

翌日。上午9点钟，薛阳和孙晓晨走进俞汉成办公室时，办公室的几位工作人员纷纷围拢过来，关切地询问着俞汉成上吊自杀的原因。

一位工作人员说："俞秘书由于工作失误，给曾部长带来了负面的影响，大概是他内心承受不住这么大的工作压力和思想负担，一时想不开上吊自杀了。"

另外几位工作人员七嘴八舌地说："即使这样也不应该自杀呀!"

"他也真是，太小心眼儿了!"

忽然间，大家停止了议论，谁也不说话了。原来，一位面容威严戴着眼镜的中年男子走进了办公室。

几位年轻的工作人员神情恭敬地向中年男子打着招呼。这位中年男子就是大名鼎鼎的宣传部部长曾永祥。

在曾永祥威严目光的注视下，几位工作人员相继离开了俞汉成的办公室。

薛阳主动出示了警官证，自我介绍一番后，说明了来意。

曾永祥肤色白嫩、脸庞红润、身材高挑，镜片后的眼睛里闪着睿智和犀利的光芒，有一种高高在上不可一世的威严气质。

"哦，薛队长，查清小俞的死因了吗?"曾永祥目不转睛地注视着薛阳。

薛阳不卑不亢地说："我们正在调查。他临死前，曾与一位中年男子在花山海鲜城冬菊厅里喝酒。一位叫栗萍萍的服务员对酒醉的俞汉成和那位中年男子的印象非常深刻。她答应协助我们调查那位中年男子。当时已经醉酒的俞汉成已经无法驾驶机动车，他不可能独自一人到圣景岗。那位中年男子有重大作案嫌疑。他将俞汉成杀死后，伪装成其上吊自杀的假象。"

曾永祥的眉头微微抖动了一下，红润的脸上露出了一副愤怒的神情："你们一定要抓紧破案，为俞汉成同志报仇雪恨!"

"请曾部长放心，我们一定不辜负您的期望，早日抓获杀人凶手!"薛阳掷地有声地说着。

这时，孙晓晨走到薛阳身旁，示意在俞汉成私人物品里未发现有价值的线索。

薛阳见达到了预期的目的，便和孙晓晨在曾部长锐利目光的注视下离开了市委办公大楼。

在返回公安局的路上，薛阳靠在椅背上，用十分平静的语气说："我们下午休息半天，连续几天的工作，同志们的身体都有些吃不消了！"

孙晓晨一边驾驶着警车，一边不解地问道："怎么今天给我们放半天假呀？"

薛阳满怀信心地说："晚上8点钟到单位集合。"

"你查到凶手了？"孙晓晨满腹狐疑地问道。

薛阳听晓晨说到"凶手"两个字时，明亮的双眼里好似笼罩着一层阴影，神情有些黯然，语气低沉地说："凶手制造了系列命案，真正要杀死的人是白雪莉。我们到现在也没有找到那部单独与白雪莉联系的手机。随着白雪莉的惨死，凶手肯定会销毁这部以俞汉成名义购买的手机。"

漆黑的夜幕笼罩着花山。

一位年轻女人骑着一辆自行车，拐进了一条幽暗的小巷。她是花山海鲜城的服务员栗萍萍。每天晚上下班回家时，她都要经过这条漆黑的小巷。

忽然，从路边的阴影里窜出一位身材高挑的中年男子，拦住了栗萍萍的去路。

栗萍萍猝不及防连人带车摔倒在地上，发出了惊恐的尖叫声。中年男子闪电般掏出一个铁锤，高高地举过头顶，正要砸向栗萍萍头部时，一阵明亮的灯光不断地闪烁着，孙晓晨手持摄像机把刚才惊人的一幕摄入镜头；与此同时，薛阳炸雷似的怒吼声在夜幕中响起："住手，你还想再欠下一笔血债吗！"

中年男子高举着铁锤的手停留在空中，满脸衰败地看着朝他逐渐围拢的刑警，轻叹一声，手中的锤子掉落在地上……

薛阳铁塔般站在中年男子面前，戏谑道："曾部长，你终于落进了我的圈套。你对自己的声音应该不会感到陌生吧！"

薛阳打开了手里的录音笔，里面传出一个男人的说话声：

——你只要按照我说的去做，绝对万无一失。公安局再怎么查，也查不到我们头上。你把氰化钾注射到酸奶瓶里即可。你替我除掉白雪莉，了却了我心头之患。事成之后，我给你提一个有油水可捞的局长，包你手里有花不完的银子！白雪莉真不识抬举，我给她花了那么多钱，她竟然以怀上了我的孩子为由，要和我结婚。她这样做，岂不是要坏了我的大事！

寂静的小巷里回荡着曾永祥冷酷的声音……

薛阳鄙夷地说："系列谋杀案，你设计得天衣无缝，你可以说是一个犯罪的天才！不过，你万万没有想到，俞汉成怕你将来反悔，让他当不了什么局长，有意留了一手，在你们密谋时，悄悄地录了音。

"白雪莉是你包养的情妇。她怀上你的孩子后，向你提出了结婚的要求。你一个堂堂的宣传部部长，会和一个酒吧女结婚吗？白雪莉不过是你手中的玩物和发泄性欲的工具而已。如果你不答应她的要求，她就要去纪委告发你贪污受贿的行为。就在这个时候，向你大肆行贿的安志宏，因经济问题受到了纪委的调查。当你得知办案人员是'铁包公'邱慧勇时，你感觉到了危险的临近。一个一箭双雕的计划在你的脑海里形成，既能杀死白雪莉又可除掉绊脚石，还保证了自己的安全。你精心策划了几个步骤：第一，你指派心腹秘书俞汉成对邱慧勇进行秘密跟踪，发现他和安志宏的情人鲁佩瑶来往密切，而且，安志宏也向你汇报了邱慧勇和鲁佩瑶之间的关系。你想在这个问题上做文章，可是，他俩的关系非常纯洁，始终没有越雷池一步，这使你非常的失望。当你得知他俩吃过晚饭后，总要到绿岛啤酒屋喝酒唱歌时，你决定在啤酒屋里安放炸弹炸死正直的邱慧勇。你让俞汉成用金钱收买了经济拮据的米林生，让他将二人引到15号台。之后他转身离开啤酒屋，在距离啤酒屋一百多米远的地方引爆了炸弹。由于俞汉成离啤酒屋有一定的距离，所以在现场没有人注意到这个神秘的杀手。

"第二，为了制造混乱，扰乱刑警的侦查视线，俞汉成在你的授意下，在爆炸案发生的前三天，给金洪飞写了一封敲诈信。爆炸发生后，你又命令俞汉成杀死米林生。

"第三，俞汉成使用变声器给金洪飞打了一个敲诈电话。因为他和金洪飞是多年的老邻居，对金洪飞的过去相当了解，知道他手里的钱财来历不明。只是他不知道金洪飞是一个双手沾满鲜血的杀人犯。金洪飞接到电话后，感到莫名的恐慌，跑到重案队报了案。云南警方始终没有放弃对金洪飞的追捕。如今，全国公安信息联网，金洪飞已经被我们严密监控。你们把我们的全部精力吸引到'好朋友'超市，使我们的工作走了一段弯路。俞汉成利用中午时间杀死了米林生，造成他是爆炸案目击者的假象。

"第四，俞汉成写信恐吓白雪莉，把我们的注意力转移到白雪莉身上，使我们走进了侦查的误区，认为凶手是针对啤酒屋而实施的谋杀，要杀死所有看见凶手面貌的目击者。在我们严密的保护下，俞汉成毒死了白雪莉。这对我们刑警来说真是莫大的嘲讽。在这一切发生之后，我意识到凶手真正要杀死的人是白雪莉。因为，她发出去的那条短消息给我带来了新的启示。

你为了杀死白雪莉，竟然绕了这么大的一个圈子，处心积虑地制造各种假象，连续杀害多人，可见你是多么的残忍和暴戾，作案手段更是超出常人的想象。你为了消除社会影响，确保自己的安全，假意换掉了自己的秘书，让外界以为你的过失全是秘书打着你的旗号胡作非为，与你没有丝毫的关系，从而维护了你的光辉形象。

"第五，当俞汉成为你完成一系列杀人任务后，你开始卸磨杀驴。你在俞汉成的酒杯里投放安眠药，伪装成其上吊自杀的假象，这样就把你犯下的所有罪行全部推到俞汉成身上。你之所以没有杀死安志宏，主要是因为他向你行贿的钱财，全部是经俞汉成之手，他没有直接给你送过钱。而且，俞汉成和安志宏情同手足，他不可能向自己的亲密战友下毒手。经过调查，我确定了俞汉成临死前的行踪，并在录音笔里听到了他实施杀人计划的全部过程。虽然，俞汉成是那部手机的机主，但是，他与白雪莉没有任何关系。于是我制订了一个引蛇出洞的计划，以到办公室检查俞汉成私人物品为由，在办公室里仔细辨认每一位工作人员的声音。当你出现在众人面前后，我把你所说的话全部录了下来，从而确认你就是向俞汉成发号施令的人。只有你才能使他言听计从。俞汉成在你的授意下连续杀害多人。你聪明一世糊涂一时。当我说出栗萍萍时，你在我面前露出了马脚，从而使我剥下了你的画皮。事到如今，你别无选择，只有接受人民正义的审判！"

曾永祥像一摊烂泥一样瘫软在地上，有气无力地说道："我输在薛队长手里，输得心服口服。如果有来生，我一定做一名人民的好公仆。我辜负了党和人民多年的培养和教育。直到现在，我才明白'纵有良田万顷日食不过三斗，纵有广厦千间夜卧不过八尺'那句老话的深刻内涵呀！唉，悔之晚矣！"

泣血的玫瑰

一、奇怪的死亡

下午 4 点钟，杜文从法庭回来后，在客厅里痴呆呆地孤坐着，直到夜幕降临。

窗外，繁星满天。

屋里，却是空荡荡、冷冰冰，没有了往昔的温馨和欢乐。

他苦笑着走到酒柜旁，从里面取出一瓶人头马，给自己斟满一杯，慢慢地品味着酒的清醇。

对酒当歌，人生几何。他透过窗棂，看见天空中，有颗流星划过一道长长的弧线，陨落在遥远的天际……

清晨，市牛奶公司一位送奶工人来到东城区建新街 36

号——杜文家门口。他从冷藏箱里取出两袋鲜奶，放进杜文家的牛奶箱里，然后，又推着车子，挨家挨户地送牛奶去了。

　　第二天，这位送奶工人还是在同样的时间来到杜文家。他见牛奶箱里昨天送来的两袋牛奶还在里面，便上前敲响了杜文家的院门。小院里静悄悄的，没有一丝声息。他感到有些蹊跷，用力敲打着院门，里面仍是死一般的寂静。

　　正在此时，一位年轻的民警骑着一辆自行车刚好从这儿路过。于是，这位送奶工人便把这事告诉了民警。

　　这位警察正好是建新街派出所的管段民警，他认为杜文家里一定发生了什么，于是在送奶工人的帮助下，他身体灵活地跳进了院子里。

　　这是一套四合小院，院子里的茉莉花在微风的吹拂下，散发出阵阵的清香。

　　"家里有人吗？"民警走到正屋门口，推了推紧闭的房门，房间里没有一丝声响。

　　他走到窗户旁，透过窗帘的缝隙，隐隐约约地看见一位身穿睡衣的中年男子躺在客厅的沙发上。由于屋里光线昏暗，他看不清男子的面部特征，一个不祥的念头在他脑海里闪过……他立刻掏出手机，拨打了派出所值班室的电话。五分钟后，值班所长和几位民警驱车赶到现场。

　　民警们打开房门，首先映入眼帘的是一具冰凉的尸体。

　　经周围的邻居们辨认，死者正是杜文。

　　值班所长立即向市局指挥中心报告此事，请求派技术人员勘查现场。

　　没过多久，市公安局刑警支队重案队队长薛阳带领队里的几位精干刑警、技术人员和法医赶到了现场。

　　与在现场附近维持秩序的派出所民警打过招呼后，薛阳径直走进杜文家的客厅。

　　他仔细观察着仰卧在沙发上的尸体。死者大约四十七八岁的样子，身高 175 厘米左右，身材肥胖，两腮布满了横肉，嘴角有股淡淡的杏仁味。客厅里没有搏斗的痕迹，茶几上有一个人头马空酒瓶及一只玻璃高脚杯，烟灰缸里堆满了烟蒂。

　　薛阳浏览着客厅里的家具，客厅装饰得极为豪华、舒适，清一色的高档家用电器，显露出主人的富有。酒柜里摆满了中华、玉溪、万宝路及茅台、五粮液、剑南春、人头马、拿破仑白兰地等中外名烟名酒。卧室也装饰得很豪华气派，猩红色的地毯、做工精美的水晶吊灯，使整个房间像一座宫殿。

　　随后薛阳在客厅的垃圾桶里发现了几团卫生纸，他俯身拾起其中的一团，仔细观察上面的残留物。少顷，他让技术员王大江把这几团卫生纸以及在席梦思睡床上发现的三根金黄色的长头发全部收好装进了物证袋里。

　　对于死者杜文的相关情况，在居委会工作人员的介绍下，薛阳有了大致的了解。杜文，48 岁，花山市城建局财务处处长。由于和妻子感情不和，经单位领导和居委会多次调解无效，他于 6 月 5 日由裕兴法庭判决离婚。

　　薛阳在听取了居委会工作人员和邻居们的情况介绍后，便踱步到院子里，观察着这座幽静的小院。院子四周种满了许多名贵的花卉，各种颜色的鲜花争奇斗艳地开放着，整个院子里散发着一股浓郁的花香。

　　现场勘查工作很快结束了，对于死者的死亡性质，目前还难以判明，有待于法医通过尸检作出权威性的结论。

　　薛阳决定先到城建局保卫处了解杜文在单位的现实表现，

并让其余的同志回局里等待下一步的工作安排。他打电话与城建局保卫处处长取得了联系，保卫处处长是位具有多年工作经验的老同志，并且和薛阳非常熟悉。

随即薛阳和王海迅速驱车来到城建局保卫处。在保卫处办公室里，保卫处处长热情地接待了两位刑警。保卫处处长五十多岁，浓眉大眼，身材魁梧。

"薛队长，你可真是稀客呀！来，快请坐！"保卫处处长和薛阳握手寒暄，并为两人沏上了清香馥郁的龙井茶。

因为他俩是多年的老朋友，自然免去了许多客套。薛阳把杜文在家中死亡的消息告诉了保卫处处长。

保卫处处长在听到这事之后，愣怔了一下，然后开口说道："杜文为人处世极为圆滑，善于见风使舵，当财务处处长十几年来，和市里几位领导的关系极为密切，并且还是下一届副局长的候选人。前一段时间，市检察院反贪局收到几封群众举报信，信中举报杜文贪污公款。近日，反贪局的几位工作人员对杜文所管理的账目进行了审核。具体结果如何，反贪局的同志还未作出任何结论。"

薛阳在听取了保卫处处长的情况介绍后，略微沉思了一下，说："我想去他的办公室看一下，对于死亡性质，我们还不能作出太早的结论。"

保卫处处长连连点头称是，随后，把薛阳二人领进了杜文的办公室。

杜文的办公室分为里外两间，外间作为办公室，里间是休息的卧室。

这间办公室装饰得极为豪华气派。宽大明亮的老板桌，桌上摆满了办公用品，一把真皮高靠背皮椅显示出主人的地位。老板桌对面是一排真皮沙发，茶几上摆放着一套景德镇茶具。

沙发旁边并排放着两个文件柜。

薛阳对办公桌和文件柜进行了检查，里面都是一些文件、表格之类的办公物品。他又走进了杜文的卧室，卧室里充满了暖色的格调。物品摆设极其简单，单人睡床旁边有一个床头柜，上面有一盏晶莹剔透、做工精美的台灯；墙角摆放着一个铁皮柜和一个木制衣柜；厚厚的天鹅绒窗帘挡住了室外明媚的阳光。

床头柜和大衣柜里也都是一些无关紧要的物品及衣服。薛阳的目光在铁皮柜上停留了片刻，随即打开了铁皮柜，只见里面存放着五万元现金和一个牛皮纸信封。打开信封，里面有两把亮光闪闪的铜钥匙。他把钥匙放在手中反复地把玩着，对这两把钥匙产生了深深的疑问。杜文为什么把这两把钥匙放在铁皮柜里呢？也许，这两把钥匙他另有用途。他在办公室存放了五万元现金，这可能是他的私房钱。那么，他究竟是不是一只隐藏很深的"硕鼠"呢？

薛阳带着这个疑问离开了城建局，在警车里他拨通了市检察院反贪局局长雷鸣的电话。雷鸣说："经过专业人员对杜文所管理的账目进行审核，我们发现杜文在近三年时间，用做假账、虚开发票等非法手段先后从其所管理的账目里贪污了六百万元。市检察院在报请有关领导后，准备今天下午对杜文采取法律强制措施。"

当雷鸣得知杜文已经死亡的消息后，愤恨地说："这只'硕鼠'死有余辜，你们在他家里是否找到了他贪污的那笔巨款？"

薛阳轻叹道："他家里几乎没有什么存款。我们只是在他办公室的铁皮柜里发现了五万元现金。除此之外，没有任何收获。"

雷鸣在电话里提出了疑问："杜文之死是自杀还是他杀？"

薛阳语气沉稳地说："对于他的死因，我们正在调查。"

"如果你们需要什么数据和资料，我们一定鼎力相助！我希望你们早日破案为国家挽回经济损失。"雷鸣不由得提高了嗓门儿，语气里流露出对贪官的无比憎恨。

警车很快驶进了市公安局刑警支队大院，薛阳打开车门跨出警车，急匆匆地走进重案队办公室。

女刑警孙晓晨听见门口传来一阵熟悉的脚步声，从电脑桌前抬起头来，见薛阳和王海一脸凝重地走进屋，急忙从椅子上站起身说："薛队长，技术科王大江和法医老许已经作出了现场勘查报告和尸检报告。"她一边说着一边从电脑桌上拿起几份报告递给薛阳。

薛阳接过鉴定报告，坐在办公桌旁仔细地翻阅了一遍。刘振庆、王海等刑警不由自主地围坐在薛阳身边。晓晨为他们每人的水杯里斟满了茶水。

薛阳打开了笔记本，朗声说道："根据现场勘查及尸检结果，我们确定杜文的死亡时间是在 6 月 5 日晚上 11 点至 12 点间，死因系服用了氰化钾。他临死前曾与一位女性有过性行为，具体时间确定在晚上 9 点至 10 点间。在现场提取了三根金黄色的女性长发和卫生纸上的女性分泌物，经检验这位女性的年龄在 24 岁至 28 岁之间，血型为 AB 型。纵观整个现场，完全处于封闭的状态，给人一种杜文离婚后，心灰意冷、自斟自饮、借酒消愁排遣心中的苦闷，最终选择自杀这条不归路的感觉。可是通过现场遗留的痕迹以及我们的调查，使我对杜文一案有了新的认识。第一，他掌握着局里的财政大权，并且还是副局长的候选人，在局里说话有一定的分量。目前，他正处在人生最鼎盛的时期，许多人对他毕恭毕敬，他会自杀吗？第二，与一位女性发生性行为后，没过多久，他就服毒自杀，这显然有悖于常理。第三，我们只是在酒瓶上提取了死者的指纹，而酒杯上却没有死者的指纹，这又说明了什么呢？第四，据反贪局介绍的情况，杜文利用职权贪污了一笔巨款，我们只在其办公室的铁皮柜里找出了五万元，其余的钱不知存放在何处。根据以上四点，我认为这是一起伪装成自杀的凶杀案。"

薛阳讲述到这里时，停顿下来，用锐利的目光环视着屋里的每一位刑警，然后又继续说道："大家对此案有什么看法，可以畅所欲言地谈一谈。"

王海知道队长已经看出了杜文一案有许多蹊跷之处，所列出的几个疑点均起到了抛砖引玉的作用。于是，他首先发言："根据现场的情况，凶手在死者饮用的人头马里投放了氰化钾。但我们在酒瓶里没有发现氰化钾，只在酒杯里发现了残留的氰化钾。而我们在酒杯上没有提取到指纹，这说明凶手不慎在酒杯上留下了自己的指纹。毒杀杜文后，他擦去了自己的指纹，没想到也擦去了杜文的指纹，这给我们破案留下了依据。试想一下，一个人在喝酒时，酒杯上能没有自己的指纹吗？他在临死前，有必要擦去自己的指纹吗？此外，现场物品摆放整齐，门窗没有破损的痕迹，我断定凶手是死者非常熟悉的人，很可能就是与死者发生性关系的那个年轻女人。因此，那名神秘的女人应该是我们调查的重点。"

王海话音刚落，刘振庆接上了话茬儿继续说道："杜文贪污了六百万元，我们只发现了五万元，这也许是一起为了钱财而实施的凶杀案。杜文的家是一套典型的北方四合院，而且屋里装修豪华，所有家用电器全是名牌产品。他贪污了一笔巨款，他的妻子会一无所知吗？他妻子为什么与他离婚？这其中也许隐藏着什么秘密。总之，杜文的妻子也应是我们下一步调查的重点对象。"

孙晓晨认为振庆说得有一定道理，但仍然提出了自己的观点："我们应对杜文的私生活进行调查，也许会有重大的发现。白天刚与妻子离婚，晚上便与一位年轻女性在家里发生性关系，这说明了什么？另外，他们夫妇为什么离婚，仅仅是因为感情不和吗？"

薛阳见几位刑警都阐述了自己的观点，眉宇间闪过一丝喜悦之情。这几位年轻的刑警进步得很快，在经历了几起大案的侦破后，遇到疑难案件时，他们每人都有自己独到的见解和看法。他满怀信心地说："对于杜文一案，我们可以断定这是一起凶杀案。凶手精心制造了一间密室，伪装成杜文自杀的假象。但是，酒杯上被擦去的指纹为我们留下了有利的依据。这真是百密一疏啊！我们应从以下几点展开侦查工作：第一，对杜文的妻子进行调查，从中发现线索，这项工作由晓晨具体负责；第二，在现场附近寻找目击者，查找在案发时间出入建新街的可疑人员，这项工作由王海负责；第三，调查杜文的社会关系，尤其是与杜文密切接触的人员，如财务处的会计、出纳或司机等人员，从中发现线索，同时对那位神秘的女人进行调查，她是我们侦查此案的关键突破口，这项工作由我和振庆负责。"

二、摇头丸

薛阳和刘振庆又来到了城建局保卫处。

保卫处处长在听取了薛阳的调查工作后一边点头，一边说道："如果要调查杜文身边的人，他的司机张建亮是最合适的人选。由于杜文掌握着局里的财政大权，局领导给他配了一辆桑塔纳2000型轿车。每天，小张都要接送杜文上下班，是他身边密切接触的人员，也许会成为你们调查杜文一案的重要突破口。"

随后保卫处处长拨通了财务处的电话，正好是小张接的电话。没过几分钟，小张便急匆匆地走进了保卫处。

小张是一位二十多岁的小伙子，身材高挑、双目炯炯有神，举手投足间给人一种精明干练的印象。

在保卫处处长的介绍下，小张得知坐在自己面前的青年男子就是公安局刑警支队重案队队长薛阳，顿时肃然起敬，白净的脸上流露出敬佩的神情。

薛阳递给小张一支香烟，两人寒暄了一番。薛阳知道小张是一位退伍战士，在部队服役期间光荣地加入了中国共产党，有着非常高的思想觉悟和政治素质。于是，他开门见山地说明了来意。

小张略微沉思了一会儿，语气诚恳地说："请薛队长放心，我是一名党员，知道自己应该做什么不应该做什么。我从部队复员后，被分配到城建局司机班工作。这几年来，我一直在杜文身边工作，是他的专职司机。在提级、分房等方面他对我非常照顾，有什么重要的事，总是委托我去办。薛队长有什么需要了解的情况，尽管提问好了，我一定会配合你的工作，把知道的情况毫无保留地告诉你。"

薛阳从小张诚恳地言辞里，感觉出他是一个性格开朗、心直口快的爽快人。于是他直截了当地问道："杜文在建新街有一套房子，那么据你所知，他还有其他的住房吗？"

张建亮不假思索地说："在柳园小区，杜文好像还有一套住房。不过，我从来没有进去过。每次，他总是让我把车停在小区门口，自己徒步走进去。"

薛阳继续询问道："杜文都和哪些女人关系密切？"

张建亮想了想说道："去年12月一天傍晚时分，杜文让我在市文化局门口接过一个年轻漂亮的女人。她大约二十七八岁的样子，留着披肩长发，浑身洋溢着一种迷人的气质和风韵。那天，我把她送到了柳园小区门口。她下车后，我就开车离开了。第二天早晨，我接杜文上班时，没有见到那个女人。今年3月的一天中午，杜文又让我到天民商场接一个年轻女人，然后把这个女人送到柳园小区。我给杜文开车多年，只见过这两个女人。"

通过小张所说的情况，薛阳意识到杜文做事非常小心谨慎，连自己身边的司机也不相信。

离开了城建局，薛阳和振庆驾车直奔柳园小区。在小区物业管理部门的配合下，薛阳终于查到了杜文在柳园小区购买的豪华别墅。

柳园小区是花山市首屈一指的高档小区，分为南区和北区。南区为普通住宅区，由三十六栋楼房组成，每栋楼有四个单元，均为十五层。北区为豪华别墅区，与南区相距一千米，中间隔着一个碧波荡漾的人工湖，北区里面共有三十六幢造型别致、具有异域风情的豪华别墅。别墅周围有一道高高的铁栅栏，不但大门口安装了高性能的监控摄像头，而且小区甬道旁的所有电线杆上和每户别墅的大门口、后花园也都安装了监控摄像头，保安人员二十四小时不间断巡逻，有一套规范的安全防范系统和安全保卫措施。

薛阳和物业管理人员来到 16 号别墅门前，门前的甬道上阒无一人，整个小区沉浸在一片寂静之中。

薛阳望着紧闭的大铁门，侧身伏在铁门旁，静听着大门里面的动静，里面静悄悄的，没有一丝声响。他略微沉思了一下，掏出手机拨打电话。

没过多久，重案队的刑警王海、孙晓晨以及技术员王大江也赶到了柳园小区 16 号别墅门前。

薛阳从技术员王大江随身携带的一个物证袋里取出了两把亮光闪闪的铜钥匙，用其中一把打开了紧闭的大铁门。刑警们鱼贯进入幽静的别墅。静谧的庭院里弥漫着花草的清香，一条鹅卵石甬道从院门口通向楼前，甬道两旁分别是草坪和花池，院墙四周种植着许多高大笔直的梧桐树；后花园里有一个车库，花园中间摆放着一张大理石砌成的石桌和四个石凳。

薛阳又用另一把钥匙打开了别墅的大门。刑警们走进了一楼客厅，客厅装修得富丽堂皇、豪华舒适，意大利真皮沙发彰显出主人的富有，明亮豪华的水晶吊灯给人一种置身于宫殿般的感觉。一楼是客厅、餐厅、卫生间、储藏室、工人房等；二楼有小客厅、书房及三间带卫生间的卧室。楼上楼下房屋总面积为四百平方米，庭院和后花园的面积为一百二十余平方米。

随后刑警们在薛阳的指挥下开始了有条不紊的勘查工作，同时，对二楼三间带卫生间的卧室进行了细致的搜查。虽然这三间卧室房屋结构是一样的，但是房屋装修和物品摆设却极不相同，充分显示出设计者的独具匠心。

薛阳在其中一间卧室的角落里发现了一个墨绿色的大型保险柜，并且在书桌的抽屉里翻找出了一把钥匙。薛阳用这把钥匙在保险柜的锁上试了一下，顺利地将保险柜打开了，只见保险柜里摆满了成捆的百元大钞，在保险柜的小抽屉里还有许多价值不菲的珠宝首饰。

在书柜的一个抽屉里有几盒安全套和女性口服避孕药，还有几本黄色杂志、一沓女性裸体照片及十几张封面为裸体女人的光盘。由此可以看出，杜文的生活是何等的糜烂和腐化。同时，一瓶没有标明品名的药瓶吸引了薛阳的注意。

薛阳极为谨慎地拧开了瓶盖，瓶里有二十余粒红、白、绿颜色的药片，上面印有鸽子、鳄鱼、蝴蝶等动物及花草的图案，这些药片为毒品"摇头丸"。

"摇头丸"自境外侵入我国，目前在全国大中城市相继出现，主要在歌厅、迪厅、夜总会等公共娱乐场所以口服的方式被疯狂的青年舞迷所滥用。

薛阳粗略地估算了一下，这栋前有庭院后有花园的二层别墅，在花山的市场价约为一百五十万元，再加上装修和家具的费用，这栋别墅至少在二百万元左右。

据物业管理部门的人员说，这栋别墅是杜文在三年前购买的，当时，他一次性付清了购房款。按照反贪局同志介绍的情况，近三年来，杜文先后从自己所管理的账目上贪污了六百万元，其中二百万元被用来购买了豪华别墅，通过清点，保险柜里的现金总计二百万元，那么，其余的二百万元呢？

薛阳看着手里的摇头丸，难道杜文之死和摇头丸有什么关系吗？通过对杜文的两处住宅进行搜查，除了这二十多粒摇头丸以外，未发现其他毒品。而且，经过对杜文的尸体进行检验，他不是吸食毒品的人。那么既然他不吸毒，为什么会在保险柜里存放摇头丸呢？薛阳对此产生了深深的疑问。

根据司机小张的叙述以及从别墅里搜出的淫秽物品，薛阳断定16号别墅是杜文的安乐窝。三间卧室的大衣柜里挂满了色彩鲜艳的女性服饰及用品，这更有力地说明了这套别墅是杜文与情妇们幽会的场所。薛阳决定从杜文的私生活入手调查。

这套别墅杜文购买了三年，在这三年期间，为什么只是让小张在去年12月和今年3月接过两个女人呢？薛阳在后花园里慢慢地踱起了步子。三间卧室里都有女性的衣物和化妆品，而且，每间卧室都非常明显地有女人住宿过的痕迹。可是，从哪里入手查找这些女人呢？他仰起脸来，凝视着院墙外面的梧桐树，目光不经意地停留在后花园后门的摄像头上……猛然间，薛阳的脑海里闪过一丝灵光，这些女人既然在别墅里生活过，那么视频监控里一定会留下她们的身影。

三、三个女人

在确认了下一步的工作后，薛阳在物业管理人员的陪同下，朝小区监控室走去。路边的花丛里飘荡着沁人心脾的花香，使人的身心感到无比的舒适和愉悦。

几分钟后，薛阳等人来到了小区大门口，监控室就设在保安值班室旁边的一间屋子里。走进监控室，只见两位保安端坐在庞大的监控器旁，目不转睛地注视着监控显示器里的情景。

经过询问，薛阳了解到小区监控系统只能拍摄到大门口和小区里面甬道的画面。而根据小区严密的保安措施规定，未经别墅主人许可，任何陌生人不能接近别墅区大门口。杜文每次回别墅时，总是在南区大门口下车，之后沿着人工湖旁边幽静的林间小道步行一千米回到自己的住处。他这样做无非是为了掩人耳目。那么，他的几位情妇也应该是步行到达别墅。既然如此，别墅区的保安人员应该对进出 16 号别墅的女人有一定的印象。

薛阳想到这里，向其中一位年轻的保安提出了心里的疑问。这位年轻的保安略微沉思了一下，说："我们对于别墅的每一位主人都非常熟悉。经常有一些年轻的女人出入杜文的别墅。你知道能住在北区豪华别墅的全是一些达官显贵富商大贾，他们在自己的私宅里金屋藏娇，在当今社会是很正常的事情，所以，我们对一些打扮入时衣着艳丽的年轻女人出入这些豪宅，早已习以为常了。"

当保安说到这里时，薛阳更加坚信了自己内心的判断，再次询问道："你们的监控视频一般保存多长时间？"

"三个月。"保安回答。

薛阳语气缓慢地说："我需要这三个月以来杜文家前门和后花园的监控视频。"

保安立即从电脑里调出视频资料，动作熟练地操作着，画面里很快显示出杜文家前门和后花园的场景。

根据视频资料显示，薛阳按时间顺序先后排列出三个年轻的女人经常出入杜文的别墅。这三个年轻女人的容颜姣美衣着艳丽，有着迷人的气质和风韵。他取出手机分别将这三个女人的画面拍摄下来。这三个女人几乎每周都要到杜文的别墅过夜，她们总是晚上七点钟来，第二天早晨七点钟离开。薛阳由此联想到杜文遇害前，曾与一个女人有过性行为，那么这个女人会不会就是这三个女人其中的一人呢？平时杜文总是在自己的别墅里与情人幽会，可是这次为什么要改在自己的家里呢？有了监控视频，薛阳认为不难查出杜文的几位情人。因为杜文曾让司机小张接过两个年轻的女人，他决定让小张辨认一下视频监控里的女人，从而确定女人的身份。

在城建局司机班，薛阳再次找到了小张。小张仔细地看过照片后，肯定地说："这三个女人，我只见过其中两人。一个是在去年 12 月，另一个是在今年 3 月。"

得到小张确切的答复后，薛阳暗自思忖，既然其中一个女人在去年 12 月的一天傍晚时分出现在文化局大门口，那么她肯定与文化局有一定的关系。也许她是文化局的工作人员，要不然就是到文化局办理、联系公事或找朋友办私事，又或许她家就在文化局附近居住。根据以上三点推测，他决定对这个女人展开细致的调查。

在文化局保卫处办公室里，薛阳向负责保卫工作的老处长简短地说明了来意。当他出示了那个女人的照片时，老处长说道："这不是曲艳艳吗？她是我局办公室的秘书，文笔不错，写起文章来是一把好手！"

薛阳不露声色地问道："你对她的情况了解吗？"

老处长蛮有把握地点点头，说："她今年 27 岁，自参加工作以来，就一直在我局办公室做秘书工作。由于她工作出色成绩突出，局领导准备提拔她担任办公室副主任。她在单位里口碑不错，从未与人发生过什么矛盾和纠葛。至于她的私生活方面，我就不太了解了。"他说到这里停顿下来，目不转睛地注视着薛阳，他知道薛阳是重案队的队长，一定是曲艳艳和什么案子有所牵连，要不然，大名鼎鼎的薛队长不会亲自询问她的事情的。

薛阳从老处长狐疑的目光里看出了什么，于是，直截了当地说："我在调查一起重大案件，需要找她了解一些情况，也可能涉及她的私生活。她现在如果在办公室的话，我要和她见一面。"

老处长听出了薛队长的话外之音，用非常理解的口吻说："我干保卫工作多年，你尽管放心好了，我这就把她叫来。"说完，他离开了办公室。

不一会儿，老处长和一位面容秀丽、身材苗条的年轻女人走进了办公室。老处长给两人相互介绍了一番，便离开了办公室。曲艳艳得知眼前的青年男子是市公安局刑警支队重案队队长薛阳，她那弯弯的柳叶眉禁不住微微地抖动了一下。

对于曲艳艳的细微变化，薛阳已是尽收眼底，他语气轻快地说明了来意。

当曲艳艳听到杜文的名字时，白嫩的脸庞上闪过一丝绯红。

薛阳从她脸部表情的细微变化，已经判断出她和杜文的关系非同寻常。

曲艳艳低垂下头，金黄色的长发遮住了她俊美的脸庞。她心里思绪万千，既然刑警已经找上门来，就是确认了她和杜文的关系，没有必要再隐瞒什么，于是心平气和地说："薛队长，我不想隐瞒和杜文的关系。五年前，我在一个朋友的酒宴上与他相识，他谈吐自如，举止潇洒，有着一种成熟男子的神韵。由于我丈夫因工作原因长年不在家，我感到无比的寂寞和空虚，每天下班回家后，心里总是空荡荡的，有一种失落感。杜文似乎对我的情况非常了解，摸透了我的心思，在他的甜言蜜语下，我委身于他，做了他的情人。在这几年期间，我们经常在一起，虽然他比我大好多岁，但是我和他在一起的感觉非常好，他善解人意，对我体贴入微。我知道他是财务处长，掌握着财政大权，在局里说话有一定的分量。而且，他花起钱来，从不吝啬，对我提出的要求总是有求必应。"

薛阳从曲艳艳的言辞里，感觉出她对杜文有一定的感情。杜文为她所花的每一笔钱，都是贪污的公款。杜文正是利用了曲艳艳空虚、寂寞和贪图虚荣的心理，彻底地俘虏了她的芳心，使她甘心情愿地成为自己的情妇。薛阳想到这里，果断地说："根据我们的调查，杜文不但和你保持着情人关系，而且还和其他的女人有着密切联系，这你清楚吗？"

曲艳艳下意识地梳理了一下散乱在肩头的长发，目光中充满了哀怨。

"当我察觉到他背着我还和其他的女人暗中来往时，我已经陷得很深，而难以自拔了。所以，我只能听之任之，顺其自然了。"曲艳艳面无表情地说着。

薛阳的目光在曲艳艳俊美的脸上停留了片刻，沉稳地说：

"其他几个女人的情况，你清楚吗？"

曲艳艳惘然若失地说："我只知道一个女人在市自来水公司工作，她叫什么名字我不清楚，好像和我的年龄差不多。自杜文购买了柳园小区的那套别墅后，花钱似流水。他不但给我准备了一间卧室，而且还给我购买了许多高档衣物和首饰。一次，我发现楼上另外两间卧室也有女人用的衣物和首饰，因此我能肯定还有别的女人在那里过夜。"

薛阳缓缓地问道："你有杜文别墅的钥匙吗？"

曲艳艳摇摇头，说："我没有。不经过他的允许，我不能私自到别墅找他。他打电话让我去别墅时，我才能去！"

薛阳似乎从她的话语里察觉出什么，由此联想到去年12月杜文让小张去文化局接她的情景，这其中一定发生了什么。于是，他问道："杜文平时用他的专车接过你吗？"

曲艳艳脸上闪过一丝无可奈何的苦笑："我只是在去年12月坐过他的车。因为，我发现他有了新的情人，对我有些疏远。那天，我打电话问他，他在电话里矢口否认此事。为了向我表明没有此事，他专门让司机到单位接我去别墅，他在别墅里准备了一桌精美的佳肴，并且送给我一个做工精致的钻石戒指。"

薛阳点燃了一支香烟，一边吸着香烟一边观察着曲艳艳对于香烟有什么反应。因为，在杜文的保险柜里发现了摇头丸，他推断杜文一定结识有吸毒恶习的人。可是，他通过观察曲艳艳白里透红的肌肤，感觉出她不像是吸食毒品的人。随即，他又提出了疑问："6月5日晚上9点至12点，你在干什么？你是什么血型？"

曲艳艳漂亮的杏仁眼里闪过一丝愠怒："你们怀疑我杀了杜文？那是不可能的。虽然，他有些花心，同时拥有几个情人，可那是成功男人的象征。在当今的社会有几个情人又算得了什么呢？那是很正常的事情。再说，他在各方面都能够给我带来满足，我为什么要杀掉他呢？"

对于曲艳艳表露出的不满情绪，薛阳微微一笑道："这是我们例行的调查，希望你理解我们的工作。"

曲艳艳低垂下了头，轻声低语道："我那天晚上在家里看电视，哪里也没去。我的血型是 A 型。"她刚说完这句话，薛阳发现她的肩头飘下一根金黄色的长发，这根长发轻飘飘地落在地板上。

薛阳联想到遗留在现场的那三根金黄色的长发，决定对曲艳艳的头发进行科学检验，那样才能确定她是否到过案发现场，排除她作案的可能。他站起身，和颜悦色地说："今天我们先谈到这里，我郑重地告诉你，杜文所有的财产都是非法所得，希望你思想上有个准备！"

曲艳艳白皙的脸庞上流露出惊讶的神色："你的意思，我不明白！"

薛阳目光中透露出威严："杜文仅仅是一个处长，月薪只有五千余元，他怎么能够买得起豪华别墅？"

"他告诉我，他的钱全是和朋友做生意挣的！"曲艳艳似乎从薛阳的话语里听出了问题的端倪。

根据曲艳艳提供的线索，薛阳和振庆立即马不停蹄地赶到市自来水公司。在保卫处工作人员的配合下，他很快查到了杜文第二个情人。她叫罗晶，28 岁，是自来水公司收费一室的会计。

当她出现在保卫处办公室时，薛阳感觉到眼前的这个女人有一种迷人的气质和风韵，金黄色的披肩长发倾泻在肩头。

薛阳简明扼要地说明了来意，当提到杜文的名字时，罗晶明亮的眼睛里涌出几滴晶莹的泪花。

罗晶轻叹了一声，说："既然，刑警找上门来，我并不想否认和杜文的关系。我俩相识于六年前，他是一位很有气质的男人，谈吐文雅、举止潇洒。虽然他有妻子，但是我仍然喜欢做他的情人，我们在一起的感觉非常好。我丈夫是一位化学教师，不善言辞、表情木讷，整天只知道摆弄那些化学试管。他似乎没有把我放在心上，更不懂女性的心理，不知道我需要什么或不需要什么。我渐渐地对他心灰意冷。遇到杜文之后，他对我情有独钟。在经过几次约会之后，我从内心燃起爱的火焰，找到了爱的感觉，义无反顾地投入了他的怀抱。我在他身上得到了一种前所未有的满足感。"她叙述到这里停顿下来，用纸巾擦去了眼角的泪痕。

薛阳注视着罗晶一头金黄色的披肩长发，脑海里闪现着曲艳艳瀑布般的披肩长发，她们两人为什么都将自己的秀丽长发染成金黄色呢？杜文临死前，与金黄色头发的女人发生了性关系，曲艳艳矢口否认自己到过杜文的家中，那么，罗晶是否就是那个与杜文发生性关系的女人呢？

"杜文在柳园小区有一套别墅，你清楚吗？"薛阳由表及里地询问道。

罗晶点点头，语气爽快地说："我俩过去总是在宾馆里开房，自他购买了柳园小区的房子以后，我们经常在那里过夜。杜文有着男人的通病，就是吃着碗里的看着锅里的，他不但和我保持着情人关系，而且还和其他的女人有来往。我虽然不知道这几个女人是谁，但是我凭女性的感觉已经意识到这一点。因为，在别墅的几间卧室里放满了女性的衣物。但他为我大把大把地花钱，给予我无微不至的关怀，在这件事上，我就无所谓了！"

"其他几个女人的情况，你了解吗？"

罗晶微蹙了一下眉头，说："具体叫什么名字，我说不上来，我只知道一个在文化局工作，另一个在建设银行工作。她们和我的年龄差不多，也都是二十七八岁的样子。可是，自去年秋天以来，他对我有些疏远了，好像又有了新的女人。"

"你有别墅的钥匙吗？你和他的司机见过面吗？"薛阳接连提出了两个问题。

罗晶从手提包里取出一盒香烟，以极其优雅的姿势点燃后说："杜文做事非常谨慎，他怎么会给我别墅钥匙？这么多年来，他从来没有让我见过他身边的人，包括他的司机。"

薛阳微微颔首，从她诚恳的话语里感觉出她所说的话有一定道理。他推断司机小张在天民商场接的那个女人一定是在建设银行工作的，她肯定是杜文的第三个情妇。想到这里，他仔细观察了一下罗晶的脸部表情以及她赤裸的手臂，发现她的肤色白里透红，是那种正常的健康肤色，手臂上也没有注射器扎过的痕迹。

"6月5日晚上9点至12点间，你在干什么？你是什么血型？"

罗晶睁大了丹凤眼，异常激动地说："说来说去，你是在怀疑我杀了杜文！"

薛阳用一种不容置疑的口吻说："这是我们例行的调查，并且，你的头发我们要提取三至五根。希望你能够理解，并支持我们的工作！"

罗晶低垂下头，说："我的血型是B型。5日晚上我和几位同事在水手酒吧喝酒唱歌，直到深夜12点，我们才各自打车离去。"她一边说着一边从头上摘取了三根金黄色的头发。少顷，她凝视着手里的头发，喃喃自语道："我的同事可以为我做证！那天晚上8点多，杜文给我打电话，让我去他家。后来他知道我在酒吧里唱歌,就说那算了吧,改天再找我。之后,他就挂掉了电话。因为我和同事们嗨得正高兴,所以也没有在意。"

薛阳把罗晶的几根头发收进物证袋里。之前他在与曲艳艳谈话时,见她说话比较含蓄,性格内向,便没有直接提出索取头发的要求,只是在谈话快要结束时,发现她的头发脱落在肩头,待其离开保卫处以后,才从地板上拾起她的头发。而他对罗晶则直接提出了自己的要求,因为罗晶性格开朗,说话直来直去。在办案过程中,对于涉案人员有必要采取一定的策略,否则,可能会出现意想不到的麻烦,从而使调查取证工作陷入僵局。

薛阳和振庆驾车离开了自来水公司,直奔市建设银行。在建行保卫处同志的协助下,终于查清了杜文的第三个情人。她叫程菲,28 岁,在建行信贷科工作。

在保卫人员的陪同下,身穿职业套装的程菲娉娉婷婷地走进保卫处。首先映入薛阳眼帘的是程菲那一头金黄色的长发,她用丝巾将长发很随意地束在脑后,给人一种简洁明快的印象。

薛阳的脑海里闪过一丝疑问,这三个女人为什么都将自己的头发染成金黄色呢?

身材苗条、面容清秀的程菲,满脸疑惑地注视着神情严峻的薛阳。当薛阳说出杜文的名字时,程菲的脸庞上流露出伤感的神色,哽咽地说:"我知道他的死讯后,从内心感到非常的悲伤。虽然我们年龄悬殊,但是他特别了解女性的心理,非常善解人意,有着成熟男人的气质。我们相识六七年了,我提出的任何要求,他都给予我极大的满足。我丈夫是一位火车司机,经常往返于花山和省城之间,没有固定的休息时间,给我的生活带来了极大的不变。他经常晚上不在家,漫漫的长夜里,我感到孤独和寂寞。在遇到杜文之后，他使我充分享受到了人生的乐趣。"

程菲直言不讳地说出了她和杜文的关系，她看到薛队长炯炯有神的眼睛，就已经意识到在他面前说谎话没有任何意义，迟早会被他识破。与其那样，不如来个实话实说。何况，自己也没有什么隐瞒的必要，杜文是她生命里最重要的一个男人，在某种程度上甚至超出了自己的丈夫。

薛阳见程菲极其爽快地说出了和杜文的那种关系，他开始有条不紊地询问道："你和杜文经常在什么地方约会？"

程菲似乎沉浸在过去美好的回忆里："原来，我们一直在宾馆里开房。自他购买了柳园的别墅后，我经常在那里过夜。"

"平时，你和他的朋友有过接触吗？比如司机或单位里的同事？"

程菲在椅子上扭动了一下身体，细声细语地说："他是一位处长，平时说话办事都很注意自己的言行。在这件事上，他非常谨慎。这么多年来，我只见过他的司机一面，更别说什么朋友和同事了。"

"哦，"薛阳算是认同了程菲的说法，"你和司机见面是在什么时候呢？"

程菲低头沉思了一会儿，缓缓地说："好像是在今年3月，我在天民商场购买衣物，我挑中了一身套装，在试衣间里试衣服时，透过门缝，无意间发现他和一位年轻的女人手挽着手，从我眼前走过。我当时妒火中烧，也没有心情买衣服了，可当我走出试衣间时，他和那个女人早已不见了踪影！我拨打他的手机，他在电话里闪烁其词，我明白他又有了新的女人。很快，他又恢复了镇静，对我说我可以随心所欲地购物，他埋单就是了！他还让我到别墅去。没过十分钟，杜文又打来了电话，说司机已在商场外面的停车场里等我。我本来不想去别墅，可是，我身不由己地坐上了他的车。从那一刻起，我深深地意识到我已经离不开他了，我陷得太深了！"

"那个女人长什么样，你还有印象吗？"

程菲一脸茫然地说："我只看见了她的背影，从女性的直觉上，我认为她是一位非常有气质的女人。"

薛阳略微沉思了一下，说："6月5日晚上9点至12点，你在干什么？"

程菲白皙的脸上闪过一片绯红，她咬了咬嘴唇，低垂下头说道："那天晚上8点多，我在家里看电视，忽然接到杜文的电话，他的嗓音沙哑，好像有什么心事的样子，他让我立即到他家里来。我非常纳闷，我们相爱几年来，他从来没有让我去过他家，今天怎么了？他说他和妻子离婚了，心里有一种说不出的感觉。我当时非常天真地想他会不会娶我做妻子呢？对于他提出的要求，我从来都是顺从的，何况这是在他人生最失意的时候。我拿上手提包，急匆匆地走出了家门，不到9点钟，就赶到了他在建新街的家。他家是一套幽静的四合小院，他喝得醉眼迷离，我一走进客厅，他就把我拦腰抱起，抱到卧室的睡床上。

"大约10点多钟，我在卫生间里洗浴时，隐隐约约地听到他在卧室里接听电话。我洗完澡后，静静地躺在他身边。他说，你休息一会儿还得回去，因为我还有一件事需要处理，你在这里不方便。我心里虽然有些不快，但是还是穿好了衣服，离开了他家。我虽然有一种叛逆心理，性格也非常倔强，可是到了他面前，我的言行举止都变得格外温顺。我理解他离婚后的苦闷心情。"

"你在杜文家里喝酒了吗？"

程菲摆摆手，说："我对酒精过敏，所以对酒和含有酒精的饮料总是敬而远之。"

薛阳用一种极为复杂的目光看了一眼程菲说："你离去的具体时间，你还能想起来吗？"

"10 点 20 分左右吧，我在他家附近坐上了一辆出租车，到家时已是 10 点 45 分了。"

薛阳再次把目光停留在程菲金黄色的长发上："你是什么血型？"

程菲用无限悲伤的语气说："我知道你们会怀疑我的，我的血型是 AB 型。只不过，希望你们为我保密，最好不要让我丈夫知道我和杜文的事，我不想在失去一个情人之后，再失去自己的丈夫。我对杜文有着很深的感情，我情愿接受你们的调查，配合你们的工作。"

薛阳看了一眼程菲光滑细腻的手臂，说："你为什么要把自己的头发染成金黄色呢？"

程菲小巧的嘴角露出一丝凄迷的苦笑："杜文喜欢这种颜色，所以我把头发染成了金黄色。"

薛阳的眼前闪过曲艳艳、罗晶那一头同样金黄色的披肩长发。根据程菲的答复，他似乎找到了答案。

四、慈善大使

6 月 6 日早晨 9 点钟，花山市人民路小学全体教职员工和学生们在学校的操场上集合。他们排着整齐的方队，迎接花山市世鑫集团公司董事长乐炳旭。

乐炳旭，55 岁，新加坡归国华侨，在缅甸从事玉石加工生意多年，积累了一笔巨大的财富。三年前，他从国外归来，在花山市投资办企业，主要从事房地产、娱乐城、玉石加工等行业。

他来到花山之后投入了大笔的资金，带动了花山经济的发展，为花山的经济作出了巨大的贡献。近两年，他致力于慈善事业，建桥修路、建设养老院、解决下岗工人再就业，为政府排忧解难，有"慈善大使"之美称。

今天，他率领公司主要成员来到人民路小学，进行慈善捐助活动。小学校长接到教育局的通知后，非常激动和喜悦。他知道乐炳旭只要一出手那就是大手笔。而且，陪同乐炳旭前来的还有花山市主管文教委的副市长以及教育局局长等领导。乐炳旭原定在 6 月 1 日那天来学校进行捐助活动。但那天他要出席市教育局举办的文艺会演活动，且之后几天的工作日程都已经安排满了，只能把此次捐助活动推迟到 6 月 6 日。

10 点钟，十几辆豪华轿车相继驶进人民路小学，校园广播里播放着欢快的乐曲……

乐炳旭在副市长、教育局局长的陪同下气宇轩昂地走上主席台。在他身边始终陪伴着一位年轻貌美的青年女子，她是世鑫集团办公室主任兼乐炳旭专职秘书谷云燕。

众人在主席台落座之后，十几位小学生走上主席台给尊敬的来宾佩戴上鲜艳的红领巾，并敬献上美丽的鲜花。之后校长开始发表热情洋溢的讲话，副市长、教育局局长也先后致辞，感谢世鑫集团对花山文化教育事业的帮助和支持，感谢乐总的慷慨捐助。

乐炳旭始终面带微笑，对大家的赞美之词一笑置之。他身边的谷云燕衣着得体，举止大方，笑容可掬地注视着主席台下的老师和学生们，眼睛里流露出慈爱的光芒。

随后乐炳旭开始发言，他讲自己是一位海外游子，在国外漂泊多年，回到祖国就应该为家乡人民做一些事情，为花山的教育事业尽一份微薄之力。今天他来就是要为学校无偿修建一座教学实验楼，并为每名学生订制两套校服……他的讲话结束后，校园里响起了雷鸣般的掌声……

当天下午4点钟，乐炳旭和谷云燕以及公司的几位主要成员在民政局局长的陪同下，来到花山市北郊民乐养老院。养老院院长在院门口迎接乐炳旭，他紧紧地握着乐炳旭的手激动得说不出话来。在养老院居住的老人们连连向乐炳旭鞠躬作揖，高喊着："乐善人啊！乐善人！"

寒暄之后，乐炳旭在民政局局长和院长的陪同下在养老院转了一圈，当即表示要给养老院修建一个老年娱乐室，并捐款十万元用于改善老年人的日常伙食。

连续数十次的捐助活动，使乐炳旭在花山商界声名鹊起。对乐炳旭乐善好施、无私捐助的善举，花山电视台、《花山晚报》等多家新闻媒体给予了多次宣传报道。

五、中文系女生

薛阳利用一天的时间对杜文的三个情人进行了细致的调查。原以为这些女人为了顾全自己的名声，一定会矢口否认和杜文的暧昧关系。没想到，她们都非常爽快地承认了和杜文的关系，并且都对杜文的死亡感到无比的悲伤。看上去，她们都对杜文有着很深的感情。而她们之所以心甘情愿地委身于杜文，无非是出于强烈的虚荣心和贪图物质享受的心理。

在之前的调查中，薛阳在保险柜里搜出了摇头丸，他由此分析杜文的朋友圈中有吸食毒品的人。而通过仔细观察杜文的几位情妇，她们都脸色红润，肌肤雪白细腻，不像是"瘾君子"。那么，杜文保险柜里的摇头丸是为谁准备的呢？程菲坦率地承认了6月5日晚上9点至10点间和杜文发生了性关系，这与尸检时确认的时间是一致的。由于她的供述，使刑警的调查工作节省了不少的时间。她声称在10点20分左右离开了杜文的住处，关于这一点还要进行进一步调查。根据尸检报告，杜文的死亡时间在11点至12点之间，这就是说，当程菲离去之后，又有一个神秘的人物走进了杜文的居室，而这个神秘的人物很可能就是杀害杜文的凶手。

另外，这几位女人都意识到杜文在近一段时间对她们有些疏远，凭女性的直觉，她们意识到杜文又有了新欢，而且程菲还在天民商场看见了那个女人的背影。薛阳的脑海里涌动着一个又一个的疑问……这时悦耳的手机铃声打断了他的思绪，原来是王海打来的电话。

王海说："我对杜文家附近的十几位出租车司机和街坊四邻都进行了细致的调查。一位五十多岁的出租车司机声称5日晚上10点20分左右，一位年轻美貌的女人在建新街口坐上了他的出租车。上车以后，那个女人只说了一句到玉铁苑小区，便坐在座位上一言不发，一副心事重重的样子。之后出租车经过二十多分钟的行驶，很快驶到了玉铁苑小区，那个女人付过车费后，便脚步匆匆地走进了小区。"

薛阳手里有程菲的照片，他把照片发到王海的手机里，让他请出租车司机进行辨认。挂断电话后，薛阳靠在椅子上，若有所思地点燃了一支香烟……既然程菲在街口坐上了一辆出租车，那么，那个神秘的人物会不会也在街口乘坐出租车逃离现场呢？

孙晓晨在接受了调查任务后，赶到了杜文妻子的工作单位——市二十六中学。杜文的妻子叫岳秀敏，46 岁，任高中二年级语文老师。她早年毕业于花山师范学院，从事教育工作已有二十余载，连续多年被评为模范教师和先进工作者。

当孙晓晨见到岳秀敏第一眼时，她就从内心感到岳老师是一位非常温和稳重的人。

岳老师看过孙晓晨的警察证后，先前的疑虑顿时烟消云散。她看了一下正在伏案工作的几位老师，说："在这里谈话会影响其他老师备课，我们还是到校园西侧的小树林里吧，那里的环境不错，适合我们做进一步的交谈。"

孙晓晨认为她说得有道理，便接受了她的建议。两人一路闲聊着走进了幽静的小树林。小树林里曲径通幽，散发着沁人心脾的花香，漫步在鹅卵石铺就的林间小道上，给人的身心带来无比的舒适和安逸。此时，学生们正在教室里上课，操场上静悄悄的，小树林里更是寂静无声……

孙晓晨简洁地说明了自己的来意。岳秀敏用手理了一下齐耳的短发，语气平静地说："我和杜文结婚二十多年了，唯一的女儿也快大学毕业了，应该说我们有着很深的感情。自他当上财务处处长以后，他的人生观和世界观发生了巨大的变化，各种应酬逐渐多了起来，还常常在外面住宿。有时，他深夜回家时，身上散发着女人的香水味，我知道他背着我和其他的女人暗中来往。慢慢地，他的钱包鼓了起来，戴上了名牌手表、穿起了名牌服装，他的钱从何而来呢？后来，他不但玩儿女人，而且还在柳园购买了一套别墅过起了那种家外有家的奢侈生活。我们的夫妻关系名存实亡，形同陌路。我知道他这样下去会是什么样的结局。万般无奈之下，我只好向他提出了离婚。他极其爽快地答应下来。建新街的那套四合小院是他父亲留给他的财产，仍然属于他。他要给我一笔钱，我拒绝了。我只带走了我的衣服和书籍，搬到了学校分给我的两室一厅单元房里。

"离婚时居委会和邻居们都对我好言相劝，我谢绝了他们的好意，下定决心和杜文离婚。我在今天上午才知道他的死讯，也知道公安局的同志正在对他的死因进行调查。当我见到你时，我还以为你是他的情人。"

岳秀敏异常平静地述说着，她的眼睛好似一潭秋水清澈明亮。

孙晓晨对于她所说的话表示理解和同情，通过岳秀敏的话语，她感觉出岳秀敏性格刚烈，有着知识分子所特有的聪慧和敏锐。联想到杜文临死前曾与女性发生了性关系，对于杜文情人的情况，岳秀敏又知道多少呢？她看着岳秀敏齐耳的短发，不禁问道："杜文的情人，你见过吗？"

岳秀敏面上闪过一丝凄迷的苦笑："我只是凭自己的感觉察觉出了他的所作所为，根本没有必要和那些女人见面。"

孙晓晨提出了最关键的问题："你既然知道他购买别墅的钱是贪污的公款，为什么不向检察机关举报他呢？"

岳秀敏异常坚决地说："要想人不知，除非己莫为。人在做，天在看。古往今来多少贪官污吏最终被送上了断头台。他所做的一切迟早会有败露的那一天。我之所以没有举报他，这也是我的私心在作祟吧，毕竟夫妻一场。"

孙晓晨凝视着岳秀敏深邃的双眼，内心佩服她的刚毅和果敢。从她果断地与杜文解除婚姻关系这一点来看，这就是她的明智之举。她有头脑有眼光，遇到问题分析得极为透彻，而且还有一定的预见性。想到这里，她不认为岳老师会因为婚姻的破裂铤而走险、破釜沉舟，她的作案嫌疑可以基本排除。

孙晓晨伸出手来，握了一下岳老师柔弱的手，言辞诚恳地说："感谢你对我们工作的支持，希望你今后的生活更加幸福美满，祝你事业有成，桃李满天下！"

岳秀敏脸上闪过一丝喜悦的神色，欣慰地说："谢谢你的祝福。我别无所求，只有献身于教育事业，才是我一生的梦想和追求。"

王海拿着程菲的照片，请出租车司机进行了仔细的辨认。司机师傅看过照片后，肯定地说："没错，5 日晚上就是这个女人在街口坐上了我的车。"随后，王海又根据薛阳的吩咐，再次在建新街附近挨家挨户对杜文的详细情况进行细致的调查。

经过一天的辛苦调查，几位刑警相继回到了重案队，向薛阳汇报了自己的调查结果。只有刘振庆的工作未有丝毫的进展。他坐在办公桌旁，从公文包里取出工作手册，翻开其中的一页，说："杜文社会关系复杂，三教九流，什么样的人他都交往，并且在花山有一定的背景。在他的社会关系中，我没有发现什么有价值的线索。"

薛阳认真分析了几位刑警的调查结果。杜文的几个情妇凭女性的直觉都认为杜文又有了新的情人。而这个新情人一定也是年轻美貌，且更具女性的魅力和柔情。根据程菲所述，杜文在接到一个电话之后，让她离开了建新街的住宅，这说明有一个比程菲更重要的人要到杜文的住处。根据杜文在单位的情况以及他的嗜好，唯有女人才能使其为之心动，且杜文家里物品摆放整齐没有被翻动过的痕迹，投毒杀人符合女性作案的条件。所以说，杀害杜文的应该是一位年轻的女性。可是，杜文在这方面做得滴水不漏，没有任何痕迹。他贪污公款一事的败露，是因为检察机关收到了群众的举报。他的几位情妇甚至天真地认为，他的钱财是与朋友做生意赚的。只有岳秀敏察觉出了他的所作所为，极其明智地与其离了婚。然而，她并没有向检察机关举报杜文的贪污行为。因此，薛阳意识到杜文背后有一个神秘的人物，而这个神秘人物对杜文的所作所为了如指掌。

重案队办公室里一片寂静，每人都在思索着这起扑朔迷离的疑案。忽然，一阵清脆的敲门声打破了办公室的沉寂。一位值班刑警走进重案队，他身后跟着一位面容清瘦、身材高挑的青年男子。

值班刑警见薛阳在办公室里，微微一笑说："薛队长，你们都在。这位小伙子有重要的情况要向你反映！"

男青年看了一眼目光刚毅的薛阳，迟疑地说："你就是大名鼎鼎的薛阳？"

刘振庆站起身指着薛阳办公桌上的工作卡说："那还有错！"

男青年看了一眼工作卡上薛阳的照片，把目光停留在薛阳的脸上，用一种十分恭敬的语气说："薛队长，实在不好意思，我知道一个情况，不知道对你破案有没有帮助。"

薛阳面带微笑地说："首先感谢你对我的信任以及对我们工作的支持。"

在说话间，孙晓晨给男青年沏了一杯清香怡人的绿茶。

男青年接过茶杯，说："我叫乔杰明，今年24岁，是'西部啤酒城'的服务生。我和杜文是邻居，我们两家相距也就二十来米。昨天晚上下班以后，我听家里人说你们在调查杜文的一些情况。我和他相差二十几岁，平时见面只是相互打个招呼而已，没有什么很深的交往。今年1月，一个星期五的晚上，他和一个二十一二岁学生模样的女孩子在啤酒城坐在一起喝啤酒。他所坐的8号台，刚好由我负责。

"当时他看了我一眼，脸部表情有些不太自然。我对那些年龄相差极大的男女在一起喝酒、跳舞，早已是司空见惯。因为啤酒城里有许多年龄非常小的坐台小姐。我对他微微一笑，算是打了招呼。随后，我又忙着照顾其他客人去了。陪他喝酒的女孩不是我们啤酒城的小姐，她衣着朴素，模样清纯靓丽，从她那拘谨的神态里，我感觉出她不是坐台小姐，好像是在校的大学生。总之，那个女孩给我留下了很深的印象。没过几天，我在《晚间新闻》看到了一位女大学生在花山大学宿舍里因吸食毒品过量导致死亡的新闻报道。电视里播出了女生吸毒的用具及女生的照片，这个死去的女生正是陪杜文喝酒的那个女孩子。

"我看过这则新闻后，感到非常的震惊！没想到一位正值青春妙龄的女孩就这么香消玉殒了。随后几天新闻频道对大学生吸毒至死一案进行了系列报道，这起案件引起了花山社会各界的广泛关注。我得知她叫陈晓蕾，21岁，是花山大学中文系二年级学生。当时，我并没有把杜文和陈晓蕾在一起喝啤酒的事放在心上。而得知你们对杜文一案进行调查时，我才想起了这件事，希望对你们破案有帮助！"

薛阳对于陈晓蕾一案有所耳闻，并且东城分局刑警队对此案进行了细致的调查，但是未获取有价值的破案线索。他认为乔杰明提供的线索很重要，因为在杜文的几个情妇和他众多的朋友中，刑警并没有发现与毒品有关联的人。

待乔杰明离去之后，薛阳从扑朔迷离的案情中理出了一丝头绪，他似乎为杜文存放在保险柜里的摇头丸找到了答案。这个中文系女生怎么会和杜文坐在一起喝啤酒呢？她与杜文是什么关系？他决定制订新的侦查计划，调整下一步的侦查步骤。

六、迷途

薛阳拨通了东城区刑警队的电话，恰好办理陈晓蕾一案的刑警小庄正在队里值班。

小庄在电话里为薛阳介绍了案件情况："陈晓蕾今年22岁，黑龙江省雪城市人。花山大学中文系二年级学生。父母于四年前因病相继离世。两年前，她从雪城市考上花山大学。在学校里她是一位品学兼优的好学生，而且还是学校青草诗社的社长，经常在《花山晚报》文艺版上发表自己的文学作品。总之，她是一位很有前途的中文系高才生。学校方面对于陈晓蕾一案表示了极大的关注，对她的惨死感到无比的痛惜，并强烈要求公安机关迅速侦破此案，查明事件真相。

"我带领我们队里的几位刑警赶赴花山大学展开了细致的调查工作，陈晓蕾没有什么复杂的社会关系，在花山也没有任何亲人和朋友，因此对她的调查只能在她的同学中展开。可是，她的几位非常要好的同学对于陈晓蕾吸毒一事一无所知，根本提供不出什么有价值的线索。这起案件没过多久便搁浅了。"

薛阳听完小庄的叙述后，略微思索了一下，说："你把陈晓蕾几位要好同学的情况给我说一下！"

小庄说："稍等，我去查一下卷宗。"

几分钟之后，话筒里传出小庄的声音："薛队长，一共有三个女孩和陈晓蕾关系密切，她们是沈丹燕、许亚雯、刘艳芳。"

薛阳在笔记本上飞快地记下了三人的名字。放下电话后，他看着这三个女孩的名字，陷入了沉思之中……

时间静悄悄地流逝着，一套完整的侦查方案在薛阳的脑海里逐渐形成。他满怀信心地说："我们前期的调查工作虽然没有取得明显的进展，但是乔杰明为我们提供了新的线索。我们应从以下几点展开下一步的调查工作：第一，调查曲艳艳、罗晶、程菲等人的丈夫，他们的妻子和杜文保持情人关系长达数年，作为丈夫难道一无所知吗？妻子红杏出墙，这完全有可能成为他们的杀人动机，这项工作由王海负责。第二，案发当晚10点多，杜文在卧室里接听的那个电话是我们工作的重点，我们应调查杜文的手机和住宅电话的通话记录，这项工作由刘振庆负责。第三，我和孙晓晨去花山大学重新调查陈晓蕾一案，从中发现与杜文有关的线索。"

　　薛阳和孙晓晨来到了花山大学。在学校保卫处办公室里，薛阳见到了工作经验丰富的保卫处处长。在他的协助下，薛阳顺利地得到了三位女大学生的照片。看着照片上面容清秀的姑娘们眼睛里流露出的聪慧和倔强的目光，他决定不与这些姑娘直接接触。因为分局刑警队已多次对她们进行了调查，未获取什么有利于破案的线索，她们肯定对警察有了一种抵触心理，目前，只能采取暗中调查的方式，从中获取新的线索。

　　保卫处处长看了一眼手表说："今天是周末，下课的时间比较早，我去把她们都叫到办公室吧。"

　　薛阳急忙摆摆手，说："我只是想知道她们业余的时间都在做什么。"

　　保卫处处长用手挠了挠头皮，面露难色地说："这就很难说了，我对她们的业余生活确实不了解。"

　　薛阳对处长所说的话表示理解，他说："她们是否在学校里住宿？"

　　"自陈晓蕾死在宿舍以后，她们就都搬离了学校的宿舍，在校园附近的住宅区租了一套单元房。"

　　"她们居住的地点，你知道吗？"

　　保卫处处长摇了摇头，说："从那起事件发生以后，她们变得格外消沉，对我们保卫干部非常的抵触，总是在躲着我们。"

薛阳看了一眼手表说:"现在快要下课了,我们去学校门口等她们!"

薛阳、孙晓晨和保卫处处长刚走到学校门口,校园里便响起了下课铃声,他们拉开车门钻进轿车里静静地等待着。不一会儿,三三两两的大学生们走出了学校门口。保卫处处长目不转睛地注视着涌出校园的学生们,忽然,他指着人群中一位亭亭玉立的年轻姑娘,说:"那位身材高挑的姑娘就是沈丹燕,她和陈晓蕾是非常要好的朋友!她俩曾是一个宿舍的。"

正在此时,又有一群学生走出校园,他指着人群中两个并排行走的姑娘,说:"这两个姑娘是许亚雯、刘艳芳。"

他的话音刚落,孙晓晨便打开车门,跨出轿车,紧紧地跟在了她们几人身后……

几个姑娘在离学校五百余米的春辉小区门口聚在了一起,她们相互对视了一眼,然后脚步匆匆地走进小区。

孙晓晨跟在她们身后,看着她们走进了8号楼3单元。随后她站在楼道口,侧身细听着她们的脚步声,听到她们在三楼止住了脚步,随即响起了开启房门的声音。随着防盗门沉重的关门声,孙晓晨脚步飞快地走到了三楼,站在5号门前,听到房间里隐隐约约地传出姑娘们的说话声。她看了一下门牌号码,转身下了楼。

站在8号楼前的花池旁,她掏出手机向薛阳汇报了姑娘们居住的房间号码。薛阳命令她留在原地继续监视。

大约半小时后,三位姑娘身穿艳丽的时装,风摆杨柳般走出楼道口,每人的肩头都挎着一个样式精美做工考究的女包,细细的高跟鞋踩在水泥马路上发出了清脆的响声。她们在小区门口坐上了一辆出租车,随后出租车沿着滏东大街飞快地行驶着……

薛阳和孙晓晨驾驶着民用牌照的桑塔纳轿车紧随其后。

出租车穿大街过小巷,最终缓缓地停在了柳树街口。付过车费后,姑娘们迈着轻盈的脚步行走在柳树街的人行便道上。

孙晓晨动作敏捷地跨出轿车,紧紧地跟在她们身后。

柳树街两旁有几十家按摩室、洗头屋,每家店门口都站着几位身穿性感时装的妙龄女郎。她们面带微笑地招揽着路边的行人,有的甚至跑到街上,拉住一些独自行走的男人的衣袖往店里强拉硬拽,有许多男人经不住诱惑被她们拉进了店里……

三位年轻的姑娘迈着轻盈的步子走进了路边一家"绿荫"洗头屋。孙晓晨从"绿荫"洗头屋门前款步而过,聪慧的双眼不经意地瞟向了门里,只见大厅里晃动着几个姑娘的身影……之后她在离洗头屋二十余米远的拐角处止住了脚步,站在街头装作等人的样子,眼睛的余光则一直注视着"绿荫"洗头屋门口的情景……

薛阳坐在轿车里看到姑娘们走进了路边的洗头屋,他已经意识到这些洗头屋、按摩室暗中在从事罪恶的勾当,而这几位清纯秀丽的姑娘为什么要到那里去呢?答案呼之欲出,尽管眼前的情景确实令人难以置信。

十几分钟后,一位年轻的姑娘脚步匆匆地走出了洗头屋。她站在路边叫了一辆出租车,随后出租车加大油门很快驶出了柳树街,拐进了人民路……

薛阳急忙把车驶到晓晨身边,他在车里朝晓晨打了个手势,示意她留在原地继续监视另外两位姑娘,自己则开车跟了上去。

出租车在穿过几条街区后,停靠在北方宾馆大门口。那位姑娘付过车费后,脚步轻快地走进了宾馆的大门。

宾馆里绿树成荫、鸟语花香。姑娘穿过一条鹅卵石铺成的幽静甬道,走进了造型精美气势恢宏的贵宾楼。一位站立在门口身穿笔挺制服、腰插警棍的保安，对径直而入的姑娘未加阻拦，反而微笑着朝她打着招呼。

她似乎对贵宾楼里的一切非常熟悉，轻车熟路地走到电梯口，乘坐电梯上到了十八楼。

薛阳快步走到贵宾楼口，正要举步迈进大厅，没想到遭到了保安的阻拦，他向薛阳索要宾馆住宿证。万般无奈的薛阳只好出示了警察证说明自己在调查一起案子，希望保安给予配合。

这位保安摘下腰间的对讲机，走到一旁说了几句话。不一会儿，一位身穿白色衬衣打着领带的青年男子快步走下楼梯，走到薛阳身旁，语气诚恳地说："我是保安部负责人，有什么需要配合的，请尽管吩咐！"

薛阳看了他一眼，说："那好，我们去你的办公室谈吧！"

当两人走到二楼楼梯拐角处时，薛阳简明扼要地说："我在跟踪一位姑娘，她从电梯上到了十八楼，我只是想查一下她走进了哪个房间。"

保安部部长未加思索地说："那好，我们坐电梯上去！"

在十八楼服务台，一位服务员坐在服务台里正低头翻阅着一本杂志，当她听见脚步声时，急忙从杂志上抬起头来，见保安部部长和一位陌生的青年男子站立在她面前，脸上闪过一丝不易察觉的慌乱，敏锐的薛阳捕捉到了她这一细微的变化。

"五分钟前，一位姑娘乘电梯到了十八楼，她现在在哪个房间？"保安部部长直截了当地说。

"我只顾埋头看杂志了，没注意有什么人。"服务员支支吾吾地说着。

"工作时间能看杂志吗？"保安部部长加重了语气，他指着走廊里的监控器，"既然这样，我只好到监控室里看监控录像了！"

服务员显得更加慌乱了，她窘迫不安地说："那个姑娘在1817 号客房。"

薛阳和保安部部长相互对视了一眼，然后薛阳压低了声音说："1817 号客房住的是什么人？"

服务员声音小得像蚊子嗡嗡一样："一位五十多岁的老头儿，他是省城辉达贸易公司的董事长。"

薛阳看了一眼手表，姑娘已经进去有十分钟了，他取出手机拨通了王海和刘振庆的电话。

没过多久，两位刑警赶到了贵宾楼。他们走到 1817 号房间门口，薛阳示意服务员打开房门。随着房门的开启，刑警们闪电般冲了进去，只见房间里宽大的席梦思睡床上一对男女赤身裸体地重叠在一起……

在重案队办公室里，这位年轻的姑娘说自己叫沈丹燕，是花山大学中文系学生。随后，她便低垂着头，一言不发。

薛阳看着消极对抗的沈丹燕，知道要想让她开口说话，只能慢慢地引导她，采取迂回讯问的方式，否则，讯问工作会陷入僵局。

"我们对你们今天下午的所作所为了如指掌，你的另外两个同学如今在柳树街'绿荫'洗头屋，具体在做什么，我不必多说，想必你也是心知肚明。说起陈晓蕾，我想你是不会陌生的，她是你非常要好的朋友，我们对她的死因始终没有放弃调查。而由于你们的不配合，她的死因始终是个谜团，她在九泉之下能够瞑目吗？"当薛阳说到陈晓蕾的名字时，沈丹燕的眼睛里闪过一丝亮光，随即又黯然神伤。

"你知道，到这里来，不回答问题是过不了关的。你是一位大学生，可以说是前程似锦。你的理想，也许是当一位作家、诗人，有着远大的抱负。如今，你虽然没有把握住自己，迷失了方向，但你不应该自暴自弃，应当振作起来，重新扬起生活和理想的风帆，到达成功的彼岸。"薛阳晓之以理，动之以情。

"你还年轻，今后的道路还很长，这样下去，何时才是个头呀？况且，你对得起生你养你的父母双亲吗？他们供你上了大学，对你抱有极大的希望。如今，你所做的一切，怎么能不令两位老人失望呢？你并不是无可救药，你还有悔过的机会，只有配合我们的工作，才是你唯一的出路。"

沈丹燕的耳畔，回荡着薛阳善意的规劝，他的话语犹如一股暖流流进她的心田，使她感到格外的振奋。

她终于抬起头来，鼓足勇气，语调缓缓地说："去年夏天的一个周末，我和班里的几位同学到'天王'迪厅蹦迪。我们一走进迪厅，就成为引人注目的焦点，吸引了众多人的目光。那天我们在迪厅玩得很开心，往后一到周末，我们就到那里去。"

"你的几位同学都是谁呢？"薛阳询问道。

"她们是许亚雯、刘艳芳、陈晓蕾，我们四人是非常要好的朋友，只可惜，陈晓蕾在今年1月，因吸食毒品过量中毒死亡。她的惨死，给我们带来了很大的震惊。我们都感到人生的短暂，终日沉浸在无限的悲痛之中。晓蕾死后，报社、电视台的记者纷纷到学校采访我们，我们成了舆论的焦点，为了排除干扰我们只好搬出了学校的宿舍，在学校外面的小区租了一套房子居住。在整理晓蕾的遗物时，我发现她的一个日记本不见了，我认为是暗恋晓蕾的同学偷去了她的日记本留做纪念。晓蕾是学校公认的校花，追求她的人很多。因为当时出入我们宿舍的人太多了，老师、同学、保卫干部、警察、记者，所以我没有把这件事放在心上。在你的提醒下，现在想想这件事确实令人感到有些蹊跷！"沈丹燕明亮的双眸里闪烁着晶莹的泪花。

　　她的眼睛凝视着天花板，思绪却飘向了远方："由于我们经常去'天王'迪厅，引起了一位中年男人的注意。他叫姚家兴，在柳树街经营一家洗头屋。他频繁地和我们接触，博得了我们对他的好感，在他的引诱和唆使下，我们渐渐地开始服用摇头丸，注射杜冷丁，最后吸食毒品海洛因。当我们逐渐上瘾之后，他当即换了一副面孔，让我们为一些男人提供性服务，我们感到了恐惧和绝望。可当毒瘾发作时，我们浑身都感到刀割般的疼痛，好似有千万只蚂蚁爬在身上啃噬着我们的肌肤，那种生不如死的感觉，使我们好像坠入了地狱之中……最终，我们还是答应了他的要求，成为他利用的工具，并和他达成了协议。"

　　"什么协议？"薛阳问道。

　　"他为陈晓蕾配置了一部手机，有了客人，姚家兴就打她电话，由她通知我们到'绿荫'洗头屋或者去北方宾馆，为一些男人提供性服务。我们接待一次客人就能够得到一千元，姚家兴从中抽去四百元，可是这六百元仅仅是过过我们的手，我们要用这笔钱从他手里买毒品。"

　　"你们一共接了多少客人？"

　　"记不清了。从去年秋天开始，只要一到周末，我们就能接到他的电话。"沈丹燕神情凄然。

　　"你从事这笔交易已经这么长时间了，你手里的钱都买毒品了吗？"

　　"除了购买衣物和化妆品，剩下的钱全部用于购买毒品。"此时，她的脸色苍白如纸。

　　薛阳默默地听着她的叙述。观其外表，她是一位清纯秀丽的大学生，而她的行为却令人感到非常的痛心和惋惜。同时，他也对姚家兴吃人不吐骨头的卑劣行为感到无比的痛恨。他不由得攥紧了双拳，恨不得立即将姚家兴绳之以法。一个如花似玉、前程似锦的大学生在毒品的摧残下，就这么香消玉殒了。

"你把今天下午的情况讲一下！"为获取更有力的证据，薛阳再次询问。

"自从晓蕾离开了我们，我们就对生活失去了信心，理想和信仰都远离了我们，只有毒品才能麻痹我们的神经，使我们孤寂的心得到一些慰藉。我们知道毒品会给我们带来巨大的灾难，但我们控制不住自己，仍然去以身试法，这一切真是太可怕了。"沈丹燕禁不住潸然泪下。

薛阳望着悲痛欲绝的沈丹燕，心里有一股愤怒的火焰在剧烈地燃烧，毒品带来的危害是无法用语言来表达的。

少顷，她用纸巾擦干了泪水，继续说道："今天是周末。下课以后，我们回到在学校外面租住的单元房，穿上艳丽的时装，乘出租车来到柳树街'绿荫'洗头屋。当时，洗头屋里没有生意，我们在大厅坐了十几分钟。这时，姚家兴的手机响了起来，他接听电话之后，说有一桩生意，在北方宾馆 1817 房间，并指名让我去做这笔生意，让她们两人在店里等我。我打的来到北方宾馆，由于我们经常去那里，所以对宾馆里面的情况非常熟悉，保安人员和服务员对我们也是睁一只眼闭一只眼，每次完事之后，我们总是会给他们一些好处。走进房间，那个老头儿笑眯眯地把我搂在怀里，说了一些令人肉麻的话。以前，我满足过他提出的性要求，因此这次他一到花山，便指名道姓地要我到北方宾馆来。我在毒品的刺激下，已经变得麻木了，只要能得到钱，我已经顾不上那么多了。"她讲述到这里，神情有些黯然，空洞、无神的双眸痴呆呆地凝视着天花板。

薛阳不禁想起柳树街每家按摩室、洗头屋门口站立着的亭亭玉立的妙龄女郎，他想，确实要立即对这些场所进行取缔，并对首要分子予以严惩了。

这时他的手机响了起来，原来是晓晨打来的电话，她说在薛阳离开的这段时间里，先后有五个男人出入洗头屋，她已经将这些人的车牌号码全部记了下来。目前，那两位姑娘已经离开了柳树街。

在这种情况下，薛阳命令晓晨迅速撤离柳树街。

七、柳树街命案

第二天上午十点多钟，"绿荫"洗头屋的两位年轻的店员用钥匙打开了卷闸门，走进了大厅。

她俩见老板还没有来，便拿起吸尘器打扫卫生，很快两人就将店里店外收拾得干干净净。之后她俩坐在沙发里休息了好大一会儿，还不见老板起床，心里感到有些纳闷。要是在往常，老板早就起来了，今天是怎么回事呢？

通往二楼的楼梯口是一道紧锁着的大门，这扇木门是为了掩人耳目而设。沿着楼梯来到二楼，上面的几个房间都是为了客人按摩而设置的。

简单商量过后，她俩掏出钥匙，打开木门，顺着楼梯来到二楼。

二楼一共有七个小房间，每个房间都是房门紧闭，唯有老板住着的那间屋门开着一道缝，看样子老板还在睡觉。

她俩轻手轻脚地走到门口，顺着门缝往里一看，两人顿时花容失色，惊恐万状地跑下了楼，随即拨打了110报警电话。

五分钟后，四名全副武装的巡警乘坐警车呼啸而至。两位惊魂未定的姑娘，看到巡警的到来好像见到了救星一般，失声大哭起来。

巡警们在现场周围设置了警戒线，此时的时间是上午 11 点 38 分。

不一会儿，市公安局刑警支队重案队的几位刑警也赶到案发现场。

薛阳走进大厅，空气中弥漫着淡淡的茉莉花香。大厅大约有二十五六平方米，地面铺着猩红色的地毯，头顶是晶莹剔透的水晶吊灯，墙面上镶嵌着一块巨大的镜子，两张泰式按摩椅摆放在镜子下面，镜子对面墙角处有一排布艺沙发。

穿过大厅，是一间十几平方米的小屋，屋内并排摆放着三张按摩床。这间屋子的灯光有些昏暗，薛阳感到有些昏眩。屋子里还有一道木门，穿过虚掩的房门，里面是厨房及卫生间。

沿着楼梯来到二楼，薛阳推开了死者的屋门，这是一间十几平方米的小屋，死者仰面朝天地躺在地毯上，那副狰狞的面孔使人不寒而栗。

死者的身份已得到确认，他就是"绿荫"洗头屋的老板姚家兴。

薛阳走到尸体旁，蹲伏下身子，仔细观察着。死者大约有四十七八岁的样子，身高一米七五左右，身材魁梧，上身穿一件白色短袖衬衣，下身穿一条银灰色西裤，双脚赤裸，一双人字形拖鞋扔在他的脚边。他的嘴角有一股淡淡的杏仁味。

室内物品摆放整齐，未见有搏斗的痕迹。茶几上有一盒玉溪香烟、一罐青岛啤酒以及一个白色透明高脚玻璃杯，烟灰缸里扔满了烟蒂。

这间屋子的物品摆设非常简单，一张宽大的席梦思睡床，床上摆放着两套卧具。枕头边散乱地堆放着几本杂志，薛阳随手翻阅了几页，都是黄色刊物，里面的内容不堪入目。在席梦思床的另一侧，靠近窗户下面的角落里，摆放着一个保险柜。

门后边是一个木制大衣柜，里面挂满了衣物。一张意大利真皮沙发靠在墙边。

在床头柜上有一部手机，手机旁边有一个白色玻璃瓶，里面有十几粒药片。他拧开瓶盖，将药片倒在手里，发现这些药片都是"摇头丸"。

在薛阳的示意下，技术员王大江打开了保险柜，里面存放着两张定期存款单，上面的金额为二十万元，存款单上的名字都为姚家兴。另外还有现金五万元整。

薛阳对楼上所有的房间都进行了仔细的搜查。每个房间都极其窄小，只能摆下一张木床及床头柜。所有房间的物品摆设完全相同，床头柜上有茶具、烟灰缸等物品，抽屉里有两盒高级超薄避孕套，墙壁上贴满了男女性爱的巨大壁画，借着微弱的壁灯，使人感到这里充满了淫荡的气息。

走出房间，走廊上还有一部楼梯，顺着楼梯薛阳走进了存放杂物的阁楼。阁楼大约有二十多平方米，堆满了废旧的家具和衣物。他对每件物品都进行了检查，在大衣柜的夹层里发现了四个重量大约有四千克的白色纸包，将纸包打开，里面是毒品海洛因。

随后薛阳回到大厅，只见两位年轻姑娘脸色苍白地呆坐在沙发上。经询问这两位姑娘叫张岚、刘文娟，她们在"绿荫"洗头屋打工已有一年时间，表面上从事洗头、按摩的工作，其实暗中从事着卖淫的勾当。

薛阳问道："你们不在店里住吗？"

张岚摇头说："我们另租了一套房子。"

"昨天晚上，你们是几点钟离开洗头屋的？"

"大概是 11 点半，我们离开后，老板锁住了卷闸门。"

"当时，他有什么异常举止或者有什么人来找他吗？"

"11 点多，他的手机响了起来，他看了一下来电显示，急忙上楼接电话，过了几分钟，他回到了大厅，让我俩早点回去休息。看他急切的样子，好像是要来什么人。"

"平时，你们都是几点钟关门？"

"一般都在夜里一两点钟！"

"你们老板朋友多吗？或者经常有谁到店里找他？"

"他从不领朋友到店里来，也没有什么人找他。他经常背着我们打电话，看他那副神秘的样子，似乎在做着什么生意。"张岚认真地回想着。

"你们店里还有其他的洗头小姐吗？"

"目前就我们俩是固定的。还有几位小姐，只要老板一打电话，她们马上就到。"

"她们都是哪儿的，你知道吗？"

张岚茫然地摇摇头。

"这两天，你见过她们吗？"

"昨天下午她们来过。老板对她们非常的器重，好像暗中和她们达成了什么协议。"刘文娟满腹疑虑地说着。

正在此时，姚家兴的妻子苏丹娜急匆匆地赶来了。她见到姚家兴的尸体，顿时昏厥了过去……

孙晓晨急忙对她采取急救措施，片刻之后，她渐渐地苏醒过来，转瞬间，便又号啕大哭起来……而后在晓晨的劝慰下，她逐渐地平静下来。

苏丹娜在市第一纺织厂工作，由于单位效益不好，她一直在家休息。她和姚家兴结婚二十几年来感情一直不错。两年前，自姚家兴经营洗头屋以来，他们的生活逐渐地好了起来，并且还在春厂小区购买了一套三室两厅的单元房。

薛阳从她的衣着打扮，看出她是一位典型的家庭妇女，对自己的丈夫极其的信任，丈夫就是她的生命支柱。姚家兴的保险柜里存放的大额存款单及五万元现金，她肯定不知道。薛阳不由得想起了姚家兴枕边的几本黄色杂志，他一定是背着妻子和其他的女人暗中来往。

对于姚家兴的个人情况，派出所民警已向薛阳做了一番详细的介绍。姚家兴曾因持刀伤人被判处有期徒刑七年，刑满释放后回到花山，在柳树街开了这家洗头屋，至今已有两年时间。这几年，他在辖区里反映不错，并和过去的那些狐朋狗友断绝了来往，安心经营洗头屋。

虽然掌握了姚家兴的罪恶行为，但是薛阳还是决定对他进行秘密调查，从而进一步掌握他犯罪的证据。没想到他竟然藏有这么多的毒品，更没想到他会死于非命，这说明他和贩毒团伙有密切的联系。

这时，技术员王大江走到薛阳身边说："我在通往后门的楼梯扶手上提取了一枚指纹，而在死者饮酒用的啤酒杯上没有发现死者的指纹。"

薛阳微微地点点头，似乎若有所悟。

经初步尸检，姚家兴的死亡时间确定在 6 月 12 日凌晨 12 点至 1 点间，死因系氰化物中毒。

薛阳对站在身边的王海说："智者千虑，必有一失。凶手虽然在现场做得滴水不漏，但是犯了一个致命的错误，就是在酒杯上擦去了死者的指纹。这说明死者死于谋杀。这是一起什么性质的谋杀案呢？目前已可以完全排除谋财害命的可能。在死者的钥匙链上就有保险柜的钥匙，打开保险柜取走里面的现金简直就是易如反掌。他从劳改农场回到花山以后，表面上遵纪守法，实际上他的罪恶行为却是罄竹难书。通过他拥有大量毒品这一事实，我认为他是贩毒团伙的一位重要成员。四千克纯度极高的海洛因，意味着什么？这得毒害多少人啊！振庆，你那边的调查工作做得怎么样了？"

刘振庆急忙从公文包里取出一份从移动公司打印的通话记录说："杜文在 6 月 5 日晚上 10 点 12 分接到一个电话，号码是1390310AAAA，通话时间仅为一分零七秒。在近三个月的时间里，杜文与这部手机联系频繁，几乎每隔两三天时间就通一次话，通话时间有时二十余分钟，有时只有一两分钟。我立即对这部手机的机主进行了调查，没想到，机主是使用假身份证购买的这部手机。"

薛阳简单翻阅了一下通话记录，忽然间，他的眼睛一亮，随后说道："姚家兴在昨天晚上 11 点多接到一个电话后，立即让两位服务员关门打烊离开洗头屋。根据服务员离去的时间以及死者的死亡时间，我推断有人要来洗头屋拜访姚家兴，这个人很可能就是杀人凶手。振庆，你再去一趟移动公司，查一下姚家兴三个月的通话记录，他接到的那个电话是我们破案的关键。"

刘振庆接受侦查任务后，立即驾驶摩托车离开了柳树街。

薛阳又对王海说："你在现场附近寻找目击者，将时间锁定在昨晚 11 点 30 分至凌晨 1 点 30 分之间。晓晨，你立即放下手里的工作，到东北出一趟差，查一下陈晓蕾在东北老家的社会关系及人员交往情况。这两起命案，我认为有一种内在的联系，杜文与大学生陈晓蕾有密切接触，姚家兴利用毒品控制着几位大学生卖淫，而陈晓蕾因吸毒过量中毒死亡。这其中又说明了什么呢？王海，我给你布置的调查工作进行得怎么样了？"

王海从公文包里取出工作手册，说："那三个女人的丈夫至今还蒙在鼓里，都不知道自己的妻子和杜文保持多年的情人关系。首先，他们没有作案的动机；其次，他们没有作案时间，在杜文被害的那段时间，他们都有不在场的证据。"

在听取了王海的工作汇报后，薛阳对于两起命案有了一个全新的认识，他似乎找到了问题的症结所在。

八、凌云山庄

在花山西郊四十余里处，有一座清凉山，山间树木茂密，怪石林立。清澈透底的月牙河环绕着清凉山，从山脚下缓缓地流过……

在山脚下茂密的树林中，掩映着一幢幢乳白色、奶黄色的豪华别墅。其中一幢名为"凌云山庄"的豪华别墅，以其独特的建筑风格闻名于清凉山，给人一种鹤立鸡群的美妙感觉。凌云山庄的主人正是花山市世鑫集团公司董事长乐炳旭。

今天是星期天，明媚的阳光照耀着清凉山。在凌云山庄宽敞的庭院里，一位五十多岁精神矍铄的男子悠然自得地躺在逍遥椅上，他正是山庄的主人乐炳旭。在他身边的一把藤椅上端坐着一位年轻美貌的女郎。她端庄秀丽、眉清目秀、唇红齿白、身材高挑。她是乐炳旭的秘书谷云燕。

乐炳旭从逍遥椅上坐起身，端起做工精美的咖啡杯，一边品味着咖啡的芳香，一边欣赏着眼前的这位佳丽。然后他点燃了一支粗大的雪茄，随着袅袅烟雾的升腾，他不禁想起了和谷云燕相逢时的情景，至今，他都为自己有这样一位红颜知己而欣慰不已。

谷云燕有着一种与众不同的气质，是那些艳俗的姑娘无法与之比拟的。

去年春天的一个午后，乐炳旭带着手下的几位弟兄在清凉山的狩猎区打猎。那天碧空如洗，凉爽的春风吹拂着寂静的山林。而乐炳旭的运气却极为不佳，一上午只打到了两只山鸡、一只野兔。他心爱的猎犬赛虎也开始焦躁不安。这条猎犬跟随乐董事长已有三年时间，每次狩猎他总要带上赛虎。

乐炳旭在众兄弟的簇拥下，来到一片幽静的树林前。忽然，赛虎发出了低沉的嘶吼，随后犹如离弦之箭冲向了一片杂草丛。一只土豹子从隐身的杂草丛中跃身而出，对突然闯入的猎犬发出了咆哮……

乐炳旭见从草丛里跑出了一只土豹子，眉宇间闪过一丝喜悦之情，他举起猎枪朝土豹子开了一枪，子弹击中了土豹子的一条前腿，土豹子疼痛难忍地呜咽着。赛虎瞅准这一时机，腾空而起，狠狠地咬住了土豹子的脖颈，并撕下了一块血淋淋的皮肉。土豹子发出了凄厉的惨叫，不甘示弱地冲上去，凶狠地咬住了赛虎的一条前腿。转瞬间，猎犬和土豹子撕咬成了一团。乐炳旭不敢贸然开枪射击，他怕伤着心爱的猎犬。

眨眼间，凶猛无比的赛虎逐渐占了上风，土豹子被咬得体无完肤。处于劣势的土豹子见势不好，落荒而逃，赛虎紧随其后，奋勇追击。顷刻间，它们便隐入密林深处，不见了踪影。

乐炳旭急忙带领弟兄们朝密林深处搜索，寻找捕杀土豹子的机会……

这时"砰"的一声清脆的枪响回荡在密林的上空，众人朝枪响的地方遁声望去，只见在一块空地上，土豹子中弹身亡，子弹从它眉心处穿射而过；赛虎正伏在土豹子的伤口处舔舐着鲜血。

好枪法！乐炳旭心中不由得连连称赞。他又感到纳闷，四周静悄悄的，那位射杀土豹子的神枪手身在何处呢？

正当众人四处寻找之际，一位手持猎枪的妙龄女子从一棵粗大的柳树后闪身而出。

大家的目光被眼前的这位身材高挑的美貌女子所吸引。乐炳旭眼睛为之一亮，觉得眼前好像划过一道亮丽的彩虹。

只见她上身穿一件运动衣，下身穿一条浅色牛仔裤，脚着一双白色旅游鞋，肩上背着一个大背包，一条黄色丝带将长长的秀发束在脑后。她的肌肤雪白细腻，明亮的双眸平静地注视着眼前这几位彪悍的男子。

"小姐，好枪法，实在令人钦佩！"乐炳旭竖起大拇指，连连称赞。

"先生，过奖了！雕虫小技，不足挂齿！"姑娘脸色绯红。

"请问小姐芳名，现供职何处？"乐炳旭面露喜色，他被姑娘的谈吐和举止所吸引。

年轻的姑娘嫣然一笑："我叫谷云燕，是自由自在的无业游民！"

乐炳旭略微沉吟了一下说："如果谷小姐不嫌弃的话，能否屈尊到我的公司，谋得一席职位？"

话音刚落，他的贴身保镖大忠急忙说道："这是世鑫集团的总裁乐炳旭，乐总！"

"久闻乐总大名，如今相见，果然不同凡响！"谷云燕低头施礼。

"那么，能否请燕子小姐到我凌云山庄喝杯咖啡？"乐炳旭笑容可掬地发出了邀请。

大忠似乎看出了老板的心思，恭维道："小姐的光临，我们的山庄一定会蓬荜生辉、光芒四射！"

谷云燕微微一笑，率先走出密林……

经过几次交往，乐炳旭对谷云燕有了一定的了解。她自幼在花山长大，如今与体弱多病的母亲生活在一起。她毕业于北京一所名牌大学，毕业后回到了花山，在一家医药科技发展有限公司做了一名业务主管。由于看不惯老板飞扬跋扈、独断专行的工作作风，愤然辞职。

　　每逢节假日，她都要到清凉山的狩猎区租一支猎枪打打山鸡、野兔等野物，这也算是她的一种爱好吧！说起狩猎，她和乐炳旭有说不完的话题，她在经商方面也有着极高的天赋。之后她在乐炳旭的游说下，到他的公司做了一名秘书。在几次商务谈判中，谷云燕发挥出了她的聪明才智，给公司带来了巨大的经济效益。乐炳旭叱咤商场多年，久经沙场，他认为自己找到了一个不可多得的人才，他对谷云燕大有相见恨晚之意。

　　乐炳旭勾引女人自有一套特殊的办法，在他的诱惑下，燕子最终投进了他的怀抱。为了笼络燕子的芳心，乐炳旭在牡丹园小区给她购买了一套二百六十平方米的复式楼，并送给她一辆红色法拉利跑车。

　　正当他沉浸在无限的遐想中时，忽然，贴身保镖大忠神色慌乱地跑了进来。

　　乐炳旭见状，脸色愠怒，叱责道：“什么事，这么惊慌失措？”

　　“乐总，大事不好！”大忠气喘吁吁，见到燕子坐在一旁，欲言又止。

　　乐炳旭见大忠吞吞吐吐的样子，不禁有些恼怒：“有话快说，啰唆什么！”

　　“昨天夜里，我们在 D 市的加工厂被警察一锅端了，所有的弟兄，全都被抓进了局子！”大忠脸色通红，满头大汗。

　　乐炳旭闻言，眉毛微微颤抖了一下，自语道：“现在风声紧了，我们还可以开辟新的财路。大忠，今后遇事不必这么慌乱！我知道你死里逃生，能活着回来，就已经是很大的造化了，你好好地休息去吧！”

　　大忠是乐炳旭手下“四大金刚”的老大，老二山炮、老三小豹子、老四金虎，这"四大金刚"都是乐炳旭从缅甸带回来的缅甸籍华裔，跟随他多年，都是他出生入死的好兄弟！大忠看了乐炳旭一眼，一声不吭地走了出去⋯⋯

"燕子，事已至此，你也许什么都明白了。我的事业是带有极大风险的，我的公司只不过是为掩人耳目的一个幌子。我和缅甸的几个大毒枭都有密切的接触，我不仅在云南、广东、广西等地开辟了贩毒通道，而且还在 D 市建立了毒品加工厂，生产冰毒。D 市加工厂的暴露，说明我们在某个环节出现了纰漏。"乐炳旭向燕子道出了实情。

燕子沉默不语，脸色略显苍白。

"虽然，我损失了一家加工厂，但我可以重新再建，这点损失对我算不上什么，不过九牛一毛而已。"乐炳旭端起咖啡杯，一饮而尽。

其实，谷云燕在公司工作一段时间之后，就知道公司明着从事房地产、珠宝玉石加工等行业，其实暗中进行着制作、贩卖毒品的活动，而乐炳旭就是有名的大毒枭——苍狼！乐炳旭占有了她的身子之后，给予了她极大的物质享受，在一定程度上满足了一个年轻女人的虚荣心。

乐炳旭从谷云燕的脸部表情上看出来她似乎有什么心事，关切地询问着："你是不是有些不舒服？要不你到屋里休息一会儿？"

谷云燕站起身，风摆杨柳般从乐炳旭身边飘然而过⋯⋯

乐炳旭凝视着谷云燕婀娜的身姿在他的视线里消失，略微沉思了一会儿，拿起桌上的手机，取出电池，重新换了一张手机卡，拨通了一个电话，语气冷漠地说道："杰子，最近船怎么总是漏水？"

被称作杰子的男子深深地吸口气，用一种不屑的口吻说：

"你的船里生了虫子，这是难免的！你要采取修补措施了，要不然，下次出海还要漏水！"

乐炳旭脸部的肌肉微微地抖动了一下，眼睛里闪过令人心悸的杀机，冷冰冰地说："今晚9点钟，我们在老地方见！"随后还未等对方答复，便挂断了电话。

王海对柳树街附近的居民进行了细致的调查，一连走访了几家，都没有丝毫的收获，但是他毫不气馁，依然挨家挨户地询问着。他走进了一户独门独院的人家，一位四十多岁的男子从屋里走出，王海向对方出示了警察证件后，简短地说明了来意。

这位中年男子在王海的提示下，仔细想了一会儿说："6月13日凌晨1点多，我下夜班，当我快走进我家门前的小胡同时，一位年轻女人朝我迎面走来，她犹如一阵清风从我身边吹过，身上散发着一股淡淡的幽香。我觉得很奇怪，每户人家都是院门紧闭，这么晚了，她到这里干什么呢？凭直觉，我认为她不是我们这一片的居民。她大约二十四五岁的样子，由于路灯光线昏暗，我没有看清她的面容。"

刘振庆在移动公司获取了姚家兴三个月的通话记录。记录清单显示，姚家兴在6月12日晚上11点16分接到一个电话，号码是1390310AAAA，通话时间为一分四十九秒。在这三个月期间，这部手机与姚家兴的手机频繁通话。

薛阳看过这部手机号码之后对刘振庆说："在三个月的时间里，这部神秘的手机与杜文、姚家兴的手机通话非常频繁，有时十几分钟，有时一两分钟。而且杜文和姚家兴的手机也经常联系，基本上是过个三四天，他们就通一次电话，时间也就是三五分钟，这说明杜文和姚家兴是非常熟悉的。而在我们前期的调查工作中，并没有发现他们有任何联系。并且这部手机在这三个月期间只与杜文、姚家兴保持联系，从未拨打过其他电话。

"根据杜文、姚家兴拥有毒品这一事实，可以推测他俩其中的一人与贩毒团伙有密切联系。我分析姚家兴的可能性极大，因为他判过刑，过去接触人员复杂。但贩毒团伙大都拥有枪支，完全可以将他们干净利落地除掉，没有必要使用毒药灭口，这种隐蔽的杀人手法与贩毒团伙残暴的杀人手法极不相符。"

薛阳推测到这里停顿下来，指着杜文和姚家兴的通话清单说："你再去一趟移动公司，查阅杜文、姚家兴三个月以前的通话记录，我们可以通过他们的通话记录查出我们所需要的线索。"

晚上 8 点 30 分，花山市人民路绿岛咖啡屋。在一间幽静的雅间里，乐炳旭端坐在沙发上，抽着一支粗大的雪茄，默默思索着。大忠一动不动地垂手站立在雅间门口，房间里的气氛格外的沉闷和压抑……

9 点刚过，一位戴着黑色墨镜的青年男子悄无声息地走了进来。他径直走到乐炳旭对面坐下，眼睛直视着乐炳旭，似乎没有把大忠放在眼里。乐炳旭瞟了大忠一眼，大忠心领神会，拉开房门走了出去。

乐炳旭不以为然道："你不要顾虑，他是我的好兄弟！"

青年男子嗤之以鼻："以后咱们见面要换个地方了，你最好不要带随从！"

笼罩在烟雾里的乐炳旭皱着眉头说道："我岁数大了，再过几年，我就要隐退江湖金盆洗手了！大忠，是我非常信任的兄弟。"

青年男子摘下墨镜，从手包里拿出一盒软包中华香烟，取出一支点燃，沉默了片刻之后说："你该清理门户了，最近出的一系列事故，你还不够挠头吗？"

"我的内部出了问题？"乐炳旭皱起了眉头。

"D市的加工厂叫人给端了，还说明不了这个问题吗？"青年男子愤然道。

"我手下的'四大金刚'绝对没有问题，他们跟随我多年，反水是不可能的。"乐炳旭非常的自信。

男子轻轻地哼了一声："老乐，你不要太自负了，你的摊子太大了！"

乐炳旭若有所悟："我的人里，有警方的卧底？"

青年男子沉稳地说："我们支队里目前没有派这样的人。要有，也是其他部门的人。要不然，就是省厅委派的。"

乐炳旭目露凶光："你给我查查！"说着从身边的手包里取出一张银行卡，放在桌子上，"这是你的辛苦费，密码还是原来的那个。这些年，我在你这儿花费得也不少了，要的就是平安二字！"

男青年从容地拿起银行卡，放进自己的手包里，也斜了乐炳旭一眼，愤然道："我落到今天这种地步，还不是拜你所赐！"

乐炳旭肥胖的脸上闪过一丝冷笑："我们是一条船上的弟兄。等我顺利干几票之后，我再给你出一笔钱，给你找一个更好的位置。"

男青年脸色阴沉，似乎陷入了对往事的回忆……少顷，他轻轻叹息着："你退出后，我们不要再联系了！"

乐炳旭朗声说道："我在市委书记、市长面前说话还是有分量的，我的面子，他们还是要给的！"

男青年心有所动:"我得走了。今天我值班。我劝你及时收手!"

就在这时,大忠推开房门,附在乐炳旭身边低语道:"出事了!汽车城门口的交易被警察冲了,老三带去的九个兄弟全部折了,只有老三身负重伤杀出重围。三千万的买卖就这么泡了汤!沈阳的马三炮怀疑我们黑吃黑,说三天内必须给他们一个说法。他给我们下了死帖子。"

乐炳旭闻言勃然大怒道:"一定是内鬼给警方报的信,这趟活儿还有谁知道?"

大忠站直了身子,恭敬地回答:"只有我和老三。"

乐炳旭杀气腾腾道:"老三现在在哪儿?"

大忠面无表情地说:"在公司一号院。他身上中了两枪。"

乐炳旭挥挥手,示意大忠可以出去了。他深深地吸了一口雪茄,语气平缓地说:"这次行动,你这个缉毒支队长怎么一点也不知道?你今天还值班!"

男青年脸上流露出难以置信的神情,压低声音道:"我临来的时候,五个大队的值班民警都在单位,没有任何行动的迹象。这次行动应该是省厅部署的,直接绕过市局缉毒支队,这说明,省厅已经对我们缉毒队产生了怀疑。而且你要知道我是副支队长,有些事要避开我,我也是没办法的。"

乐炳旭面沉似水说:"你先回去吧。我等你的消息。"

被乐炳旭称为缉毒支队长的年轻人,叫关中杰,35岁,现任花山市公安局缉毒支队副支队长。

关中杰心里涌起一丝不祥的预感,他拿起公文包急匆匆地回到了缉毒支队。值班室里,一位值班民警正在书写值班日志,见到关支队进来,急忙站起身,打了个招呼:"关支,今天晚上一切正常。我这里没什么事,其他大队值班的也都在各自的办公室休息了。"

关中杰下意识地看了一下手表，已经是 10 点半了，问道："省厅、市局最近有什么通知或行动吗?"

值班民警翻了翻值班记录本："没有什么重要的文件。只是要求加强值班、备班制度，要求值班人员在岗在位。"

关中杰递给值班民警一支中华香烟，闲聊了几句，便回到自己的办公室。

他没有开灯，靠在沙发上，点燃了一支香烟，内心翻腾起伏。他从心里对乐炳旭有种说不出的感觉。几年前的一幕幕在他眼前闪现着……

关中杰自幼在农村长大，从孩提时代起，他的理想就是要当一名人民警察。高考时他考上了警察学校，终于如愿以偿实现了自己多年的梦想。

经过四年的警校生活，他以优异的成绩圆满毕业，被分配到花山市公安局缉毒支队工作。

到单位报到之后，他满怀激情地投入火热的工作中，多次立功受奖，破获了多起贩卖毒品的重大案件，受到省厅、市局的通报表彰。他一步一个脚印，从基层民警干起，副队长、队长，直至副支队长。但由于他总是和毒贩子打交道，接触的都是一些社会阴暗面，毒贩子那种挥金如土、纸醉金迷的奢侈生活，给他的心灵带来了巨大的冲击……

他是公安局最年轻的缉毒支队长，坐到这个位置之后，他的思想彻底发生了蜕变，意识到手中权力的重要性，有权不使过期作废的错误想法在他内心深处生根发芽，他开始用手中的权力为自己谋取私利。他经常出入夜总会、歌舞厅、洗浴房等场所接受异性服务。也正是由于他经常到乐炳旭的夜总会消遣娱乐，他被乐炳旭盯上了。乐炳旭认为关中杰可以拉拢过来。

一天晚上，关中杰和几位朋友在乐炳旭的夜总会唱歌、畅饮到了深夜两点钟。准备结账时，服务生告知他，他的账老板已经结过了，并送给他一张金卡，说往后他可以随时到这里消费。

关中杰接过金卡，心里嘀咕着，我与老板素不相识，他怎么会送给我这么贵重的礼物呢？我倒要看看老板是个什么样的人。

在服务生的指引下，关中杰来到了老板的办公室。乐炳旭看见关中杰走进来，不禁心花怒放，暗想，只要关中杰走进他的办公室，那么他的计划就成功了一半。他满脸堆笑，急忙起身相迎，吩咐服务生泡茶、敬烟，甚是热情。关中杰则认为结交一个夜总会老板也不是什么大不了的事，逐渐放松了警惕。

在以后的交往中，他又接受了乐老板馈赠的礼品、现金及女人。就这样，他丧失了一名缉毒警察的立场，被金钱美女所俘虏，成为乐炳旭手中的一枚棋子。在关中杰的暗中帮助下，乐炳旭在花山站稳了脚跟，生意越做越大……

乐炳旭赶到公司一号仓库，见到了生命垂危的老三。老三胸部、腹部连中两枪，经过医生的急救，取出了身体里的子弹，但是由于失血太多，一直处于昏迷状态。乐炳旭查验过老三的伤势之后断定，他绝不是警方的卧底。同时他也意识到，不查出警方的卧底，他今后的日子就不会那么好过了。

在凌云山庄二楼的阳台上，大毒枭乐炳旭躺在一张太师椅上，苦苦地思考着最近一段时间出现的反常迹象。

自设在D市的毒品加工厂被公安机关端掉之后，接连几次毒品交易都遭受到警察的突然袭击，损失极为惨重。而且，广东、广西、云南等地的贩毒通道也遭到了当地警方的摧毁。问题的症结到底在哪里呢？他禁不住从太师椅上站起身，在宽敞的阳台上踱起了步子，脑海里急剧地闪现着几个疑问……

"嘀嘀嘀"，汽车的喇叭声打破了山庄的宁静，谷云燕犹如一股清风跨出法拉利跑车。

她左手拿着一支猎枪，右手提着儿只山鸡和野兔，乌黑发亮的秀发随风飘逸，明亮的双眸瞟向了二楼的阳台。当她的目光和乐炳旭的目光接触在一起时，乐炳旭晦暗的脸上顿时露出了惬意的微笑，刚才烦恼的思绪立刻消失得无影无踪了。

燕子贝齿一闪，朝乐炳旭投去了一个醉人的微笑，随即，迈着轻盈的步子，走进了别墅的大厅。

乐炳旭脚步轻快地走出阳台，来到一楼大厅，从保姆手中接过一杯果汁，亲手递给神采飞扬的燕子。燕子接过果汁喝了几口，便将杯子放在茶几上。

"今天，我们又可以品尝野味了！"乐炳旭喜上眉梢地说。

燕子白皙的脸蛋上露出一丝迷人的微笑，她坐在沙发上，开始拆卸猎枪，用抹布擦拭着枪支零件。

"大忠，把这几只野物送到厨房！"乐炳旭对站在门外的大忠吩咐着。

大忠急忙闪身进屋，捡起扔在地毯上的山鸡、野兔……

"燕子，我们近来接连失利，这都是前所未有的事呀！我决定离开花山，到美国纽约休养一段时间。"乐炳旭点燃了一支粗大的雪茄，慢悠悠地说着，眼睛里闪烁着一种令人捉摸不定的寒光。

刘振庆在移动公司调取了杜文、姚家兴三个月前的通话记录以及陈晓蕾生前手机的通话记录。经分析，薛阳发现杜文和陈晓蕾曾有过频繁的联系。但是，在沈丹燕所交代的人员中，并没有出现过杜文。由此推断，沈丹燕和杜文没有接触过。

姚家兴利用毒品将大学生们牢牢地控制在手掌心，使她们成为他赚钱的工具。在杜文和姚家兴的交往中，姚家兴很可能将陈晓蕾介绍给了杜文，而杜文在玩腻了其他几位情人的情况下，对青春靓丽的大学生产生了浓厚的兴趣。沈丹燕并没有提及陈晓蕾卖淫一事，只是说由她出面负责和姚家兴联系，从这一点可以断定，陈晓蕾只对杜文一人提供性服务。

杜文利用毒品控制了年轻美貌的陈晓蕾，使她成为他手中的玩物。同时他用贪污的公款购买毒品，以满足陈晓蕾的毒瘾。对于陈晓蕾的个人情况，薛阳所知甚少。晓晨已到东北出差多日，不知道她那边的工作进展到了什么程度。薛阳正在思忖着，办公室门口传来了轻微的脚步声。听到这熟悉的脚步声，低头沉思的薛阳精神为之一振，他知道是谁回来了！他急忙从椅子上站起身，果然不出所料，孙晓晨风尘仆仆地走进了重案队办公室。

沉寂的办公室里顿时一片欢腾。"晓晨，你一路辛苦了！"队里的刑警们纷纷站起身问候着。

刘振庆接过晓晨手中的公文包，薛阳为她沏了一杯馥郁芬芳的绿茶。

孙晓晨从包里取出工作手册，清清嗓子说："我在陈晓蕾的家乡黑龙江省雪城市进行了详细的调查。她出生在雪城市郊外红旗林场，父母是红旗林场的职工。我通过走访她家的老邻居，获取了一个意想不到的情况，她那故去的父母不是她的亲生父母，只是她的养父养母。她的养父养母由于没有生育能力，从一位女职工那里抱养了她。那位女职工在把自己的亲生女儿送给他人之后，没过多久，便离开了红旗林场。"

　　"她的生身父母为什么要把自己的亲生女儿送给他人呢?"王海提出了心中的疑问。

　　晓晨摆摆手,说:"你先不要着急提问,这里有一个凄婉的故事。故事发生在二十二年前,故事的主人公便是晓蕾的生母童雨,她的丈夫叫范子良,是红旗林场的一名伐木工人。他自幼生长在林场,性情刚烈、脾气暴躁,是一个典型的东北大汉。在一次酒后,他与人发生争执,将那人打成重伤,被法院判处有期徒刑五年。童雨那年只有 28 岁,是林场附近有名的大美人,许多人都垂青她的美貌。丈夫服刑后,她孤身一人带着三岁的女儿生活在一个小木屋里。在一天深夜,林场有名的大癞子谭三虎带着一身的酒气闯进了童雨居住的木屋,残忍地强暴了手无缚鸡之力的童雨。三岁的女儿目睹了母亲被人蹂躏,这在她的心灵深处留下了残酷的记忆。

　　"童雨为了顾全自己的名声,强忍着屈辱,没有到派出所报案。而谭三虎深知自己的所作所为会带来什么后果,随即逃离了红旗林场,从此杳无音讯。童雨暗自庆幸,自认为从今以后可以摆脱谭三虎的纠缠了,没想到,她怀上了谭三虎的孩子。由于她居住的小木屋远离林场,没有人注意到她身体的变化。十个月后,她产下了一个女婴。这个女婴就是陈晓蕾。童雨深知丈夫的秉性,自己在他入狱期间生下了一个女婴,这无法向丈夫交代呀!她只好把女婴送给林场一对没有生育能力的中年夫妇,并请求他们为自己保守秘密!

　　"可世上没有不透风的墙,她被人强暴并生下女婴一事还是传遍了林场。恰在此时,她丈夫在劳改农场的大山上炸石头时,由于操作失误被一块巨石砸死。处理完丈夫的后事,她在众人的指指点点中,感觉到没有再生活下去的意义,她想到了死。可是,四岁的女儿谁来抚养呢?在万般无奈的情况下,她带着年幼的女儿离开了红旗林场，回到了自己的故乡花山。"

刘振庆轻叹道："陈晓蕾知道自己的身世吗？"

孙晓晨用纸巾擦了一下红肿的眼睛，说："童雨离开林场后，陈晓蕾的养父养母也离开了林场，在雪城市靠卖烤羊肉串维持生计。我想她应该知道自己的身世。"

刘振庆再次提出了心中的疑问："她既然知道自己的生母在花山，为什么在我们的调查中没有发现她到花山寻找自己的母亲呀？"

薛阳在听取完晓晨讲述的故事后，用低沉的语调说："这很可能就是她染上毒瘾的主要原因。她的内心世界非常的空虚，需要用毒品来麻痹自己的神经。还有一点应引起我们的注意，为什么晓蕾的遗物中仅仅丢失了一个日记本呢？日记本里一定记录着一个姑娘内心的秘密，找到日记本也许会对我们破案有一定的帮助！"

办公室里陷入了一片沉默之中……

薛阳见刑警们都沉思不语，对王海说："我们不管晓蕾是否找到了她的生母，我们都应对童雨现在何处进行查找。这项工作由你具体负责。晓晨回家休息一下，你这几天真是太辛苦了！"

晓晨闻听此言，急忙从椅子上站起身，说："我不累，我来回都是高铁，谈不上什么辛苦！"

薛阳点燃一支香烟，继续说道："在柳树街，有人看到一位年轻女性从姚家兴家的后门走出，那段时间正是姚家兴被害的时间，她很可能就是杀害姚家兴的凶手。在杜文一案中，根据他那几位情妇的陈述，我认为还有一位年轻女性与杜文保持着情人关系。而这个年轻女性同时与杜文、姚家兴都有着密切的联系。通过调查，我认为姚家兴是贩毒团伙外围组织的成员，但排除了贩毒团伙杀姚家兴灭口的可能，因为缉毒队的同志们并没有掌握姚家兴贩毒的证据。那么这两起凶杀案属于什么性质呢？经过侦查，我们已逐渐排除了情杀和谋财害命的可能，他俩很可能死于仇杀！在杜文一案中所涉嫌的人员均排除了作案的可能，而姚家兴一案中又出现了一位年轻女性，从而使我找到了问题的切入点。我们下一步的工作重点，就是竭尽全力查找童雨的下落！"

九、血色黄昏

第二天中午，查找童雨的工作有了进一步的进展。正当刑警们的调查进入实质性阶段时，薛阳的手机突然响了起来，话筒里传出值班刑警急切的声音："薛队长，有紧急情况，指挥中心接到报警电话，有恐怖分子在市振兴化工厂安放定时炸弹，要炸毁化工厂。市局防暴队已派出精干力量赶赴现场，市局领导命你们大队速到现场展开调查，排除险情。"

在化工厂安放定时炸弹，这意味着什么？薛阳意识到了问题的严重性，他拉响警笛，风驰电掣般赶到了振兴化工厂。

振兴化工厂大门口已停靠着十几辆警车，十几名头戴钢盔的防暴警察在大门口设置了一道警戒线。数十名民警呈战术队形在厂区里展开细致的搜查。

薛阳在厂区内找到了亲临一线指挥搜寻工作的局长江汉。江局长见薛阳带人赶到现场，急忙把他拉到一旁，简短地说明情况："指挥中心接到报警电话，称有人要炸毁化工厂，要求我们进行处置。打电话报警的人使用了变声器，无法辨别其性别及年龄。而后其关掉了手机，我们无法与其再次联系。接到电话后，我们立即采取了行动，在厂区内进行搜查，如果……"

正说着，一位防暴队员跑到江局长身边。

他气喘吁吁地说："在仓库里发现了一枚定时炸弹！仓库保管员被歹徒打昏后捆绑住了手脚丢在仓库的角落里！"

"快去现场！"江局长命令道。

薛阳等人急匆匆地来到了仓库，仓库里堆满了大量化工原料及物品，如果发生爆炸，后果不堪设想。

从外表上看，这是一枚自制炸弹，炸药足有二十公斤，多条线头连接着一个定时器，定时器里正闪耀着红色数字，离爆炸时间还有十分钟。

仓库里格外的安静，一名防暴队员看着摆放整齐的炸药包自语道："二十公斤 TNT 炸药，这帮歹徒够狠的！"

薛阳观察着定时炸弹，说："马上疏散厂里的工人，在现场附近设置警戒线，禁止无关人员进入！"

厂长以设备检修停电为由在配电室拉下了电闸，请工人们提前下班，不知内情的工人们兴高采烈地离开了工厂。

"怎么样，有把握拆除吗?"江汉注视着神情专注的薛阳。

薛阳目不转睛地盯着定时炸弹，说："线路非常复杂，制作炸弹的人是位顶尖级专家。"

此时几位排弹技术人员携带着防爆器材，小心翼翼地走进了现场。

薛阳早已将自己的生死置之度外，寸步不离地守候在炸弹旁，仔细地观察着引爆装置。如果发生爆炸，花山市民将要受到化学毒气的侵害，想到这里，他的额头不禁渗出了细密的汗珠。时间在一分一秒中悄然而过，薛阳额头的汗水汇成了一条条小溪往下流淌着……

几位排弹技术人员和薛阳聚集在一起研究着排弹方案。薛阳在刑警学院学习的爆破知识如今派上了用场。他向大家提出了自己的想法，并主动要求亲自排弹。他蹲在炸弹旁，观察许久后，果断地拿起剪刀，剪断了其中的一根红色导线。

险情排除！

在场的几位年轻刑警欢呼雀跃起来。薛阳轻轻地放下剪刀，擦去了脸上的汗水，心里对举报者涌起一股敬佩之情……

随即薛阳对那位受伤的仓库保管员进行了详细的询问，保管员浑身无力地瘫坐在椅子上，断断续续地说："凌晨6点钟，我还在屋里睡觉，睡梦中隐约感觉到有人站在我身边。我睁开眼睛一看，我身边站着两个彪形大汉，我刚要张嘴喊叫，头部便遭到了重重的一击，然后就昏迷了过去，直到被警察解救。我对那两个大汉没有丝毫的印象……"

负责搜索的刑警在厂区西侧的墙头上发现了痕迹，墙头下面的杂草被踩倒了一大片，墙头上的砖头也被蹬掉了几块。由此推断歹徒是从这里秘密潜入了厂区，得手后，又成功地由此逃离……

化工厂险情被排除之后，薛阳带领队里的刑警回到了支队。他刚走进办公室，王海和孙晓晨就急匆匆地跟了进来。

王海端起放在桌上的茶杯，咕咚咕咚喝了几大口水，语气低缓地说道："童雨从红旗林场回到花山以后，户口落在胜利桥派出所辖区。之后她在市丝绸厂找到了一份工作，居住在丝绸厂家属院。今年1月，她在家中服下了大量的安眠药后离开了人世，至于其自杀的原因，我们无从查证。她唯一的女儿谷云燕在世鑫集团工作，担任集团总裁乐炳旭的专职秘书。她深受乐炳旭的赏识，乐炳旭不但给她购买了一套复式豪宅，还送给她一辆法拉利跑车，说白了她就是乐炳旭包养的'二奶'，也是乐炳旭众多情妇中最受宠爱的女人。"

听了王海的调查结果后，薛阳若有所思地说："乐炳旭是花山的知名人物，他所创办的世鑫集团拥有上亿元的固定资产，是花山上缴利税的大户。他头上笼罩着许多耀眼的光环，诸如人大代表、政协委员、著名企业家等，就连市长、市委书记也敬他三分。今天有人在化工厂安放定时炸弹。接到举报后，我们经过仔细搜索，及时排除了险情。我从内心对举报人非常钦佩，这说明这个人熟悉犯罪团伙的活动规律，并掌握着团伙内部重大的秘密。我们应尽快查清这个人的身份！"

大忠派出去的人回来报告，已经在化工厂成功地安放了定时炸弹。此时，乐炳旭悠然自得地躺在山庄的太师椅上，等待着震耳欲聋的爆炸声。化工厂的炸弹爆炸后，一定会给整个花山带来巨大的混乱，够公安局忙活一阵子了，"老子损失这么大，我是不会让你们过消停日子的。"

随后他又想到了最近发生的一系列事故，问题到底出在谁身上呢？到现在为止，关中杰还没有给他提供关于警方卧底的消息。这时他的脑海里闪过燕子俊美的面容和靓丽的身姿，可她如今已经怀上了他的孩子，应该不会反水的！等她生过孩子后，他会想办法让她和孩子出国。这次离开中国大陆，不知道什么时候回来，一定要除掉关中杰！他掌握着团伙的核心机密。想到这里，他拨通了关中杰的电话，让其速到山庄西边的密林里，有要事商谈。

关中杰自从上了乐炳旭的贼船之后，就意识到自己的小命已经被老乐牢牢地攥到手里了，他就好似过河的卒子没有了退路。昨天晚上，省厅缉毒总队的行动，就已经说明他们对花山市缉毒支队内部人员产生了怀疑。接到乐炳旭的电话后，他犹豫了片刻，还是决定和其见上一面，他已经下定决心，从此以后和乐炳旭大路朝天各走一边。

关中杰急如星火般赶到了约定地点。在密林深处，乐炳旭依旧抽着雪茄，面无表情地仰望着蔚蓝的天空……

关中杰下车后，疾步走到乐炳旭身边说："我没有打探到任何消息，省厅没有派人到你这里来。问题还是出在你们内部，是你身边的人在作祟。"

乐炳旭脸上的肌肉抖动了一下，一团怒火在他的心里升腾着。此时他已经不想再听关中杰多说一句话，现在关中杰在他眼里已经没有任何利用的价值了。为了永绝后患，只有除掉他，才是上策。想到这里，乐炳旭把雪茄狠狠地摔在地上，关中杰还没有明白是怎么回事，大忠一个箭步冲了上来，用手枪顶在了他的太阳穴上。

关中杰心中一凛说道："老乐，你要干什么？你听我解释。"说话的同时，他腰间的配枪被大忠缴下。

乐炳旭杀气腾腾地咆哮着："我不听什么解释，执行！"

枪声响过之后，密林里嬉戏的鸟儿鸣叫着冲向天空。转瞬间，密林里又沉寂下来……

薛阳和王海正在办公室里分析举报人的情况。薛阳认为市局指挥中心应该有举报人的电话，可以通过电话查找其相关情况。

他随即拨通了指挥中心的电话，从指挥中心得到了举报人的手机号码。据了解，此人曾多次使用这个手机向公安机关报告贩毒团伙的加工厂、贩毒通道、毒品交易时间及地点等信息，协助警方给了贩毒团伙以沉重的打击。得知此情况，薛阳的眼前闪过一丝亮光。

他又拨通了缉毒支队队长肖剑的手机，肖剑在电话里激动地说："我们在凌云机场附近的一个废弃的仓库里抓捕了几条

'大鱼'，贩毒团伙的十几名毒贩正在进行毒品交易，当场缴获冰毒一百公斤，海洛因一百公斤，现金五千万元。这是我们支队破获的最大一起贩毒案。前一段时间，省厅怀疑我们支队有内鬼。后经人举报，锁定了关中杰。同时举报人还向我们提供了毒枭苍狼的情况，我们苦寻他多时，没想到他就是世鑫集团总裁乐炳旭！之后在凌云机场候机楼里他被我们抓获，当时，他正要乘坐下午4点的飞机逃往美国纽约。这一切真是太出人意料了，他是缅甸警方通缉的大毒枭，没想到竟然潜入了我市，要不是举报人直接说出乐炳旭在缅甸所犯下的罪行，我们还真查不出他的真实身份。如今他的身份已得到确认，他的祖籍是黑龙江雪城市，原名叫谭三虎。二十二年前，他从云南边境偷渡到了缅甸，在一个贩毒团伙中做了一名马仔。他手狠心毒工于心计，很快在贩毒团伙中拥有了威信，巧使手腕取代了老大的位置，成为缅甸境内黑帮和贩毒团伙中声名显赫的大人物。他为了使自己拥有一个合法的身份，用残忍的手段杀害了一个在缅甸做玉石生意的新加坡华侨，冒名顶替了这位华侨的身份。从此以后，他摇身一变，以新加坡华侨的身份回到花山，经营房地产、玉石加工等生意。之后他重操旧业，在花山编织了一张巨大的贩毒网络，并建立了毒品加工厂生产冰毒……"

薛阳脸色凝重地挂断了电话。两位刑警见队长满脸阴霾，不禁面面相觑。

薛阳仰靠在椅子上，自语道："两起凶杀案马上就要真相大白了！"

王海甚为不解地说："凶手是？"

薛阳挥手道："立即去牡丹园小区！"

刑警们在小区物业管理人员的带领下，走进了26号楼一套豪华的复式楼，但房间里已经人去屋空……刑警们对所有的房间进行了细致的搜查，在书房的书桌里搜出了一个《花山晚报》记者证。

薛阳看着记者证上的照片，从内心深处发出了一声轻微的叹息。略微沉思了一会儿，他看了一下手表，语气严峻地说："我们去万灵山公墓！"

警车鸣响警笛，风驰电掣般驶到了万灵山公墓。在山脚下，停着一辆红色法拉利跑车，车里空无一人。

薛阳跳下警车，带着两位刑警沿着崎岖的羊肠小路往山顶走去。

夕阳在金色的霞光中移动，渐渐地隐没在地平线后面。在山顶的一块空地上，一位年轻女人孤寂的背影映入了薛阳的眼帘。她默默地站立在两块墓碑前，孤单的身影在夕阳的映照下，显得格外凄凉。

她似乎感觉到了身后的脚步声，但是仍然像雕塑般岿然不动。沉寂片刻之后，她突然开口说道："我知道，你们迟早会找到我的，如今应验了那句老话，'天网恢恢，疏而不漏'！"

她慢慢地转过身来，手中捧着一束洁白的玫瑰花，明亮的双眸中充满了无限的哀思，两行清泪顺着苍白的脸颊无声地滑落……

在她身后的两块墓碑上，分别刻着童雨、陈晓蕾之墓。墓前的一块平地上，有一小片灰烬，灰烬旁扔着一个蓝色日记本封皮。

"您一定是威震花山的优秀刑警薛阳，"她轻轻地说，"我是谁，您肯定是非常清楚了。我来看看我的母亲和妹妹。请问，薛队长在这场残酷的游戏中，是怎么查到我的？也该让我输得心服口服吧！"

薛阳凝视着冷艳的谷云燕，沉声道："我从杜文、姚家兴的通话记录中发现了一个相同的手机号码，这给我带来了新的启示，也从中寻觅到了你的踪影。你从小没有得到父爱，父亲在你心目中的印象非常模糊，而乐炳旭所表现出的仁慈、宽厚，使你感受到一种前所未有的温情。你被乐炳旭儒雅的绅士风度所深深地吸引，投进了他的怀抱，成为他的情人。

"今年1月，你的妹妹陈晓蕾因吸毒过量中毒致死，对此花山电视台、《花山晚报》都进行了大量的报道。此事在花山引起了巨大的轰动和反响。电视、报纸上还刊登了陈晓蕾的照片，并且详细报道了她的身世和死因。你的母亲看过电视和报纸后，得知死去的大学生就是自己的亲生骨肉，她悲痛欲绝，但她没有向你说出事情的真相，只是自己默默忍受着巨大的伤痛。

"不久，当你把自己的爱情故事告诉你的母亲，并把你们两人的合影摆在她面前时，她气愤不已，她认出了乐炳旭就是当年的谭三虎。而当她得知你的房子和高级轿车都是当年强暴她的那个恶棍给你购买的时候，她的内心悲愤到了极点。她声泪俱下地把过去那段惨痛的经历告诉了你。当天晚上，你的母亲服下安眠药自杀身亡。母亲的死唤醒了你心灵深处三岁时的记忆，你决心为死去的妹妹和母亲报仇，要用毒贩的死告慰她们的亡灵，因此你义无反顾地踏上了复仇之路。

"你花钱伪造了一个记者证，化装成记者到学校采访。在整理晓蕾的衣物时，你趁人不备拿走了她的日记本，你这样做是不想暴露自己的身份。你脚下的那个蓝色塑料本，就是晓蕾的日记本。从日记本里，你了解到罪魁祸首是姚家兴，如果没有他的勾引，晓蕾也不会有那么凄惨的结局。你悄悄地接近了姚家兴，和他保持着情人关系。从他嘴里你得知了杜文的一些情况。杜文和姚家兴是多年的老朋友，他通过姚家兴结识了陈晓蕾，并且为了达到长期玩弄晓蕾的目的，利用毒品控制住晓蕾。

就这样，晓蕾心甘情愿成为杜文的情人。"

谷云燕脸色苍白、神情凄迷地说："是的，这个日记本确实是晓蕾的。我不能以姐姐的身份出现在学校里，只能以记者的身份接近她的那些同学。如果暴露了我的身份，就达不到我复仇的目的了！为了惩治这些千刀万剐的恶魔，我愿粉身碎骨，在所不惜。"

"你在他们之间扮演着双重角色，寻找着复仇的机会，有许多次，你都可以从容不迫地杀死乐炳旭，"薛阳继续说道，"你并没有那样做，杀死他，团伙里肯定还会有人接替他的位置，继续为非作歹，你要让他们彻底消失。在掌握了贩毒团伙内部的信息后，你开始实施行动了。首先你在过去的医药公司搞到了氰化钾，并在 6 月 5 日晚上 11 点多来到杜文家中。在此之前，你和杜文有过多次接触，让他尝到了甜头，他听说你要来，显得格外振奋。趁他不备，你将氰化钾倒进了他的酒杯里，并假意与他干杯。杜文喝了几口后，当即气绝身亡。你马上清除了自己的指纹，锁好屋门和院门，伪装成他自杀的假象，迅速离开了现场。

"在除掉杜文之后，你开始实施第二个杀人计划。你在 6 月 12 日晚上 11 点多给姚家兴打电话，告诉他你要到柳树街，姚家兴激动不已，急忙让店里的两位小姐回住处休息，之后打开后门静候你的到来。上楼梯时，你不慎留下了自己的指纹。在姚家兴的卧室里，你如法炮制，诱使他喝下了掺有氰化钾的啤酒，整个过程计划得天衣无缝。但当你离开现场时，与姚家兴的邻居擦肩而过，你给他留下了深刻的印象。

"之后，你使用变声器给公安局打了举报电话。根据你提供的线索公安局一举端掉了毒品加工厂，使乐炳旭的贩毒团伙损失惨重。乐炳旭为了报复花山警方，在振兴化工厂安放了定时炸弹。你得到这个消息后，及时向警方通报，挽救了花山市民的安危。乐炳旭本想趁混乱之际，再做一次毒品交易后，就逃离花山，没想到却在机场被缉毒民警一网打尽。直到被捕的那一刻，他才如梦初醒，意识到他的惨败是由于你的原因。"

谷云燕默默地听着薛阳的讲述，心里暗暗佩服这个明察秋毫的神探，同时，也感到自己走到了生命的尽头。

手中的玫瑰掉落在地上，她用刀片割断了左手腕的血管，殷红的鲜血染红了洁白的玫瑰……

黑 手

一、失踪

5月8日早晨8点30分，十几位身穿职业服装的男女职员陆续走进花山市建设银行信贷科。大家的神情都很愉悦，彼此之间客套一番后，便纷纷端坐在各自的电脑桌旁，开始了繁忙的工作。

时间不知不觉到了中午，信贷员们从电脑桌旁站起身，拿着饭盒拥向食堂。当大家端着饭菜，走回办公室准备吃午饭时，信贷科副科长汤家兴问道："怎么没有见到叶科长？"

听汤副科长这么一说，大家的目光纷纷投向了房门紧闭的科长室，随后，众人又把狐疑的目光移向了汤家兴。

　　汤家兴见大家把目光都集中在他身上，便拿起桌上的电话，拨打叶科长的手机，话筒里传出服务小姐悦耳的声音："您好，您所拨打的电话已关机。"他随后又拨通了叶科长家里的电话，也无人接听。他无可奈何地放下了电话，站起身径直走向科长室。站在科长室门口，他伸手敲了敲紧闭的房门，房间里没有任何回应。他转过身来，对站在他身后的一位年轻的信贷员说："你去总务科把备用的钥匙拿过来！"

　　不一会儿，信贷员从总务科拿来了备用钥匙。汤家兴接过钥匙打开了紧闭的房门，走进了宽敞明亮的科长办公室，房间里面静悄悄的，没有一丝声响。随后他又走进了套间，里面也是空无一人。他走出科长室对站在门口的几位信贷员说："也许叶科长有什么事情需要处理，我下午再和他联系吧！"

　　下午3点钟，汤家兴又一次拨打叶雪松的手机，但电话里依然是服务小姐悦耳的声音。

　　时间静悄悄地流逝，信贷员们结束了一天紧张、繁忙的工作，但直到下班时分，办公室里还是没有叶雪松的身影。

　　汤家兴点燃了一支香烟，对大家说："你们都下班吧，我晚上再和叶科长联系一下！"

　　十几位信贷员纷纷从各自的电脑桌旁站起身，拿着自己的手提包，走出办公室，眨眼间，办公室里便人去屋空寂静无声了。汤家兴吸完一支香烟后，从宽大的皮椅上站起身，脚步匆匆地离开了办公室。

　　翌日一早。信贷科的信贷员们陆续走进了办公室。这时，汤家兴迈着矫健的步子走了进来。他走到自己的办公桌旁，目光下意识地看了一眼房门紧闭的科长室。随后，他坐在桌子旁，拿起电话，再一次拨打叶雪松的手机，手机依旧关机；再打他家的电话，也依然是无人接听。

略微深思一下，他从办公桌的抽屉里取出花山市电话号码簿，翻阅到市审计局办公室电话，拨通了。电话铃声响过两遍后，话筒里传出一位年轻女性的声音，她正是叶雪松的妻子安雨莹。

当汤家兴从安雨莹口中得知叶雪松昨天晚上没有回家时，他那白皙的脸庞上不禁流露出一丝惊诧的神色。安雨莹也不由得加重了说话的语气："他说这两天单位有事需要加班。如果这两天他没有在单位，他会在哪里呢？"

汤家兴言辞恳切地安慰道："也许他有什么事情需要办理，如果到中午还没有他的消息，我们再商量怎么办。"

安雨莹在电话里略微停顿了一下，说："那先这么着吧！到中午我们再联系！"

汤家兴轻轻地放下话筒，将身体靠在皮椅的靠背上，闭目沉思着……忽然，他好像想起了什么，急忙打开桌上的电脑，仔细查询着数据库里的资料和数字。渐渐地，他脸上露出了难以置信的神情，脸色也变得有些苍白。他从皮椅上站起身，疾步走到一位信贷员身边，俯身在他耳边低语了几句，信贷员熟练地操作着电脑进入了数据库。很快，信贷员的脸上也露出了惊讶的神色，他抬起头来，不知所措地望着汤家兴。

汤家兴非常沉稳地摆了一下手，示意信贷员不要声张，随即到科里的资料室查阅了一些账目，这些账目数字与电脑里的数字是一致的。汤家兴的脑海里涌现出一个巨大的黑洞，他知道这个黑洞意味着什么。

之后，汤家兴迈着沉重的步子，离开了信贷科，直奔行长办公室。

行长今年58岁，在银行工作三十余年，为金融事业奉献了自己的毕生精力。再过两年时间，他就要离开自己的工作岗位回家颐养天年了。

汤家兴神情慌张地走进行长办公室，语气急促地述说着他所发现的一切。行长脸色凝重地静听着汤家兴所说的每一句话，当汤家兴说完最后一句话时，他那苍老的脸上也是一片煞白。他意识到了问题的严重性。

他右手颤抖着点燃了一支香烟，沉默片刻之后，他用低沉的嗓音缓慢地问道："五千万元，你确定了吗?"

汤家兴极为谨慎地点点头，用一种慎重而肯定的语气说："我和小罗接连查验了三遍，肯定没错，那笔钱确实经过叶雪松之手被转移了!"

老行长晃动着头发花白的脑袋，浑浊的目光停留在办公桌一部红色的电话机上。凝视片刻之后，他突然拿起桌上的电话，快速拨了一组熟悉的手机号码，少顷，话筒里传出服务小姐清脆悦耳的声音，先前的那种侥幸心理随着这个声音而彻底破灭了。他倍感失望而又无奈地放下了话筒，整个身体好像虚脱了一般软弱无力地瘫坐在皮椅里，目光呆滞地望着天花板。沉吟了许久，他用一种悲怆的语气说："报警!"

花山市公安局刑警支队重案队接到 110 指挥中心指令，市建设银行信贷科科长叶雪松 5 月 7 日早晨 8 点钟离家后至今未有任何消息。其妻子安雨莹向 110 报警，请求警方帮助查找她丈夫的行踪。

与此同时，花山市检察院反贪局接到市建设银行的报警：银行信贷科科长叶雪松在近半年的时间里，利用一些隐蔽的手段，从其所管理的几个企业的资金账目里贪污了五千万元巨款。目前，叶雪松行踪不明。

随后，由市检察院反贪局、市公安局刑警支队等部门组成的联合调查小组，在公安局刑警支队会议室里召开了侦查会议。

花山市政府主管政法工作的副市长胡立坤参加了这次侦查会议。胡市长今年50岁，在花山市政府工作多年，是一位深受市民百姓爱戴的好市长。

会议由市公安局局长江汉主持，刑警支队重案队队长薛阳参加了会议。

江局长见各部门的负责人都到齐之后，声音洪亮地说道："建设银行信贷科科长叶雪松，男，32岁，5月7日早晨8点钟离家后至今未归，随后银行部门在其所管理的账目里发现有五千万元巨款被挪用。这是我市金融系统近年来最大的一起职务犯罪案，并且涉案金额巨大，作案手法巧妙。此案已引起市委领导的高度重视。胡市长亲临会场指导我们的工作。市委、市政府要求公安局在近期内破案，给全市人民一个满意的答复，绝不能让金融'硕鼠'逍遥法外。"

江局长做过简单的开场白后，胡市长在会上分析了当前的形势，并且传达了近日省委召开的反腐败会议指示精神。省委对贪污受贿案件高度重视，发现一起查处一起。他要求刑警支队首先查找叶雪松的下落；同时反贪局汇同几位金融系统的查账专家对叶雪松所管理的账目再进行彻底的清查，从中发现新的线索。

根据胡市长的指示，江局长对叶雪松贪污公款一案做出了明确安排，由刑警支队重案队负责查找叶雪松的行踪。他慈祥的目光在薛阳白皙的脸庞上停留了片刻。薛阳明亮的双目炯炯有神，他从老局长的目光里感受到一种庄重的责任，同时也感受到肩上担子的沉重。他暗下决心，绝不能辜负党和人民的重托，一定要将腐败分子绳之以法。

胡立坤从薛阳满怀信心的神情里感受到了一种希望。他知道薛阳是花山市赫赫有名的优秀刑警，曾破获数十起重大案件，在花山市民百姓中享有神探之美称。他说道:"薛队长,这起案子由你具体负责,你放开手脚,放心大胆地干下去就行了。我和江局长做你的坚强后盾!你给大家谈一谈下一步的工作方案。"

薛阳非常自信地说道:"叶雪松妻子安雨莹报称,叶雪松自5月7日早晨8点钟离开家后,就再也没有任何消息了。我决定先从7号早晨查起。叶雪松居住在学府街36号。第一,他本人不会驾驶机动车,他离开家时肯定会乘坐出租车、公交车等交通工具;第二,彻底调查叶雪松的社会关系,从中发现线索;第三,调查叶雪松的异性关系;第四,调查叶雪松与妻子安雨莹的关系。"

联合调查会议结束后,薛阳立即把重案队的几位刑警召集到办公室传达了上级领导的指示精神,并把下一步的调查工作进行了详细分工。

刑警王海接受了调查任务,立刻赶到了学府街。他分析叶雪松是信贷科科长,有一定的身份,并且手里拥有一笔巨款,他绝不会去挤公交车,一定会乘坐出租车。于是他决定先从学府街附近的出租车停车点查起。出租车停车点离叶雪松家只有一百余米的距离。他逐个询问了十几位出租车司机,其中一位留着小平头、二十多岁的小伙子,看过叶雪松的照片后说:"这个人我有印象,他出门时经常坐我的车。"

王海把照片放进皮包,向小伙子询问:"7号早晨,照片上的人是否乘坐过你的出租车?"

小伙子仔细回想了一番后,非常肯定地点点头,说:"那天早晨8点钟他坐上了我的车,他上车后,说了句到火车站,便仰靠在后车座上一言不发。平时他坐我的车总是和我聊上几句,那天却是一副心事重重的样子。到达车站广场,他付过车费后,就拿着自己的手提包下车进候车室了。"

王海又询问道："到车站大约是几点钟？"

小伙子略微沉思了一下，说："大概是 8 点 50 分吧！"

王海认为出租车司机提供的线索非常重要，他向小伙子道谢后，迅速驱车赶往花山火车站。

王海在火车站售票厅查阅了一番列车时刻表。他一边看一边暗自思忖，根据出租车司机的陈述，叶雪松离家时只携带了一个手提包，并没有携带大型旅行箱，那么他很可能是到花山周边的几个城市。花山北部有商台、石门两座历史名城，南部有平阳、新城等古城，东部是一马平川的平原地区，西部是连绵起伏的太行山区。9 点至 10 点花山通往商台、石门方向分别有三趟特快列车 A2 次、B4 次、C6 次，通往平阳、新城方向分别有三趟特快列车 A1 次、B3 次、C5 次。根据正常人的心理，大多数人出门时不会在候车室等候太长的时间，提前十分、二十分候车就可以了。叶雪松 8 点 50 分到达花山火车站，9 点 5 分有一趟开往商台、石门方向的特快列车 A2 次，9 点 10 分有一趟开往平阳、新城方向的特快列车 A1 次，他很可能是乘坐了这两次列车的其中一次。

随后王海在车站派出所值勤民警的协助下，找到了 5 月 7 日在进站口当班的四位检票员。但几位检票员看过叶雪松的照片后，都纷纷摇头说，每天有三万余名旅客乘坐火车，如果没有什么特殊情况，很难对乘车的旅客留下很深的印象，所以他们对照片上的人没有丝毫印象。

王海立即把这一情况向队长薛阳作了汇报。薛阳在电话里沉思了一下，决定向花山周边市县公安机关发出协查通报，请求兄弟单位协查叶雪松的行踪。

二、亡命徒

学府街派出所接到刑警支队的协查通报后，向重案队刑警反映了一个非常重要的情况。

去年12月25日凌晨时分，叶雪松和几个朋友在水手酒吧开怀畅饮，直到深夜3点多，他们几人才相继乘车离开酒吧。叶雪松喝多了酒，踉踉跄跄地上了一辆出租车，出租车没驶出多远，一辆黑色桑塔纳轿车便悄声无息地跟了上去。

出租车到达学府街的街口，叶雪松从车里下来，正准备回家时，尾随而来的桑塔纳轿车突然停在他身后，从车里下来两个手持砍刀和棒球棍的彪形大汉，对叶雪松发起了突然袭击……

猝不及防的叶雪松背部、腰部连中数棍，刺骨的疼痛使醉酒的叶雪松清醒了过来，他马上站稳脚跟，拉开了架势，展开了猛烈的反攻。有武术功底的叶雪松逐渐占了上风，他一个漂亮的旋风脚将手持砍刀的大汉踢倒在地，随即闪电般冲到另一个大汉面前，一个侧踹将其踹倒。正在此时，从车里下来一个手持双管猎枪的大汉，用猎枪逼住了叶雪松。就在这千钧一发之际，尖利的警笛声打破了寂静的夜空，原来是110巡逻车巡逻到这个小巷子，巡逻民警发现了几人在一起斗殴。持枪的大汉见势不好，急忙招呼两位受伤的同伙赶快撤离，两位受伤的大汉捡起地上的刀棍，在持枪大汉的掩护下，迅速驾车逃离了学府街……

案发后，学府街派出所抽调精干警力对此案进行了调查，由于叶雪松有着深厚的武术功底，他的身体并没有受什么严重的外伤。办案民警觉得，持枪大汉之所以没有马上开枪是怕误伤了他的两个团伙。幸亏巡逻民警发现情况及时赶到，否则叶雪松性命难保。另外，袭击叶雪松的歹徒驾驶的是一辆套牌车，现场没有留下太多的痕迹。派出所民警调查了一段时间，没有获取任何线索，此案也就不了了之了。而叶雪松伤好之后，照常去上班，也并没有把这件事放在心上。

没想到事隔儿个月后，叶雪松竟携款失踪，因此他曾被人袭击一案也引起了刑警的重视。

刘振庆对叶雪松的社会关系进行了详细调查，叶雪松自幼习练少林拳，在花山武术界小有名气，他在花山有一帮师兄弟，社会交往极为复杂。他居住的学府街 36 号是一幢三百平方米的二层小楼，这是他父亲留下的一套房产。同时他在和平路繁华地段还有六间临街门市，每月房租极为可观，这笔房租足以使他过上富足的生活。

刑警孙晓晨负责调查叶雪松的异性关系。通过调查，她得知叶雪松生活糜烂，经常出入娱乐场所，与多名年轻女性关系暧昧。与其保持情人关系的有平安保险公司女职员董薇，酒吧陪酒女袁圆、林风霞。

两年前，叶雪松当上了银行信贷科科长，这是一个令人眼热的职位。从那时起，他的内心世界就发生了剧烈变化，开始沉溺于酒色之中。

之后，孙晓晨分别找到了董薇和袁圆。她俩都是那种令男人一见就为之心动的女人，并且都不否认与叶雪松的情人关系。只是她们都说最近已经很少和叶雪松在一起了，至于什么原因，她们凭女性的直觉，感觉到叶雪松又有了新的女人。孙晓晨意识到她们所说的女人一定是新天地夜总会的林风霞。但当她赶到新天地夜总会时，夜总会的领班却说，林风霞已有一个月没有到夜总会上班了。

　　孙晓晨听出领班带有浓重的东北口音，便向她询问林风霞的个人情况。领班是一位年轻的姑娘，她与林风霞都是黑龙江省临江市人。在仔细看过孙晓晨的警察证后，她把孙晓晨请进了领班办公室。

　　年轻的领班对孙晓晨的调查非常配合。她说，林风霞今年24岁，原是临江市第三纺织厂的挡车工人。因厂里经济效益不好，工人们发不出工资，林风霞万般无奈只好下岗回家。林风霞的丈夫叫闫大铭，今年28岁，之前在黑龙江省临江车站广场将一位出租车司机捅成重伤。案发后，闫大铭畏罪潜逃，被临江市公安局刑警支队上网通缉，没过几天，便被抓捕归案。闫大铭被捕后，林风霞为了减轻丈夫的罪责，四处活动，请客送礼，很快花光了家里积蓄。但即使如此，闫大铭还是被判处有期徒刑十年。

　　随着丈夫的入狱，林风霞很快失去了经济来源。她感到青春已逝，万念俱灰。昔日的几位女友来到她家看望她，见她日渐消沉，都劝说她去外地打工。林风霞是当地出名的美女，未婚前身边有众多的追求者。在女友的劝说下，她渐渐地意识到了自身的价值，她还有着迷人的脸蛋、苗条的身段。于是她很快收拾好自己的随身物品，来到华北名都花山，在新天地夜总会里做了一名陪酒小姐。林风霞酒量惊人，而且善解人意，与那些风月场所的女子颇有不同。夜总会一共有一百二十名小姐，她是最受客人喜爱的小姐，很多客人都指名让她陪酒。一天晚上，叶雪松和几位朋友到夜总会喝酒唱歌，他一眼就看上了气质非凡、魅力超群的林风霞，林风霞也被风流倜傥、英俊潇洒的叶雪松深深地吸引。这几位客人都是房地产公司的大老板，他们的生意之所以能有今天的兴隆和辉煌，全仰仗叶雪松的关照。他们都是情场上的老手，早已从叶雪松的言谈举止中看出他对眼前的陪酒小姐情有独钟，于是竭尽全力恭维叶雪松并且讨好林风霞，而林风霞在一片恭维声中也已看出叶雪松在这些人中有着非常重要的位置。

伴随着美妙的乐曲，叶雪松与林风霞翩翩起舞。自丈夫判刑入狱之后，林风霞还未与任何一位异性有过如此亲密的接触。叶雪松强壮的身体上散发着一股成熟男人的韵味，使林风霞从心里产生了一种朦朦胧胧的爱意，人性的情欲在她内心世界急剧地涌动着……

那天之后，林风霞便投进了叶雪松的怀抱。叶雪松出手阔绰，一掷千金，他不但给林风霞购买了大量的名牌服饰、金银首饰，还为她租了一套两室一厅装修豪华的单元房。他经常到林风霞的住处过夜，林风霞即使不到夜总会陪客人喝酒唱歌，叶雪松每月给她的零花钱也足够她用上一阵子了。而叶雪松自从拥有了林风霞，就很少到夜总会消费了，他好像对林风霞格外的迷恋，完全沉醉在女人的温柔里。

孙晓晨认为领班提供的情况非常重要。林风霞是叶雪松私人生活中不可缺少的女人，他的神秘失踪也许与林风霞有着密切的关系。林风霞身边有许多迷恋她的男人，这些男人会不会因嫉妒叶雪松独自占有了林风霞，而对他采取了一些非常手段呢？带着这个疑问，孙晓晨驱车回到了刑警支队重案队办公室。

她给自己倒了一杯水，坐在办公桌旁小啜了几口。这时，值班刑警走了进来，递给她一份协查通报，是黑龙江省公安厅发出的，请求华北地区各级公安机关协查越狱犯闫大铭。通报上简要叙述了闫大铭的基本情况，他曾因故意伤害罪被判处有期徒刑十年，于今年3月20日傍晚时分，在劳改农场杀害一名管教干部，抢走五四式手枪一支、子弹十发，越狱潜逃。案发后，临江市劳改农场及临江市公安局刑警支队联合对闫大铭实施追捕。经开展工作,他们分析判断闫大铭很有可能潜逃到了花山,于是请花山市公安局刑警支队在日常工作中注意发现线索。

孙晓晨看着通报上闫大铭的照片,拿着这份协查通报转身走进了薛阳的办公室。

薛阳一边倾听着孙晓晨的情况汇报,一边在笔记本上飞快地记录着。孙晓晨的话音刚落,他便说出了自己心中的疑问:"在现有的线索中,林风霞是与叶雪松关系最为密切的女人。而从闫大铭越狱潜逃的时间以及林风霞一个月未到夜总会上班分析,闫大铭很可能跑到了花山寻找妻子林风霞。根据你的描述,我对闫大铭有了一个较为清晰的认识。他凶狠残忍,双手嗜血,为了达到自己的目的,不计后果,甚至铤而走险。在农场服刑的闫大铭闻听妻子在花山夜总会做了一位陪酒小姐,他从心里感到非常的恼怒和失落。他此次越狱,应该完全是为了他的妻子。"

他仔细端详着通报上的照片,少顷,把通报放在办公桌上说:"我们先把工作的重点放在查找林风霞的下落上。"

孙晓晨对于薛阳的说法表示非常赞同:"闫大铭找到林风霞后,看到自己的妻子成了别人的情妇,会不会对叶雪松痛下杀手呢?"

薛阳没有马上回答晓晨的疑问,他说:"闫大铭越狱至今已有一个月,临江市公安局将其列为重点督捕的逃犯,上网通缉。因此他很可能更名改姓或使用假身份证,以此逃避各级公安机关的追捕。他既然敢杀害管教干部,越狱逃跑,肯定有一定的心理准备。当他找到妻子后,会何去何从呢?他会带着妻子,东躲西藏,过着那种惶惶不可终日的逃亡生活吗?我认为他不会。他现在应该急需一大笔钱以便尽快结束逃亡生活。而当他发现叶雪松是一条'大鱼'时,他会轻易地放过吗?"

晓晨若有所思地点点头说："叶雪松在花山是一个响当当的人物，自幼习武，有深厚的功底，三教九流结交了不少朋友。他生性风流，经常出入风月场所并且与多位年轻女性关系暧昧，他之所以这样做，无非是享受生活、游戏人生，他应该不会对娱乐场所的女人产生很深的感情。"

薛阳认为晓晨的分析非常合理："这就是问题的所在。有句老话：'强龙难压地头蛇。'虽然闫大铭是个杀人恶魔，但是他到了花山，也不敢轻易暴露自己的身份。他对叶雪松肯定也进行了一番调查，知道叶雪松是一块难啃的骨头，所以他不会对叶雪松立即下手的。他很可能会把林风霞当作手中的筹码，以此来要挟叶雪松。而根据叶雪松的社会地位以及他本人的身体素质，他绝不会轻易向闫大铭低头就范的。"

"可是，领班并没有提供林风霞的住处，要找到林风霞，肯定要费一番周折的。"晓晨对找到闫大铭好像并没有信心。

薛阳非常自信地说："找到林风霞的住处并不困难。叶雪松与林风霞相识时，不是有几位房地产大老板同他们一起喝酒吗？叶雪松很可能是通过这几位房地产老板为林风霞买的房子。"

晓晨见队长为自己指点迷津，迫不及待地说："我现在就去找那几位房地产公司老板。"

薛阳摆摆手，沉稳地说："这项工作不用你去调查了，你有新的任务。"随后他拿起桌上的电话，拨了一个号码。

很快，话筒里传出刑警刘振庆洪亮的声音："薛队长，我马上就到支队了！"

"你现在立即赶到建行信贷科，找几位工作人员了解一下叶雪松的工作关系，主要查一下他与哪些房地产老板关系密切。这项工作至关重要，对我们下一步的调查起着决定性的作用。"薛阳对振庆部署道。

刘振庆接受调查任务后，立即掉转车头，驱车前往建设银行。

薛阳放下话筒，对晓晨说："我们只和安雨莹有过一次接触，她非常有气质，有一种成熟女性的风韵。叶雪松终日在外寻花问柳、夜不归宿，作为妻子她难道会一无所知吗？他们之间的关系应是我们调查的重点。你和安雨莹正面接触一下，从中观察他们夫妻关系是否有什么裂痕。查找闫大铭的工作由振庆、王海去做就行了！"

在建设银行信贷科，刘振庆在几位工作人员协助下，了解了叶雪松的工作关系，并从中查出了五位房地产老板与叶雪松来往密切，他们是花山市天台房地产公司董事长马献平、花山市恒星房地产公司董事长陈云华、花山市万达房地产公司董事长罗志明、花山市会通房地产公司董事长高新玉、花山市星辰房地产公司董事长邢文宾。

这几家公司均是私营公司，老板个个都是腰缠万贯的大富翁，而且在花山都有着很深的背景。他们的生意之所以能够飞黄腾达，全与叶雪松的鼎力相助有一定的关系。

刘振庆分别与这几位房地产老板通了电话，并向他们阐述了案件的重要性，希望他们配合警方的调查工作。起初他们对振庆这样的小警察不屑一顾，可是振庆对付这些私营老板自有一套办法和经验。几个回合下来，他们纷纷声称会积极配合警方的调查工作。其中星辰房地产公司董事长邢文宾提供的线索最有价值。他说他在百花小区为叶科长租了一套两室一厅的单元房，租期是三年，并为叶雪松购置了全套的高档家具和名牌家用电器。

振庆认为这个线索非常重要。他随即马不停蹄地赶到了星辰房地产公司。在宽敞明亮的董事长办公室，邢文宾非常热情地接待了他。

邢文宾身材矮胖，圆脸上架着一副金边眼镜。他吩咐年轻的女秘书给振庆端上一杯馥郁芬芳的咖啡。

振庆道过谢后，便直奔主题，他要求邢文宾带他去百花小区，到叶雪松租住的单元房实地查验一番。

邢文宾从文件柜里找出一个蓝色文件夹，翻阅了一会儿，取出笔在纸上写了一个地址，然后把白纸对折了两下，放进公文包里，对站在身边的女秘书吩咐道："马上备车去百花小区！"

邢文宾乘坐着奥迪轿车离开了星辰公司，振庆驾驶着桑塔纳轿车紧随其后，两辆车沿着铁西大街，直奔百花小区。

在百花小区停车场，他们分别泊好各自的车，邢文宾便领着振庆顺着人行便道朝几栋带电梯的高层住宅楼走去，一边走一边用手指着其中一栋高楼说："叶科长的房子在十一楼。我找一下小区物业管理处，他们有备用的钥匙。"说着掏出手机拨通了小区物业管理处的电话。

没过一会儿，一位身穿制服的物业管理人员急匆匆地走到邢文宾身旁，毕恭毕敬地说："邢总，我带了钥匙！"

邢文宾挥了一下手，算是做了回答。管理员见状，忙走在前面引路，把他们带进一栋住宅楼。

众人乘坐电梯上到了十一楼，楼道里静悄悄的，没有一丝声响。

邢文宾指着一扇紧闭的房门说："就是这套房子。"

管理员按响了门铃，悦耳的电子门铃响过后，房间里没有任何动静。管理员随后取出钥匙打开了房门。

随着房门的开启，振庆的右手下意识地摸向了腰间的六四式手枪。

众人穿过玄关，走进了安静的客厅。客厅布置得舒适、典雅，两间卧室也布置得非常温馨、安逸，房内各式高档家用电器一应俱全。

振庆逐个房间查看了一遍。他由窗台上的尘土断定，这套居室至少有一星期的时间没有人居住了。他注意到卧室的衣柜里挂满了色彩艳丽的名贵衣物，并且几乎全是女性的衣物，只有几件紧身衣、T恤、内裤是男性的；梳妆台的首饰盒里摆满了女性佩戴的戒指、耳环、项链等首饰。此外，他还在卫生间里发现了一把男士剃须刀。

邢文宾见振庆在几个房间里忙个不停，闲来无事，便打开了卧室里的影碟机，电视里出现的画面不堪入目，他略显尴尬地关掉了影碟机，一转身，见振庆站在他身后。他两手一摊，用一种非常无奈的口气说："这是叶科长的安乐窝！"

振庆在电视柜下面的抽屉里翻出了几十张淫秽光盘以及女性口服春药，他把这些物品整理了一下，放进了一个大塑料袋里。

邢文宾见振庆的工作非常细致，从公文包里取出在办公室里书写的那张纸条说："有这么一个情况，不知对你查案子有没有用。一个月以前，叶雪松让我再帮他租一套房子，我和他是多年的朋友，他帮了我很多的忙，这件事对于我来说是举手之劳，我二话没说便答应了。那也是一套两室一厅的单元房，租期是一年，我给他付了一年的租金。"

振庆颇为疑惑地问道："这套房子你为他租了三年，至今还未到期，他为什么还要再租一套房子呢？"

邢文宾晃动了一下圆圆的脑袋说："这，我就说不清楚了。也许，他又找了新的情人！"

振庆接过纸条，上面书写的地址是苹果园小区，离百花小区仅有一千余米。

之后他走进阳台，掏出手机把自己在百花小区发现的情况向薛阳作了一番汇报。

薛阳听说叶雪松在一个月前又让邢文宾在苹果园小区为他租了一套房子时，他的神情为之一振，一个月前正是闫大铭越狱潜逃的时间，而从那以后，林风霞也再没有到新天地夜总会上班！他认为邢文宾提供的线索非常重要，命振庆迅速赶到苹果园小区。

三、抓捕

没过多久，薛阳带领孙晓晨、王海等刑警也赶到了苹果园小区。在小区门口，薛阳和几位刑警聚集在一起布置搜捕任务。

邢文宾见刑警们的神情都非常严峻，不知所措地呆立在一旁。

薛阳布置好任务后，对惶恐不安的邢文宾说："邢总，你不要紧张！我们需要你和物业管理人员的配合。只要打开房门，我们直接进去，你们远离门口就行了！"

邢文宾打电话叫来了小区物业管理人员。众人在其指引下，走进了26号楼三单元。之后管理员在三楼西侧的一户门前止住了脚步，他用手指了一下紧闭的房门，示意这就是叶雪松租的房子。

薛阳站立在防盗门前，侧耳细听着房间里面的动静，屋里静悄悄的，没有一丝声响。他挥了一下手，示意邢文宾和管理员赶快离开这里。二人便蹑手蹑脚地离开了三楼。

随后薛阳用钥匙打开了防盗门，又打开了紧闭的木门。门开后，他掏出手枪闪电般冲进了客厅，振庆、王海手持手枪紧随其后也冲了进去，晓晨在门口持枪担任警戒。几位刑警呈战斗队形，相互掩护着查遍了所有的房间，但房间里均空无一人。

之后薛阳对所有的房间都进行了细致的检查，从其中一间卧室的床头柜里搜出了五发五四式手枪子弹、一把闪着寒光的蒙古刀、一本花山车站列车时刻表以及十几张花山至石门的往返火车票。这些车票打印的日期都是今年 4 月份，并且每两张车票的票号都是相连的，这说明乘坐人一共有两名。

王海在卧室大衣柜的一个抽屉里翻找出了二十几个款式新颖的男式钱包，钱包里面空空如也。薛阳看着这些空钱包，心想难道这间居室的主人有收藏钱包的嗜好？他一边暗自思忖着一边走进了另一间居室，这间居室的摆设极其简单，两个大衣柜并排摆放在一起，靠近窗户处有一张写字台，房间内只有一张单人床，上面铺着熊猫图案的床单，床上没有卧具。可以看出，这间屋子没有人居住。薛阳对这几件家具都进行了仔细的搜查，在写字台的抽屉里搜出了十个用五毛钱纸币包裹着的飞鹰牌单刃刀片。薛阳用小镊子仔细地检查着这些刀片，脑海里联想到之前找到的那些钱包以及列车时刻表、火车票等物品，他断定这间居室的主人是一位专"吃"铁路的窃贼。至于这个窃贼是否是黑龙江省临江市公安局刑警支队上网通缉的越狱潜逃犯闫大铭，目前还难以确定。

薛阳把那五发五四式手枪子弹放进物证袋里，随即掏出手机拨打了临江市公安局刑警支队重案队的电话。电话接通后，接听电话的同志正是临江市公安局刑警支队重案队队长。两位刑警在电话里彼此客套了一番后，薛阳把五发五四式手枪子弹的批号告诉了对方，经过查阅库存的资料后，对方非常肯定地告诉薛阳，他们所查获的五发子弹正是临江市劳改农场管教干部所配发的子弹。

得到确切的答复后，薛阳立即命令技术员王大江火速赶到苹果园，对居室里的指纹进行技术提取。

王大江赶到苹果园后，薛阳到楼下对邢文宾和那位管理员说了几句感谢的话，并叮嘱他们保守秘密，绝对不能对外人提起此事。为防止发生意外，他命振庆和晓晨留在楼下担任警戒任务。他和大江、王海则继续留在屋里对另外一些物品进行检查。

王大江一共在卧室里提取到两个人的指纹。经比对，其中一枚正是在逃犯闫大铭的指纹。另一枚指纹的身份还无法确认。不过，薛阳通过衣柜里的女性衣物以及阳台上晾晒的女性内衣、内裤，断定这枚指纹是一位女性所留下的。而这位女性很可能就是林风霞。

薛阳伸手触摸了一下晾晒的衣物，发现这几件衣物还湿漉漉的。他看了一眼手表，现在是下午 4 点 30 分，那么衣物的洗涤时间很可能就在今天早晨。联想到那些火车票，他分析闫大铭是今天早晨离开这里的，他很可能是带着林风霞上车作案，扒窃旅客钱财去了！而通过室内物品摆放的整齐程度，薛阳断定用不了多长时间，他们还会回来的。于是他决定在这里张网以待。

他立即打电话从支队调来六位精干刑警，他们携带微型冲锋枪、身穿防弹衣，乘坐一辆没挂公安牌照的面包车赶到了指定地点。

见到六位精神饱满、士气高昂的青年刑警，薛阳从心里感到无比的振奋。他把几位刑警分成了四个战斗小组：第一组是他和王海及两位持冲锋枪的刑警，他们守候在客厅里，当房门打开后，立即对闫大铭实施抓捕；第二组，由振庆带领两位持冲锋枪的刑警，守候在对面的邻居家，当闫大铭跨进屋里的那一瞬间，他们从后面夹击，使其腹背受敌，从而失去抵抗能力；第三组，由晓晨带领一位持冲锋枪的刑警等候在楼下的面包车里，以防抓捕工作失利，闫大铭下楼逃窜时，在楼道口对其实施抓捕；第四组是技术员王大江和另一位持冲锋枪的刑警，他们分别守候在楼下阳台、厨房窗户下面，一旦闫大铭从三楼往下跳，就在楼下对其实施抓捕。

夜幕降临，英勇无畏的刑警们都坚守在各自的岗位。时间静悄悄地流逝，转眼间夜空中就缀满了点点繁星，此时已是晚上 10 点 30 分了。房间里一片漆黑。薛阳和几位刑警潜伏在客厅和厨房里，他们每个人都清楚自己所面临的是一场严峻的考验，他们的对手是一位双手嗜血的恶魔。

0 点一过，寂静的楼道里传来了一阵轻微的脚步声。薛阳锐利的双眼闪过一丝亮光。尽管脚步声很轻，薛阳还是敏锐地判断出这是两个人发出的。来人在三楼的楼道里止住了脚步，一位青年男子粗重的声音从门外传来："咦，楼道里的灯泡怎么灭了？"

原来，为了安全起见，薛阳命人把楼道里的灯泡拧松了，以便于刑警们更好地隐藏，使抓捕工作顺利完成。而从男子浓重的东北口音里，薛阳已经可以断定他正是他们所要抓捕的悍匪闫大铭。

这时门口传来钥匙开锁的声音，随着防盗门的开启，一位身材魁梧的彪形大汉迈着沉重的步子走进了客厅，在其身后是一位衣着艳丽的年轻女子。当这位年轻女子正准备关门时，客厅里发出一声惊天动地的怒吼："警察！不许动！"

薛阳从潜伏的角落里纵身跃起，冲到大汉的身后，一个抱膝顶摔将大汉摔倒在地，而后他蹲坐在大汉的腰部，将其双臂架在自己的手臂上，并用双手用力按在大汉的肩头，使其动弹不得。另外两位刑警上前一步将漆黑的枪口顶在大汉的头部，王海扑上前，动作利索地给大汉粗壮的手腕戴上了锃亮的手铐。

站在门口的那位年轻女子惊恐万状地注视着眼前发生的一切，不由得发出了一声尖叫，就在这一瞬间，埋伏在对面邻居家的两位刑警冲出大门，给失声尖叫的女人也戴上了手铐。

薛阳见大汉被戴上了手铐，双手迅速搜遍了他的全身，最后从他的右脚踝处搜出一支五四式手枪，弹匣里压着五发子弹。后经查验枪号，这支五四式手枪正是临江市管教干部佩带的手枪。被按在地板上的大汉，望着两支冲锋枪漆黑的枪口，绝望地闭上了双眼，脑袋无力地耷拉在地板上。

门外的刑警把年轻女子带进客厅，并打开了客厅的吊灯。在明亮的灯光照耀下，年轻女子看着荷枪实弹的刑警，从心里发出了一声轻微的叹息……

经查询，两人身份得以确认，他们正是被警方追捕的闫大铭及其妻子林风霞。刑警们对两人随身携带的物品进行了检查，一共搜出三个黑色钱包，钱包里分别装有两千元、一千六百元、一千元人民币。薛阳还从闫大铭的右裤兜里搜出两把用五毛钱纸币包裹着的飞鹰牌刀片以及四张花山至石门的往返火车票。

由此可见，他们今天在特快列车上作案得手，又窃取了一笔不小的钱财。

随后几组刑警在楼下会合，迅速押解闫大铭、林风霞返回刑警支队。

薛阳和王海在支队第一审讯室里对闫大铭进行了严厉的审讯。同时，孙晓晨、刘振庆在支队第二审讯室里对林风霞进行审讯。

具有丰富审讯经验的薛阳采取循序渐进的审讯方式，步步紧逼，使凶残暴戾、负隅顽抗的闫大铭节节败退，最终在政策的感召下缴械投降。

　　他供述，被判刑后，他听探监的朋友说妻子在花山夜总会坐台，他感到无比的气愤，于是决定越狱，去花山找林风霞。虽然他性情粗野，但是非常喜爱自己的妻子。他从小不学无术，练就了一手扒窃绝活儿，尤其擅长使用刀片。他之所以打伤出租车司机，是因为其向公安机关举报了他的扒窃行为。从劳改农场逃跑后，他乘坐火车一路南下到了花山，在新天地夜总会找到了坐台的妻子。他原想把她痛打一顿，可是见到娇媚的妻子，他举起的大手又无可奈何地落了下来。别看闫大铭心狠手毒，可是对自己的妻子特别迷恋。闫大铭从临江市跑到花山后，已是身无分文，他又没有什么技能，只好去"登大轮"。他每次上车作案都要带上林风霞，让她在车厢的连接处为他把风，遇到乘警巡视时，便给他发出信号，两人配合默契，作案屡屡得手。

　　闫大铭知道自己罪孽深重，迟早有被抓获的一天，所以他本想捞一笔钱后，就带妻子偷渡到俄罗斯去，那里中国人多，生意也好做。可是林风霞却不赞同他的想法，说等过一阵子再说。他也不愿意违背妻子的意愿，只好先这么将就着。

　　第二审讯室里，孙晓晨向林风霞宣传法律知识，晓之以理、动之以情，利用女性特有的心理，感化了态度强硬的林风霞。她如实供述道：她知道丈夫性情暴躁，做事不计后果，因此她知道绝不能让丈夫知道她和叶雪松的情人关系。对于叶雪松，她知道他还有别的女人，但是从他的言谈举止中，她感觉出他对自己怀有一种特殊的感情。而通过与叶雪松的密切接触，她也已经深深地爱上了他。然而，对于叶雪松的心思，她始终难以揣摩，她不知道自己在叶雪松的心目中究竟处在什么位置。

她不想和丈夫过那种窃贼的日子，闫大铭不会给她带来幸福的生活。她从内心深处萌生了一种摆脱丈夫的欲望。可是，她又不忍心向公安机关举报自己的丈夫。她陷入了一种非常矛盾的焦虑之中。她一边和丈夫上车作案，一边暗地里和叶雪松约会。在和叶雪松过夜时，她就对丈夫谎称是去夜总会坐台，好多挣一些钱，为他们的将来打基础。她没有向叶雪松说过闫大铭的任何情况，她怕引起他的反感。而自5月6日早晨叶雪松离开百花小区的住处后，她就再也没见过他。昨天早晨，她还拨打过他的手机，可是他的手机始终关机。

薛阳和晓晨把各自的审讯结果汇总在一起，认为叶雪松的失踪与林风霞、闫大铭没有任何关系。

四、难言之隐

针对叶雪松异性关系的调查，刑警们没有获取任何有价值的线索。薛阳决定把调查的重点转移到安雨莹身上。

他和晓晨驱车赶到了学府街，顺着门牌号找到了叶雪松的家。他家是一幢前有庭院后有花园的二层小楼，在周围的建筑中显得别具一格、独具特色，给人一种鹤立鸡群的感觉。高高的围墙遮挡住了院子里的一切，院子四周种着六棵高大笔直的梧桐树，嫩绿的树叶在微风的吹拂下发出哗哗的轻响。

薛阳站在高高的台阶上，望着紧闭的大铁门，伸手按响了门铃。悦耳的门铃声响过后，院子里传来轻微的脚步声，一位年轻美貌的女子身穿洁白素雅的休闲服打开了紧闭的铁门。她就是叶雪松的妻子安雨莹。

安雨莹在刑警支队重案队见过薛阳和孙晓晨，更知道薛阳是花山市赫赫有名的优秀刑警。她急忙将二人请进院子里。

　　两位刑警在安雨莹的指引下，穿过鹅卵石甬道，甬道两旁是两个小巧的花池，里面的鲜花争奇斗艳地绽放着，幽静的院落里飘荡着花草的芳香。

　　随后二人走进一楼宽敞明亮的客厅，客厅装饰得富丽堂皇，给人一种置身于宫殿的感觉，意大利真皮沙发更显示出主人的富有。薛阳的目光在客厅四下打量了一番，默默在心里盘算着，楼上楼下的面积大概有三百平方米，这套豪宅在花山的售价至少要三百万元。

　　安雨莹请二位刑警落座，并为他们沏了两杯茶，随后自己也坐了下来。

　　晓晨在薛阳的示意下打开了工作手册问道："关于叶雪松的情况，我们要进行详细的调查，他的失踪与一笔巨款有关。近一年来，他在家里有什么异常举止吗？"

　　安雨莹轻轻地叹息了一声："这件事他从来没有在我面前提过。我们家的经济条件想必你们也做了调查，光那几间临街门市，就足以使我们衣食无忧了。况且他那么年轻就当上了信贷科科长，要知道那是多么令人眼热的职位！"

　　晓晨注视着面带忧伤的安雨莹，换了一个话题："叶雪松平时应酬多吗？"

　　安雨莹把身体靠在柔软的真皮沙发上，幽幽地说："他从小习练武术，有一帮师兄弟。再加上他所处的位置，他在花山有一定的社会关系，所以他在家的时间是非常有限的。"

　　"他经常在外面过夜吗？"

　　安雨莹面无表情地点点头："他工作忙，应酬多，两三天不回家是常事，我对这些早已是习以为常了。"

　　晓晨似乎从安雨莹冷冰冰的话语里感悟出了什么，她继续不动声色地问道："你们结婚几年了？有孩子吗？"

安雨莹漂亮的杏仁眼里闪过一丝忧郁："我今年 27 岁，我们结婚五年了，还没有孩子。"

薛阳从安雨莹略带忧愁的话语里感觉出他们夫妻的关系并不是多么和谐，而且她对叶雪松在外面的所作所为肯定是非常清楚的，只不过是不想在陌生人面前表露而已。

"五一放假期间，他一直在家休息吗？"薛阳想核实一下林风霞说的情况是否属实。

雨莹用一种非常平淡的语气说："从 3 号开始，他就一直待在外面没有回家，直到 6 号中午才回来。吃过午饭后，他一直在书房里上网玩游戏，傍晚时分，他下楼到后院里练了几趟拳。晚饭后，他在客厅看了一会儿电视便上楼睡觉了。7 号早晨，他离开家门时，神情显得特别悠闲，还告诉我，单位这两天有事需要加班，什么时候回来电话联系。"

安雨莹的话证实了林风霞所说的情况是真实的。可一连三天叶雪松不在家住，安雨莹居然无动于衷，她真的那么信任自己的丈夫吗？

晓晨和薛阳对视了一眼，她从薛阳的眼神里领会了他的意思。于是，她一边把工作手册放进公文包里，一边对安雨莹说："我能到楼上的书房、卧室看一下吗？"

安雨莹站起身，伸手做了一个"请"的手势，随后在前面引路，带领两位刑警顺着楼梯走进了二楼的书房。书房布置得非常舒适、安逸，物品摆设极其简单，一张单人睡床，旁边是一个床头柜，上面摆放着一盏高级护眼台灯。睡床对面是两个书柜，书柜里摆放着大量的武侠、侦探小说以及金融系统业务书籍。窗户下面摆放着一张电脑桌，桌旁有一张宽大的写字台，上面有一个多用电源插座，插座旁边放着两个手机充电器。薛阳信手拿起了充电器，这是两个不同型号的手机充电器：一个是苹果手机充电器，另一个是华为手机充电器。

他对一直站在他身边沉默不语的安雨莹问道："叶雪松有几部手机？"

安雨莹冷漠地说："他就一部手机。"

之后薛阳对书房里所有的物品都进行了检查，未发现什么有价值的线索。晓晨也对楼上楼下所有的房间都进行了细致的检查，同样没有发现与破案有关的任何线索。

随后二人便告别安雨莹，离开了叶雪松家。

薛阳驾驶着警车出了学府街，驶进了另一条寂静的小巷，他缓缓地把车停在路边问："晓晨，谈谈你的收获，你对安雨莹有什么看法？"

晓晨思考了一下说："他们结婚五年了，竟然没有孩子，这其中一定有什么隐情，我觉得这是我们下一步调查的重点。"

薛阳双手握着方向盘，眼睛注视着前方，微微颔首道："你在卧室和书房里发现了什么吗？"

晓晨轻轻地摇了摇头，表示没有什么新的发现。

薛阳悠然地点燃了一支香烟说道："卧室的席梦思睡床上只有一套卧具，而书房里也摆放着一套卧具，这说明，他们夫妻早已分居。而且他还有另外一部手机，这部手机安雨莹并不知晓！"

晓晨不禁对队长细致的观察能力表示由衷的佩服，"经过你的提示，我认为他们夫妻关系已出现了裂痕，安雨莹对叶雪松在外面的所作所为早就心知肚明。而她很可能也有自己所钟爱的男人，这就是她对叶雪松经常不回家听之任之的原因。"晓晨说出了自己的看法。

薛阳摇下车窗，让烟雾排出车外："我去安雨莹的单位，调查她在单位的表现及社会关系；你再次返回学府街，在叶雪松家的邻居中展开调查。安雨莹根本不可能给我们提供有价值的信息。"

晓晨拿起自己的公文包，打开了车门，正准备下车时，薛阳叮嘱道："你不要让安雨莹察觉出来！有结果后，你给我打电话，我们还在这里碰头。"

之后，晓晨挨家挨户走访了叶雪松家周围的几户邻居。据了解，叶雪松在邻居中的口碑不错，从未与人发生过什么不愉快的事情。他家旁边的一户邻居是一位退休的中学教师，她向晓晨反映了一个情况：去年3月，一天晚上10点多钟，安雨莹和叶雪松在楼上的卧室里发生了一次激烈的争吵，具体因为什么原因不太清楚，好像是谁得了什么病，这种病还不好医治。而从那以后，再没听到他们夫妻发生过争吵，日子过得非常平静。

薛阳通过调查安雨莹单位的同事以及她的几位同学，获取了一个意外的线索：安雨莹有一位情人，叫丁浩然，今年28岁，在花山中华大街电子一条街经营着一家腾飞电脑公司。这也证实了晓晨之前的猜想。

薛阳立即对丁浩然进行了秘密调查，他和安雨莹在上中学时就是一对形影不离的恋人。直到两人考上同一所大学后，他们仍然保持着恋人关系，他们的很多同学都知道。但临近大学毕业时，他们的关系出现了变化。由于丁浩然是农家子弟，家境贫寒，安雨莹的父母竭力反对这门亲事，甚至以死相逼。在万般无奈的情况下，安雨莹只好提出了分手。丁浩然无法接受这一事实，他那颗火热的心一时悲凉到了极点……随后他孤身一人南下到广州发展自己的事业，经过几年的奋力拼搏，终于拥有了一家自己的公司。虽然他在外闯荡多年，但是他仍然对初恋情人难以忘怀，无时无刻不在思念着安雨莹。因此当电脑公司发展到一定规模后，丁浩然决定移师北上，到花山发展自己的事业。去年春天，他在花山中华大街电子一条街注册了腾飞电脑公司。

薛阳获取这一线索后，迅速赶回学府街，接上在街口等候多时的晓晨。他俩汇总了各自的调查结果。薛阳认为他们夫妻发生激烈争吵一定是因为叶雪松的原因。这几年来，叶雪松一直在外寻花问柳，他很可能得了性病，并把性病传染给了妻子。安雨莹察觉自己得病后，与叶雪松爆发了激烈的争吵。也是从那以后安雨莹对叶雪松彻底心灰意冷，夫妻关系名存实亡。

晓晨认为薛阳分析得极其透彻，她决定亲自调查这件事，略微沉吟了一下，她说："安雨莹得了性病后，根据她的身份和性格，她是不会到市里的大医院医治的，如果碰上熟人，把这件事传出去，她怎么还能在单位待下去！一个女人最注重的就是自己的脸面。所以，我认为她只能到那些个体诊所医治。大街小巷张贴的那些治疗性病的广告，犹如城市的'牛皮癣'。她很可能会按图索骥，寻找那些江湖郎中为自己看病。"

薛阳把车停靠在路边说："晓晨，我等你的好消息！"

接受了调查任务后，晓晨的心里已经有了一个完整的调查计划，安雨莹所供职的审计局的定点医院是第二医院，她决定先从第二医院查起。

在第二医院病历室，她查阅了安雨莹的病历，病历里记录的内容使她大为惊讶。原来，安雨莹多年前曾做过两次人流手术，由于体质虚弱，导致她经常习惯性流产，并且之后多年再无法怀孕。

谢别了病历室的工作人员后，晓晨离开了市第二医院。她似乎找到了他们夫妻反目的原因。她想，致使安雨莹怀孕的男人一定是丁浩然。而她和叶雪松结婚后，一直无法怀孕。世上没有不透风的墙，叶雪松终于知道了妻子不孕的原因，这令他非常窝火，因此他终日寻花问柳、夜不归宿以此发泄心中的不满。

至此，晓晨渐渐地厘清了一丝头绪，根据之前的思路，她推测着，安雨莹不会去街头巷尾的小诊所，而只能去人口密集的火车站、汽车站等场所，这样她可以扮作等车的旅客或去车站接人，从而遮人耳目。

之后晓晨在花山火车站、汽车东站、汽车西站等场所展开了细致的调查。终于，在汽车西站地下旅馆的一家个体诊所里，一位年近六旬的老中医在看过叶雪松和安雨莹的照片后，给予了肯定的答复。因为很少有夫妻双方一起来看性病的，而且他俩得的还是非常严重的梅毒。妻子年轻美貌、姿色过人，丈夫也是相貌英俊、仪表堂堂。虽然这件事过去了一年多，但是老中医仍然记忆犹新。

老中医一边回答着晓晨的话，一边翻阅着病历登记簿，他翻到去年3月的登记簿，指着上面的日期说："他们是在3月16日到我这里来的，我只用了一个月时间就看好了他俩的病。因为我用的是中草药，这是我家祖传专制梅毒的秘方……"

薛阳把警车停在学府街口的便道上，下车慢慢地踱起了步子……

傍晚时分，安雨莹打开了紧闭的大铁门。她手里提着一只黑色手包，步履轻快地走下台阶，快步走到街口，上了一辆出租车。薛阳见此，急忙走回警车，不紧不慢地跟随其后。

出租车在市区内穿过几条大街，停在了光明大街寻梦咖啡屋门前。安雨莹下车站在咖啡屋门口环顾了一下周围，随后便娉娉婷婷地走进了咖啡屋。

薛阳将车停在咖啡屋附近，默默地观察着。

不一会儿，一辆黑色奥迪 A6 型轿车停在了咖啡屋门前，一位身材挺拔、面容俊朗的青年男子跨出了轿车。之后他锁好车门，径直走进咖啡屋。

薛阳凭直觉判断这个相貌英俊的男子正是安雨莹等待的人。他点燃了一支香烟，叼在嘴里，双手插在裤兜里，溜溜达达地走进咖啡屋。

此时咖啡屋里并没有太多的客人，只有五六对情侣依偎在一起窃窃私语。安雨莹和那位青年男子坐在最里边的一张桌旁。薛阳装作漫不经心的样子，坐在离他俩不远的一张桌旁，要了一杯咖啡悠然地品味着。

只见安雨莹的眼睛里噙满了晶莹的泪花，声音沙哑地向青年男子诉说着什么，青年男子则用纸巾轻轻地擦去安雨莹眼角的泪水。美妙的乐曲声掩盖住了他俩的说话声。这时，又有两对情侣相拥着步入咖啡屋。薛阳意识到在这里监听没有任何效果，时间太久还会引起对方的警觉，于是站起身离开了咖啡屋。

大约二十分钟后，安雨莹与男子走出了咖啡屋大门，男子轻柔地搂着安雨莹柔弱的肩膀。薛阳坐在警车里，迅速举起手机，将两人亲热的举止拍摄下来。

随后他俩走到奥迪轿车旁，男子为安雨莹打开了车门，之后自己坐在驾驶座上发动了车子，轿车闪烁着耀眼的尾灯汇入了大街上川流不息的车流中……

薛阳开车紧紧地跟了上去。奥迪轿车穿过几条街区后，直奔花山宾馆。在宾馆停车场里，男子泊好车，跨出轿车，而后神情自若地搂着安雨莹朝客房部走去……

薛阳远远地跟在后面，目送着他们走进一楼大厅。他俩在前台做过简单登记后，便乘坐电梯上了楼。薛阳看着电梯停在了十一楼，便走到登记处向服务员出示了警察证，要求查看登记簿。服务员迟疑着打电话叫来了值班经理。值班经理看过薛阳的警察证后，爽快地同意了他的要求。

看过登记簿后，薛阳的猜想得到了证实，与安雨莹在宾馆开房间的男子正是丁浩然。

薛阳又查阅了宾馆近三个月的登记簿，他发现每隔七天，丁浩然都要在这里开一个房间，且时间都是在午后 2 点至 6 点，或者是晚上 6 点至 10 点，每次时间都不超过四个小时。对此服务员也给予了确切的证实，刚才上楼的那两位男女是宾馆的常客。

五、火车票

翌晨，孙晓晨迈着轻快的步子走进了重案队办公室。一进屋，只见薛阳紧锁着眉头坐在办公桌后面，一手拿着话筒一手在记录本上书写着什么，从薛阳严峻的神情中，她感觉出又发生了重大案件。

果然不出所料，薛阳放下电话后，嗓音低沉地说："在石门市西郊一片密林里发现了一具男性尸体，尸体与我们通报的叶雪松有诸多相似之处。石门警方马上把死者的照片给我们传过来。现场的情况是这样的：昨天早晨 6 点钟，一位晨练的老人带着猎狗在郊外的密林里散步。之后他的猎狗极其兴奋地跑到一个土坑前，一边用前爪飞快地刨着土坑一边冲着主人狂吠不止。老人倍感惊奇地走到土坑前，见猎狗竟从土坑里刨出了一只干枯的人手。老人吓出了一身冷汗，急忙拨打了 110 报警。

110 巡警接到报警后，迅速派员赶赴现场，随后在土坑里挖出了一具男性尸体。

"石门市重案队队长雷雨鸣是我上警校时的同学。他接到指挥中心指令后，立即带领刑警赶到现场。经检验，死者的胃里含有安眠药的成分，脖颈上缠绕着一根十五厘米长的尼龙绳。死者系窒息而死，并且在临死前曾有过性行为，发生性行为的时间初步确定在 5 月 7 日晚上 9 点至 10 点间，死亡时间则在 5 月 7 日晚上 11 点至 12 点间。死者身上没有任何可以证明他身份的证件。石门刑警继续在土坑周围展开细致的搜索，在距土坑十几米远的一片杂草丛中找到了一张手机卡。这片密林很少有人来，雷雨鸣断定这张手机卡很可能与死者有关，于是派人到移动公司查询这张手机卡的主人。移动公司很快作出答复，这张手机卡是花山市的，它的使用者正是我们所要寻找的叶雪松。至于死者是否是失踪多日的叶雪松，目前还无法确认……"

这时，值班刑警手里拿着几张传真纸走进了办公室。他把传真放在薛阳的办公桌上，说："薛队长，石门警方给我们发了几份传真，上面是一位男性死者在现场不同角度的照片。"

薛阳把传真拿在手里仔细地看着，他基本可以确认照片上的死者就是叶雪松。凝视着照片，他不禁陷入了沉思之中……失踪多日的叶雪松终于被发现了，可却是一具冰冷的尸体，更令人想不到的是他的尸体会出现在百里之外的石门市。而随着他的死亡，那笔巨款也就无从查证了。叶雪松神秘失踪以后，薛阳心里隐隐约约地有过一种不祥的预感，如今这种预感却成了真……

薛阳站起身在办公室里踱了几步，脑海里逐渐形成了一个新的调查方案，他沉声说道："晓晨，你和王海陪着安雨莹去一趟石门，找雷雨鸣了解叶雪松被害现场的详细情况。在石门，你要仔细观察安雨莹的举止，她目前还不知道她和丁浩然的关系已在我们的掌握之中。我和振庆到叶雪松的办公室检查一下他的私人物品，也许能从中发现新的线索。"

薛阳和刘振庆驱车来到叶雪松的办公室，对叶雪松的所有物品都进行了细致的检查。薛阳在一个信封里搜出了十六张火车票，他把这些车票进行了分类，一组是石门至花山的，另一组是花山至石门的。根据车票上面的日期来看，叶雪松在3月、4月近两个月的时间里，每个周末都要去石门，并且住一个晚上，而且每次去的时候乘坐的都是M2次特快列车，回来时则乘坐M1次。他为什么要如此频繁地往返于石门和花山呢？

为了得到确切的答复，薛阳决定到花山铁路客运段找M1次列车的工作人员了解一下具体情况。

他和振庆在客运段办公室找到了M1/M2次列车的列车长。列车长看过薛阳的警察证后，微笑着对他说："你来得太巧了！"原来，他正准备组织全体车班人员在会议室学习铁路局下发的一些文件和客运规章。

随后列车长把两位刑警带到了会议室。薛阳站在讲台上向大家出示了叶雪松的照片。其中一位年轻的女乘务员看过照片后，对薛阳说："这个人我有印象，他经常坐在8号车厢。8号车厢是预留车厢，从石门车站和花山车站上车的旅客都坐在这节车厢。他上车以后总是静坐在车厢一隅闭目沉思，要不就是在车厢的连接处吸烟，一副非常疲倦的样子。"

薛阳问："他有同行的旅伴吗？"

列车员摇头说："没有，他每次总是独自一人。"

在获取了列车员的证词后，薛阳和振庆离开了客运段。这次他让振庆驾车，他自己则坐在副驾驶座上，脑海里闪现着一连串的疑问……经过调查，叶雪松没有赌博的恶习，唯独对年轻美貌的女性有一种偏执的喜爱。他之所以频繁往返于花山和石门之间，一定有女人在起着决定性的作用。而这个女人一定是他所钟爱的女人。既然确认了他乘坐的列车，那么在石门车站也应该能查到他的行踪。下一步的调查工作，只能顺着这条线摸下去了。想到这里，他从公文包里掏出手机，拨通了晓晨的电话……

晓晨等人到达石门市后，立即赶到石门刑警支队重案队，重案队队长雷雨鸣在办公室里非常热情地接待了花山的两位同行。彼此客套了一番后，雷雨鸣向晓晨打听薛阳的近况。晓晨从他的言辞里可以看出他与薛阳的感情很好，四年的警校生活使他们结下了深厚的友谊。

雷雨鸣看了一眼身穿黑色套装、面带阴郁之色的安雨莹，知道她一定是死者的家属，随即把话题转移到工作上。他简单地介绍了一下现场的情况，便提出带安雨莹去医院太平间看一下叶雪松的遗容。

他引领着众人走出重案队，来到刑警支队后院的停车场，上了一辆警车。之后他发动引擎，警车轻快地驶离了刑警支队。

晓晨无暇观望路边美丽的街景，她的脑海里闪现着薛阳的话语以及下一步的调查工作……

警车很快来到石门公安医院，众人穿过一个月亮门，在一个宽敞的院落里止住了脚步。一位六十多岁的老人从门口的一间平房里走出，老人满头白发，精神矍铄，双目炯炯有神。他见是大名鼎鼎的雷队长，忙上前打招呼："雷队长，好久不见你了！"

雷雨鸣从公文包里掏出两盒红塔山香烟塞进老人布满老年

斑的手里:"大爷,我给您带了两盒烟!"

老人看着手里的红塔山,苍老的脸上闪过一丝喜悦之色:"雷队长,你每次来都没有空过手,总要给我带两盒好烟!"他一边说着话一边领着众人走到一扇大铁门前。

老人从腰间摘下钥匙打开了沉重的铁门,一股阴冷潮湿的霉味扑鼻而来。众人依次走进,首先映入眼帘的是一个抽屉式的大冰柜。晓晨顿时感到一股阴冷的气息袭遍了全身,她不由得打了一个冷战。安雨莹的脸上没有一丝血色,她迟疑不决地站在门口……

老人径直走到冰柜前,动作熟练地拉开了其中的一个抽屉,指着里面的尸体说:"雷队长,你们来看一下吧!"

雷雨鸣和王海往前跨了一步,抽屉里躺着一具僵硬的男尸。王海朝站立在门口惶恐不安的安雨莹摆了摆手,安雨莹下意识地梳理了一下乌黑发亮的披肩秀发,怀着一种难言的心情走到尸体前。她望着男尸扭曲的面孔,柔弱的身躯禁不住颤抖着,明亮的双眸里噙满了的泪花……

王海锐利的目光在安雨莹悲痛的脸庞上停留了一下,随后冲老人挥了一下手,示意老人可以合上抽屉。

安雨莹在晓晨的搀扶下走出了阴森森的太平间。在医院门口,晓晨让王海陪同安雨莹去火葬场火化叶雪松的尸体,她和雷队长则乘坐警车离开了公安医院。

在车上,晓晨拨通了薛阳的手机,向他汇报了这边的情况,薛阳在电话里指示她和王海留在石门对叶雪松在石门的行踪进行进一步调查。

晓晨又说道:"队长,我现在和雷队长在一起,雷队长对我们的工作给予了大力的支持。"

"你让雨鸣接电话!"薛阳说。

晓晨看了一眼双眼目视前方正专心开车的雷雨鸣说道："他正在开车，不方便接电话！你有什么话，我转告他！"

薛阳在电话里大声说："你让他竭尽全力帮你们查线索，等他下次到花山，我请他到天天海鲜城吃鲍鱼。"

晓晨小巧的嘴角闪过一丝微笑："雷队长，你听到了吗？我们队长要请你吃鲍鱼！"

雷雨鸣边开车边说："看来，薛阳对这个案子非常上心，竟然这么慷慨，请我吃鲍鱼！我们合作这么多年，这可是头一次啊！"

挂断电话后，晓晨仰靠在座椅上略微沉思了一会儿，对下一步的侦查工作有了一套完整的方案。

她看了一下手表，此时已是下午 4 点 35 分，她侧过脸望了一眼全神贯注驾车的雷雨鸣，说："雷队长，我们去一趟石门火车站。花山开往石门的 M2 次特快列车还有三十分钟就要进站了，我想我们应该先从火车站查起！"

雷雨鸣点点头，表示认同晓晨的说法。他放慢了车速，在一个十字街头掉转车头，随后警车犹如离弦之箭般驶往火车站。

雷雨鸣在火车站停车场泊好车。晓晨摇下窗户，一股清爽的风吹进车内，吹拂着晓晨飘逸的长发。她看了一下手表说："还有十分钟列车就要进站了。叶雪松连续两个月每个周末乘坐 M2 次列车来石门，到站以后一定会乘坐交通工具离开。根据他的身份，他不会乘坐公交车，很可能是乘坐出租车或有人专门在车站接他。出站口每天出站的旅客成千上万，如果没有什么特殊情况，检票员不会对他产生什么印象。要想获取叶雪松到石门以后的行踪，只能从接站的出租车司机那里入手调查。我观察了一下，广场的出租车目前有五十多辆，只要他多次乘坐出租车，肯定会给出租车司机留下印象。"

雷雨鸣颇为赞许地点点头，晓晨的想法与他的观点不谋而合。他跨出警车，锁好车门，手里拿着叶雪松的照片开始逐个询问广场上的出租车司机。

可雷雨鸣和晓晨查遍了广场上所有的出租车司机，他们都对照片上的人没有什么印象。夕阳缓缓地落到地平线下，夜色渐渐地笼罩了大地……但两位刑警谁也没有气馁，依然站在出租车停车场入口处，耐心细致地询问着进入广场的每一位出租车司机。

和平路的街灯一盏盏地亮了起来，时间在不知不觉中过去了两个多小时。白天营运的出租车陆续离开了广场，夜间营运的出租车相继驶进广场……

两位刑警此时已是饥肠辘辘。雷雨鸣对站立在晚风中的晓晨充满了无限的钦佩和敬重，他用一种爱怜的口吻说："晓晨，你辛苦半天了，要不你到对面的快餐厅吃碗拉面休息一下，我在这里先盯一会儿！"

晓晨微微地摆摆手，谢绝了雷队长的好意，她心里有一种力量在支持着她，石门的同行不遗余力地帮自己调查线索，自己受这点累又算什么呢？

这时，一辆出租车缓缓地驶进了车站广场，雷雨鸣快步走上前去。出租车司机是一位五十多岁的中年男子。他反复看过叶雪松的照片后，用一种非常肯定的语气说："这个人我有印象，他先后在4月中旬、下旬坐过我的出租车！"

"你能想起具体的时间吗？"晓晨问道。

中年男子仔细回想了一番后，又继续说道："具体时间好像是4月15日和22日。15日他坐上我的车后，只说了一句到清华园小区，便靠在椅背上沉思不语。车驶到小区门口，他付过车费下了车。我在小区门口掉转车头，刚准备离去，他又急匆匆地跑了回来，他的手提包忘在了座位上，这给我留下了印象。

"第二次坐车是在一星期以后，他是在下午 5 点多钟上了我的车。当我为他拉开车门时，他愣了一下，我也认出他上个星期五坐过我的车。我急忙说，请上车，这次你可不要忘记拿手提包了！他微微一笑，对我说了一句清华园，便坐在后座上闭目养神。快到清华园门口时，他的手机响了起来，他从口袋里取出手机接听电话，说：'我已经快到小区大门口了，你在小区门口等我吧！'随后就挂掉了电话。他刚把手机放进口袋里，从他的手提包里又传出了电话铃声，他接起电话说道：'我在单位加班，你就不要等我吃晚饭了！'挂掉电话后，车子已经驶到了小区门口。他摇下车窗，冲着一位站在小区便道上衣着华丽、年轻美貌的女子招了招手，那位年轻的女子朝他笑了一下，便走过来上了车。之后他们两个人去了天然居美食城。这位男子随身携带两部手机，且他在接听第二部手机时，对电话里的人谎称在单位加班。所以，我对这位男子的印象特别深。"

雷雨鸣认为出租车司机提供的线索非常重要，现在已经可以确认叶雪松到石门之后的第一站是清华园小区。想到这里，他与晓晨对视了一眼，二人都从对方的眼神中得到了肯定。

于是，他语气温婉地对司机说："在清华园出现的那位女子对我们来说非常重要，你能协助我们去小区辨认一下吗？"

司机面露难色地说："我倒是没有什么问题，只是每天我还要给公司交一笔车费，你们能不能……"

雷雨鸣非常理解出租车司机的苦衷，如果要协助警方工作，势必会影响到他的本职工作。通过刚才的接触，他知道这位司机是环球出租车股份有限公司的员工。去年春天在侦破一起出租车司机被害案时，雷雨鸣与环球公司老总曾有过多次接触，这位老总对他们的工作非常配合和钦佩。凶杀案成功告破以后，两人成了非常要好的朋友。他随即拨通了老总的电话，老总爽快地答应了他的请求，并万般叮嘱司机，要竭尽全力协助警方的调查工作，绝不能有任何纰漏！

司机师傅在得到老总的批准后，有些不好意思地说："希望雷队长理解，我们挣的就是这份辛苦钱……"

雷雨鸣点点头表示理解。之后三人迅速驱车赶到清华园小区。在小区物业管理办公室，雷雨鸣向物业经理说明了来意，并要求调阅 4 月 22 日小区大门口的监控录像。

监控室的工作人员很快调出了 4 月 22 日下午 5 点至 5 点 45 分的视频监控。出租车司机端坐在监控器旁，目不转睛地注视着画面里所出现的车辆和行人。忽然，他指着画面里的一位妙龄女子激动地说："雷队长，就是这个女人！"

工作人员急忙将录像画面切换回来，把女人的脸部特征放大并定格，但他们都表示对这位女子没有印象。于是雷雨鸣决定把女人的照片让小区的保安辨认一下。

他和晓晨来到小区大门口，找到了两位值班的保安。看过雷雨鸣手机里的照片后，其中一位保安非常肯定地说："这个女人我见过，她在 18 号楼 1 单元 1 号居住。她的个人情况物业管理办公室里有详细记录，你们可以查一下。"

雷雨鸣又取出叶雪松的照片请他们辨认。但他们都摇头表示对照片上的人没有什么印象。

两位刑警再次返回物业管理办公室，在住房登记表里查到了这个女人的个人资料。她叫陶晓月，今年 24 岁，石门市人，是市平安保险公司财务科职员，居住在 18 号楼 1 单元 1 号，那是一套五室两厅双卫二百六十平方米的复式楼。她的户籍所在地是市建设大街 47 号平安保险公司家属院，属于建设大街派出所管辖。

晓晨凭直觉判断陶晓月的出现将会给案件带来新的转机，因此今天的调查绝不能向外界透露半点风声。她向物业经理强调了一点，并请他将这个原则传达给了所有工作人员和保安。

之后，两位刑警再三地感谢了物业经理后，离开了清华园小区。此时已是繁星满天……

晓晨回到刑警支队招待所后，和雷雨鸣商量好明天早晨 8 点钟开始对陶晓月进行详细的调查，之后便拖着疲惫的身躯回到了自己居住的 302 房间。她在卫生间冲过一个淋浴后，为自己泡上了一杯绿茶。

这时，门口响起了轻轻的敲门声，确认了门外的人是王海后，她打开了房门。王海一进屋便迫不及待地说："安雨莹火化了丈夫的尸体后，好像有一种如释重负的感觉。在回招待所的路上，她用手机发了一条短信，似乎在向谁通报什么信息。没过一分钟，她的手机又收到了一条短信。她看过短信后，原本忧郁的脸上闪过一丝羞赧，灰暗的眼睛里也闪动着一种亮光。凭直觉，我觉得这是一位男性给她发的短信。回到房间之后，她预订了明天上午 10 点 38 分由石门开往花山的 M51 次列车。她对我说，既然叶雪松的尸体已经火化，她要赶回去料理丈夫的后事。"

晓晨一边倾听着王海的叙述，一边端起茶杯喝了几口茶水，说："她到石门来主要是帮我们辨认叶雪松，我们只要把她的行踪告诉薛队长就行了。今天我和雷队长查到了一个与叶雪松有关联的重要人物，明天我们还有许多重要的事情需要调查。"

王海的眉梢间闪过一丝喜色，他干脆坐在沙发上问："你锁定了嫌疑人？"

晓晨摆了一下手说："这是一起什么性质的案子，我们还无法确定，一切都得等明天的调查结果。"

王海望着一脸倦容的晓晨，知道她这一天非常辛苦，便不再打扰她，起身告辞了。

傍晚时分，副市长胡立坤从市委回到了办公室。开了一天的会，他感到非常疲惫。可是，他的心情却非常愉悦。仰靠在沙发上，他点燃了一支中华香烟，回味着市委书记高林的讲话：维护社会稳定，是当前重要的工作，而此项工作与全市公安民警的辛勤努力是分不开的。主管政法工作的副市长立坤同志付出了巨大的心血。下半年，全市的公安工作要开创一个新的局面。市民百姓安居乐业，过上健康、平安、幸福的生活是我们努力工作的目标。

高书记很少如此高调地评价一个干部。在市委常委会这种严谨的场合里，高书记对胡市长的工作给予了充分的肯定，这就向大家释放了一个信息，胡立坤是一位非常优秀的干部，让省里、市里的一些领导干部对他的工作充分认可。

会议休息期间，高书记把胡立坤单独叫到了自己的办公室，语重心长地说："你近年来的工作是有目共睹的。而且你悉心照料身患重病、卧床不起的妻子，对她那种不离不弃的感情，也是我们每名干部学习的榜样。我已经上报省委，拟定你为省城的市长。用不了多久，省委就会对你进行考察，希望你不辱使命、不负厚望！"

胡立坤感激涕零，表示一定会干好工作，绝不辜负书记的培养。

现在他的脑海里不停地闪现着书记的深情嘱托及谆谆教诲，在这人生的紧要关头，绝不能有任何的闪失，否则将会前功尽弃！想到这里，他按了一下办公桌上的电铃。少顷，栾秘书急匆匆地走了进来，他恭敬地说道："市长，您回来了。我知道您开了一天的会很累，于是没有打扰您，想让您多休息一会儿。公安局江局长说有事需要向您汇报。"停了一下他继续说道，"餐厅已经准备好了晚饭。"

胡立坤对栾秘书的工作感到非常满意，他摆摆手说："晚饭待会儿再说，你打电话叫江局长来我办公室！"待栾秘书离去之后，胡立坤陷入了沉思之中……

没过多久，江汉在栾秘书的引领下走进了胡市长办公室，诚惶诚恐地站立在桌前。埋头看文件的胡立坤抬头示意江汉坐在他办公桌对面的椅子上，严肃地说："我开了一天的会，省里对我市的公安工作是满意的，你这个局长功不可没。"

江汉谦卑地说道："我所做的工作不值一提，全是市长运筹帷幄，指挥有方。"

胡立坤拿起桌子上的中华香烟，扔给江汉一支，"那起携款失踪案进展得怎么样了？"

江汉说道："工作进展不大，可以说没有什么有力的线索。近日在石门市发现了叶雪松的尸体。我上午就是要向您汇报此事。"

胡立坤眉头微蹙了一下："你下一步有什么打算？"

江汉略微迟疑了一下说："还是请市长明示！"

胡立坤没有表态，默默地抽着烟，办公室里显得格外沉寂……

江汉弄不清胡立坤的真实想法，只好硬着头皮说道："我想可以由发现尸体的石门市局负责侦破，我们这边先放一放，等有了新的线索，再组织力量侦破。"

胡立坤并没有急于表态，而是目不转睛地注视着江汉，这更使江汉不知如何是好了。

片刻之后，胡立坤点点头说："市里现在需要的是维护社会稳定，保障市民百姓的合法利益，要侦破一些在社会上有影响的案子。前一段时间，因为拆迁致人死亡的命案侦破的怎么样了？那可是一起带有黑社会性质的犯罪案件啊！打黑除恶是老百姓关心的话题。"

江汉似乎若有所悟，当即表态："我回去后马上整理此案所有的卷宗，全部移交给石门市局。"

胡立坤站起身，掷地有声地说道："对于工作成绩突出的同志，你要给他们立功受奖。由于银行系统出现的管理漏洞，给国家带来了难以挽回的经济损失，一定要追究主要领导干部的责任！"

江汉急忙从椅子上站起身，恭敬地说："我一定按照您的吩咐去办。"

胡立坤见江汉还没有完全领会自己的意图，不由得加重了说话的语气："刑警队的薛阳是一个很有前途的小伙子，这样的人应该得到提拔和重用，我看他完全可以胜任刑警支队队长啊！"

江汉立即说道："他是一名非常优秀的刑警，破获了许多起大案要案，市民百姓对于他的工作非常认可。我尽快落实这件事，让年轻有为的同志走向领导岗位。"

在回公安局的路上，江汉坐在车里，仔细地回味着市长所说的每一句话。叶雪松已经死亡，但胡市长丝毫没有提及五千万元巨款的去向，只是要求对相关人员进行处理。这里似乎隐匿了什么？由此看来，胡市长对此案还是非常关注的。可是，薛阳只要一上案子，不查个水落石出是绝不会轻易放弃的。这小子的脾气和个性我太了解了。如果违抗市长的命令，我这个局长的位子还能坐多久啊……

翌晨，晓晨洗漱后，拨通了薛阳的手机，把调查结果简明扼要地作了汇报，并把安雨莹所乘坐的车次以及在石门的一些情况作了详细说明。

薛阳在电话里斟酌了一会儿，对晓晨和王海的辛勤工作给予了充分肯定。他认为晓晨发现的线索非常重要，必须对陶晓月进行深入细致的调查。

六、华联公司

雷雨鸣和晓晨、王海在平安保险公司经理的密切配合下，对陶晓月的情况有了一个更为细致的全面了解。

陶晓月是大学毕业后来到保险公司财务科工作的。她出落得亭亭玉立，是公司公认的大美人。她身边有许多追求她的男人，不是腰缠万贯的大款就是颇有发展前景的政府官员。但她对所有人始终保持着适当的距离，并没有对谁有什么亲昵的举止。总之，在男女情感这方面她总是保持着一种超常的理智。半年前，她办理了停薪留职手续，在清华园小区购买了一套豪华住宅，而且还在新华区经营了一家大型超市，手下的员工大约有一百余人，生意非常兴隆。保险公司的许多职工都对她非常的羡慕和嫉妒，同时也对她拥有这么大的资产感到不可思议。因为以陶晓月的家庭条件和经济收入，她确实没有这个能力支撑这么大的实体。

听到这里，孙晓晨和雷雨鸣交换了一下眼神，二人都认为他们更加接近了陶晓月一步。谢过保险公司经理后，他们离开了保险公司。

雷雨鸣一边驾驶着警车一边对晓晨说："目前，我们还不能与陶晓月进行正面接触，只能秘密地展开调查工作。我认为应该从两个方面入手：第一调查她巨额财产的来源，第二调查她的社会关系以及和她来往密切的男友。这起案子很可能要费一些周折。"

晓晨则认为陶晓月之所以在男女关系上非常谨慎，这恰恰说明了她背后一定有一个神秘人物在影响她、操纵她。

这时雷雨鸣一打方向盘把警车驶进了一条繁华热闹的街道，这是石门有名的海鲜一条街。"现在到了午饭时间，下午我们再进行深入调查。"随后他在街角的停车场泊好车，引领着两位花山的同行走进了一家海鲜酒店。

当雷雨鸣在招待花山的同行时，薛阳正会同检察院反贪局的几位同志对叶雪松所管理的账目进行彻底的清查。结果发现他在半年时间内，将五千万元分十次打入了花山市华联公司的账号。

薛阳马上带领刑警刘振庆赶到市工商局，调查华联公司注册的地址及法人代表的相关情况。工商局的工作人员非常热情地把薛阳等人请进了计算机室。经上网查询，华联公司的注册地址在京华大厦 608 室，法人代表是袁娜，家庭登记地址是花山市东城区光明大街平安公寓 3 号楼 3 单元 502 室。

薛阳和振庆立即驱车赶往京华大厦。京华大厦是一座大型写字楼，一共十八层，有近百家商贸公司在大厦里面办公。

薛阳二人乘坐电梯上到六楼，顺着门牌号找到 608 室，只见紧闭的大门旁悬挂着一个大大的铜牌，上面书写着烫金的大字"华联公司"。他伸手敲了敲房门，房间里没人应答。他又重重地敲了几下，房间里仍然没有什么动静。正在此时，隔壁 606 室的房门打开了，一位身材矮胖的中年男子站在门口，嘴里叼着一支粗大的雪茄，用狐疑的目光打量了一下薛阳和振庆，随后慢腾腾地说："别敲了，里面没人！"

薛阳点点头，表示感谢，然后问道："里面多长时间没人办公了？"

中年男子从嘴里取出雪茄，想了想说："大概是4月初，这里就没人办公了。具体什么情况，你们可以到大厦管理员那里去问一问。"

薛阳走到中年男子身边又问道："这家公司平日来往的客人多吗？"

中年男子摇摇头说："我只见过一位年轻的女人出入过这家公司。除她之外，我没有见过任何人！"

听到这里，薛阳心里一动，又问道："这家公司在京华大厦经营多长时间了？"

中年男子仔细打量着举止干练的薛阳和振庆，肥胖的脸上闪过一丝疑虑的神情："你们是干什么的？"

"喔，对不起！"薛阳急忙出示警察证件，向对方亮明了身份。

中年男子看过薛阳的警察证，脸上的狐疑一扫而光，取而代之的是一种非常恭敬的神情："原来是大名鼎鼎的薛大队长！失敬！失敬！有什么事情尽管吩咐！快屋里请！"

薛阳摆摆手谢绝了他的邀请。

中年男子微微蹙了一下眉头，仔细回想了一番说："也就半年时间！"

"如果你再见到那位女子，你还能认出她吗？"

"那没问题。这才过去多长时间啊！何况她又是一位非常靓丽的女子！"

"这家公司主要经营什么业务？"

"这就很难说了。我们只是进出门见面时打个招呼而已。她具体经营什么，我确实不知道。"

薛阳见中年男子的言辞非常恳切，知道他确实再提供不出什么更为详尽的情况，对他表示感谢后，两人便直奔大厦管理员办公室。

在管理员办公室，管理员翻阅着住房登记表，指着其中一页说："登记人叫袁娜。她和我们签了一年的租房合同，时间是去年10月至今年10月。她提前缴纳了一年的租金，而且还预付了一年的水电费。至于华联公司具体是家什么样的公司，我们也不太清楚。"

确实，这是一家综合性写字楼，只管出租房屋收取房租，根本不会过问公司经营什么。想到这里，薛阳问管理员："你们租房时，她向你们出示了什么证件？"

管理员收好登记表，从文件柜里找出一个蓝色文件夹，从中抽出一张A4纸说："她向我们出示了身份证及复印件，核对无误后，我们只保留了身份证复印件。"

薛阳仔细端详着复印件上的照片，上面是一位年轻秀丽的女孩，眉宇间透露着一股灵气。

随后，薛阳又对管理员提出要去608室查验一下，管理员非常爽快地答应了。

打开608室紧闭的房门，一股浑浊的气味扑面而来。薛阳站在门口，环顾着房间的格局和物品摆设，这是一个由会客室、工作室、休息室等房间组成的套间。茶几、沙发上落了薄薄的一层灰尘，说明这个房间至少有一个月的时间没有人来过了。管理员走到窗边将会客室的窗户打开，把脑袋伸出窗外，呼吸着外面的新鲜空气，说："这味儿可真难闻，真让人受不了！"

薛阳没有理会管理员的抱怨声，他逐个房间查验着，所有房间的陈设都很简单，只有沙发、茶几、办公桌、文件柜等物品，休息室的睡床上也没有卧具。他又对文件柜、办公桌进行了检查，里面空无一物。

薛阳略微沉思了一会儿，掏出手机拨打了东城区公安分局户籍科的电话，请求查询袁娜的户籍登记情况。很快结果便出来了：袁娜的户籍登记地址系伪造的。那么她的身份证显然也是伪造的了。

薛阳挂掉电话，看着手中复印件上的照片问管理员："与你签订租房合同的女青年和照片上的人是同一个人吗？"

管理员用非常肯定的语气说："那绝对没有错！"

薛阳锐利的目光扫视着空空如也的房间，这哪里像一个公司的样子，完全是一个空壳子。他感到自己的对手非常狡诈，每走一步都进行了精心的策划，至今还没有发现嫌疑人的任何踪迹。

随后，薛阳打电话让技术员王大江到这里进行指纹提取。王大江一共提取了五枚指纹，令他感到吃惊的是这五枚指纹都是一个人留下的。王大江看着指纹的纹路，非常自信地说道："这些指纹是一个女人留下的。"

薛阳默默地点点头，谢别管理员后，带领两位刑警离开了京华大厦。

刘振庆一边驾驶着警车一边问薛阳："我们还用去平安公寓吗？"

薛阳仰靠在座椅靠背上，闭目沉思了一会儿，语气坚定地说："去！在京华大厦我们没有发现什么，平安公寓也许会有我们所需要的东西。"

光明大街派出所值班所长在接到薛阳的指令后，立即带领两名民警和两名巡防队员从派出所赶到了平安公寓，随后指引着刑警们来到 3 号楼 3 单元 502 室。

薛阳和王大江站在防盗门前侧耳细听着房间里的动静，里面静悄悄的……正在此时，对面 501 室的房主，一位中年妇女打开了防盗门。她迟疑地说："你们找的这家人，有好长一段时间不在这里住了。"

薛阳走到这位妇女身前，取出警察证，向她亮明了身份，"这家住的是什么人呢?"他询问道。

"住的是一位年轻的姑娘。"

"她是在什么时候离开这里的?"

中年妇女略微沉思了一下说："大概是 4 月初吧!"

这时，一名巡防队员领着一名公寓管理员急匆匆地走上楼来，管理员手里提着一大串钥匙。

薛阳让管理员打开防盗门，随即又打开了木门，几位刑警鱼贯而入。这是一套两室一厅的住宅。沙发和茶几上蒙了厚厚的一层灰尘。薛阳逐个房间查验了一番，所有物品摆放得都非常整齐，梳妆台上摆满了女性名牌化妆品，大衣柜里挂满了女性高档时装。房间里没有男性使用的任何物品。厨房里的厨具也都是高档的进口产品，并且非常干净，没有使用过的痕迹。

薛阳随后向管理员出示了袁娜的照片。管理员看过照片后，当即表明正是这个女子与他签订的租房合同，并且预付了一年的租金和水电费。

薛阳挥了一下手，示意王大江开始采取指纹及有关的物证。然后又把刚才那位妇女请到了客厅问道："大嫂，我再打扰你一会儿，这家出入的客人多吗?"

中年妇女摇摇头说："我从未见过有什么人来找过她。她总是一个人不声不响地进出，和我走个迎面时，冲我笑笑，就算是打了招呼。"

"她说话时，你能听出是什么地方的口音吗？"

"她没有在我面前说过话。"

薛阳略微沉思了一下，又问："在她入住的这段时间，她家里发生过什么事情或者她本人在小区里有过什么异常举止吗？"

中年妇女想了一下说："她举止高雅、衣着得体，好像是公司的职员，给人的感觉非常稳重，不像是在娱乐场所厮混的女人。"

当这位妇女离去之后，薛阳把在门外等候的管理员叫进了客厅，给他递上了一支香烟，就此拉开了话题："你和她有过几次接触？"

管理员低头想了一会儿说："也就那么三四次吧！"

"都是在什么时候？"

"第一次接触是在签订租房合同的时候，后面几次是在小区大门口。她从出租车里走出来，和我打个招呼后，便匆匆地离去。"

"她和你签订租房合同时，有什么人陪同吗？"

"没有，是她独自一人。"

"当时的情景，你还能想起来吗？"

管理员把烟蒂掐灭在烟灰缸里，清清嗓子说："当时我们公司在公寓里还有一些闲置的空房子，就在市里的一些报纸上刊登了房屋出租广告。她按着广告上面的地址找到了我们。她长得非常漂亮，身穿艳丽的时装，说话的语气娇滴滴的，柔声细语，很迷人。当时我急着把房子租出去，也没有查验她的相关证件，就和她签订了租房协议。而且，我还看见她手提包里装满了钱，足有十万元。我当然愿意把房子租给有钱人了……"当他说到这里时，脸上闪过一丝不易察觉的不安神色。

管理员的这种不自然的神情被薛阳敏锐地捕捉到了，他不由得加重了说话的语气："我们在调查一起重大案件，这个女人是重大知情人，我不希望你对我们有所隐瞒。你没有走正常程序和她签订了合同，这里面究竟有什么情况，我想你比我更清楚。"

管理员脸色尴尬、神情窘迫地说："她没有身份证。她说不小心丢失了，新的身份证正在补办。但她看中了平安公寓的地理位置和居住环境，所以不想失去这个机会。她塞给我五千元钱，并说待身份证补办下来后，一定让我过目。我见她谈吐高雅、举止文静、衣着时尚，不像是做坏事的女人，就顺水推舟答应了她的请求。"

薛阳看了一眼贪图小利的管理员，问："后来你们几次见面，她让你看过她的身份证吗？"

管理员面红耳赤地摇摇头。

薛阳又继续问道："你从她说话的口音中能听出她是什么地方的人吗？"

管理员说："她说的是一口标准的普通话，根本没有地方口音。"

薛阳看着略显拘谨的管理员，知道他再也提供不出什么有价值的线索了。客厅里出现了短暂的沉默。这时技术员王大江提着现场勘查包从卫生间里出来，他见管理员坐在客厅的沙发上，便把勘查包放在了茶几上。见状，管理员便从沙发上站起身，嗫嚅着说道："要不我先到楼下等一会儿，有什么事尽管吩咐！"

薛阳从沙发上站起身，与他握握手，非常客气地说："谢谢你的合作，对你提供的线索我们一定会保密的。"

凝视着管理员离去的背影，薛阳无可奈何地摇摇头。

王大江摘下白手套说："我在卧室里提取了两枚指纹。另外，我在卫生间的下水道地漏里提取了一些毛发。经过技术比对，其中一枚指纹与叶雪松的指纹是一致的，同时那些毛发也与叶雪松的 DNA 一致……"他说到这里停顿下来，从口袋里取出一支香烟，深深地吸了一口，"另外，卧室里没有存款单、现金、首饰等值钱的物品，只有一些女性高档时装和生活日用品。"

对此，薛阳非常自信地说："她虽然做得很隐蔽，但是，我们已经获取了有利的线索。"

他站起身收拾好自己的公文包，"既然这里的工作已经结束，我们可以离开了。"他一边往屋外走一边对站在门口的所长说，"这里的善后工作由你们处理一下，通知物业管理部门，在未结案前屋里所有的物品都要保持原样！"

在回刑警支队的路上，薛阳对坐在身后的大江说："这个神秘的女人，我们姑且称为袁娜。在我们所掌握和了解的叶雪松的社会关系中，并没有这个女人。她所走的每一步都计划得非常周密。我们可以设想一下，要想把叶雪松的那笔巨款转移到她的账号上，她必须具备合法的身份以及在工商局注册一家公司。制作假身份证要有一个真实的住址，因此她花钱收买了平安公寓的管理员，利用这个住址制作了假身份证。有了假身份证，她注册了华联公司，并租用了京华大厦的一套房子做公司办公地址。但这是一家空壳公司，根本没有什么生意可做，完全就是为了转移赃款。在近半年的时间里，她像影子一样飘忽不定，周围的人对她的印象也非常模糊。现在要查找这个女人，我们应从以下三个方面入手：第一，身份证是假的，照片是真实的，我们可以用这张照片在全省范围内发出协查通报；第二，在我们掌握的刑事犯罪资料库里查找会制作假身份证的人，从中发现袁娜的线索；第三，到工商银行查一下华联公司的账号，看这笔巨款是通过什么途径被提走的。"

警车很快驶到了刑警支队大门口。薛阳跨出警车，对驾车的刘振庆说："你直接去工商银行再细查一下华联的账号。下午，我们在办公室里碰头。"

薛阳回到办公室，端起办公桌上的茶杯喝了几口水，桌上的电话响了起来。他一看是局长办公室的电话，急忙拿起话筒，电话里传出江局长浑厚的声音："薛阳，你马上到我办公室来一趟！"

薛阳拿起工作手册，步履匆匆地走进了局长办公室。江汉亲自给薛阳泡了一杯绿茶，说道："市里对叶雪松一案有了新的指示。既然在石门发现了他的尸体，那这个案子就移交石门市局侦办。"

薛阳不由得睁大了双眼，惊讶地说道："这可是五千万元的大案子啊！这是哪位领导的指示？"

江汉不容置疑地说："不该问的不要问！"

薛阳腾地一下从沙发上站起身，说："案子刚有了一点眉目，就不让查了，维护社会稳定、保障人民群众的合法权益，全是空话吗？"

江汉上前拍了拍薛阳厚实的肩膀，语重心长地说："你先不要激动。市里面有计划提拔你担任刑警支队队长，这可是破格提拔啊！你还没有干过副支队长。今后说话要注意方式呀！"

薛阳凝视着一脸善意的老局长，语气平缓下来："我是您培养提拔的干部，您经常教育我的话，我全都铭记在心。为民除害、伸张正义！担任支队长对于我来说确实是一件好事，可是，我的性格您是知道的，让我放弃对案子的调查，我宁可不当这个支队长！"

江汉语气严厉地说："这是命令，必须执行！亏你还干了这么多年的重案队队长，你手下有那么多干将，你还能让他们闲着吗？废话少说，马上给我办移交。回去后，好好想想，动动脑子！"

薛阳在局长的怒斥中离开了办公室，局长的话语使他心潮起伏，久久难以平静……但略微沉思之后，他又似乎豁然开朗，急匆匆地走进刑事犯罪情报资料室。

在资料室，他查阅了叶雪松的资料后，随即拨通了石门市局刑警支队重案队队长雷雨鸣的手机。电话接通后，薛阳客气地寒暄道："感谢雷队长对我们工作的支持和配合，向你表示由衷的谢意！"

雷雨鸣愣怔了一下，说："你什么时候学得这么斯文了？跟我还客气，有什么事你就直说吧！"

薛阳说："根据我局领导指示，叶雪松一案我们移交给了石门市局刑警支队。明天上午，我派我们支队的侦查员把叶雪松案的所有资料给你们送过去。"

雷雨鸣甚为不解："这个案子刚有了一点眉目，你们怎么就不搞了？"

薛阳语气缓慢地说："领导的指示，我怎能不执行？具体情况我在电话里不便多说。我的那两个爱将，麻烦你关照一下。他们什么时候回来，等我的电话。"

雷雨鸣对薛阳非常了解，作为一名经验丰富的刑警，他已经听出了薛阳话里的弦外之音，意识到薛阳在办案过程中一定遇到了来自上层领导的压力，移交案件实属无奈之举。因此他爽快地答应了薛阳的要求，但同时他也从心里知道薛阳绝不会轻易放弃对案件的调查，他一定会"明修栈道，暗度陈仓"，继续案件侦破工作。

七、度假村的秘密

　　晓晨、王海在接受了雷雨鸣的盛情款待后，一行三人回到了市公安局招待所。雷雨鸣刚踏上招待所的台阶，就接到了自己的得力助手陈忠国打来的电话。陈忠国洪亮的声音从手机里传出来："雷队长，陶晓月的财产来源我们无法查清，就像一个谜团。她的社会关系不是特别复杂，身边没有什么来往密切的男友。她经常开车去郊外的天鹅湖度假村，在那里住上一夜后，第二天早晨离去。"

　　雷雨鸣略微沉吟了一下说："既然这样，你马上去一趟度假村，查一下她在那里的住宿登记记录，也许我们能从中发现什么。"

　　雷雨鸣刚挂断电话，孙晓晨接过话茬儿说："雷队长，我认为我们也应该去一趟天鹅湖度假村。陶晓月是位容貌出众的妙龄女子，在调查中我们没有发现她和什么男人有过密切接触。如果她是去天鹅湖度假村约会，那他们一定会留下痕迹的。我们也别休息了，直接去度假村吧！"

　　雷雨鸣从内心十分佩服孙晓晨的敬业精神，可他有意睁大了眼睛，故作不满地道："你这是不相信我的侦查员？他可是我手下的得力干将！"

　　晓晨贝齿一闪，俊美的脸庞上闪过一丝微笑："雷队长，我可不是这个意思。我只是认为这条线索非常重要，我们不应该错过。"

　　刚走进电梯间的雷雨鸣转过身子，对站在他眼前的晓晨说："好，我们去一趟度假村！"

　　警车穿过几条大街，驶出了繁华的街区，奔驰在郊外宽阔的柏油马路上。马路两旁绿树成荫，空气中飘浮着一股花草的清香，使人的肺腑感到无比的清新和舒适。

大约一小时之后，警车驶进了风景秀丽、依山傍水的天鹅湖度假村。度假村建在翠平山脚下，正东面是碧波荡漾的天鹅湖。天鹅湖果然名不虚传，几十只白天鹅在湖中游水嬉戏，湖边弥漫着一股淡淡的芳香，使人感到心旷神怡。

雷雨鸣泊好车，带领刑警们走出停车场。这时，一位留着平头、身材魁梧的青年男子朝他们疾步走来，他正是石门市刑警支队王牌侦查员陈忠国。

雷雨鸣把孙晓晨和王海向陈忠国做了一番介绍，众人彼此寒暄一番后，小陈说道："我在保安部长的配合下，查出了陶晓月在天鹅湖客房部的住宿记录。"

他一边说话一边把住宿记录从公文包里取出来递给雷雨鸣。雷雨鸣简单浏览了一遍说："我们先到保安部办公室，研究一下这份记录。"

几位刑警走进保安部。保安部长是部队转业干部，他久闻雷雨鸣大名，言辞间对雷队长充满了无限的崇拜和尊敬。

雷雨鸣看过住宿记录后，说："根据记录，在近一年时间里，陶晓月每到周末都要来天鹅湖住宿一夜，住宿的房间几乎都是818房间。在818房间有人住宿的情况下，她会去818房间的上一层918房间；在918房间有人住宿的时候，她会选择918房间的上一层1018房间住宿。这份记录很能说明问题。"

他把目光移向了保安部长："在818房间住宿一夜的费用是多少呢？"

保安部长说："一夜的费用是三百八十八元，包含早餐！"

雷雨鸣点点头，见晓晨也在翻阅住宿记录，便说："晓晨谈谈你的看法！"

晓晨抬起头语气平缓地说："有几个问题值得我们考虑。首先，陶晓月在市里拥有豪华住宅，而且市里的高档宾馆不计其数，她为什么要舍近求远到这里住宿呢？"

陈忠国接过话茬儿说："她也许喜欢这里幽雅的环境和独特的景色。"

晓晨并没有马上表明自己的态度，继续分析道："第二个问题，她为什么每次总是选择818房间，难道仅仅是为了图一个吉祥的数字吗？"

雷队长微微颔首，示意她继续讲下去。

晓晨接着说："第三，当818客满时，她为什么总是选择918房间或1018房间，而不选择其他房间呢？记录上表明，前天晚上，她曾在818室住宿了一夜，第二天早晨结账离去。我们应该去查看一下818室的基本情况，也许在那里我们能发现什么。"

随后保安部长在前面引路，众人乘电梯上到了八楼。打开818室的房门，这是一套标准的套房，外间是会客室，里间是卧室。卧室对面是观景阳台，阳台上有两把沙滩椅，躺在上面可以观赏湖面上秀丽的景色。

晓晨把卫生间、客厅及卧室仔细查验了一番，最后站在观景阳台上，眺望着湖面嬉水的白天鹅。少顷，她的目光又在阳台四处搜索着，突然，她的脑海间闪过一道亮光，她似乎看出了一丝端倪。

她向保安部长提出到918房间和1018房间查验的要求。保安部长立刻表示同意。他带领众刑警依次走进918房间和1018房间。每走进一个房间，晓晨看过房间的格局和物品摆设后，总是在阳台上停留片刻，观察着阳台两侧。

当把几套房间都查验过之后，晓晨再次回到818室。她引领着众人走到818室的观景阳台上，指着阳台的边沿说："818

室的阳台和隔壁816室的阳台紧紧相连着，站在818室阳台的边沿上可以直接跨进816室的阳台。而且这栋楼从一楼的118室至二十楼的2018室的阳台都和隔壁的16号房间的阳台紧紧相连着。至于其余房间的阳台都间隔两米的距离，一般人难以跨越。下面我们去816室看一下。"

服务员打开了816室的房门，里面的格局和隔壁818室的格局是相同的。晓晨穿过会客室、卧室直奔观景阳台。她在阳台的边沿上仔细观察了一番，然后站在沙滩椅上，一步跨上了阳台的边沿，很轻松地跳到了818室的阳台里。随后，她又蹬上818室的沙滩椅轻松自如地回到了816室。

晓晨做完这一切后，忠国不禁睁大了惊奇的双眼。晓晨对一脸疑虑的忠国说："阳台连在一起，这是设计师为了抗震的需求而设计的，陶晓月正是利用了这一点，达到了和情人约会的目的。她做得这么隐秘，无非是为了保护她的情人。由此可见，她的情人是一个不能在公开场合轻易抛头露面的人物。下面还是要麻烦部长调出816室的住宿记录。"

保安部长欣然领命而去，没过多久，便拿着一沓打印的住宿记录回来。

晓晨接过住宿记录仔细翻阅了一遍，然后肯定地说道："816室的住宿者叫刘家轩，50岁，户籍登记地址是石门市长安区中华大街22号院3号楼3单元6号。陶晓月总是在下午6点钟到客房部办理住宿手续，刘家轩则在7点钟左右去办理住宿手续。第二天早晨8点钟左右两人又相继办理退房手续，时间总是间隔半小时。所有楼层的走廊、电梯都装有监控录像设备，我们可以通过监控录像查出她的秘密情人。"

刑警们在保安部录像监控室调出了三个月的录像监控资料。录像显示，在陶晓月出入818室的同时，那位叫作刘家轩的中年男子也总是在同一时间出入 816 室。他身材适中，身穿一身笔挺的名牌西装，头发梳理得一丝不苟，鼻梁上戴着一副大墨镜。他进出房间时总是有意遮挡着自己的面孔。虽然他的面容不甚清楚，但是监控员还是调出了几张清楚的画面，晓晨用手机把这些画面拍摄了下来。

离开监控室后，陈忠国语气轻快地说："我们有了他的照片，这下想要找到他就会很容易了！"

孙晓晨和雷雨鸣相互对视了一眼，他俩并没有对忠国所说的话表露出太多的喜悦。

晓晨说："我们应该进行更细致的调查，找楼层服务员了解一下情况，这样才能够得到进一步的证实。"

雷雨鸣表示赞同地点点头，他感到晓晨查案子非常细致，这不但是一名女性所特有的细腻，而且还是一名优秀侦查员所具备的基本素质和探案技能。

众人在保安部长办公室落座之后，雷雨鸣把目光投向了保安部长，部长心领神会地领命而去。不一会儿，他领着两位年轻姑娘走进了保安部。晓晨开诚布公地说明了来意。雷雨鸣把刘家轩、陶晓月的照片请姑娘们进行了仔细辨认。两位姑娘负责清扫八楼所有房间的卫生，并且在客房部工作已有一年时间。她俩看过照片后，都表示对这两人有着非常深刻的印象。

其中一位姑娘说："这位男子每次一进房间就立刻点亮'请勿打扰'的指示灯。那位女子则总是会打电话叫餐，我们把饭菜送去之后，她就也点亮'请勿打扰'的指示灯，直到第二天早晨退房时，我们才能进去清扫卫生。"

雷雨鸣收起手机，问道："她一般叫些什么？"

"四菜一汤，再加上精美的甜点小吃，还有六瓶啤酒，摆满一桌子。她点的这些饭菜都是我们厨师的拿手好菜！"

"她每次点的东西都能吃完吗？"

两位姑娘点点头："基本上都是所剩无几，啤酒也能全部喝完！"

"你们清扫816房间和818房间时，里面有什么异常之处吗？"

两位姑娘低头沉思着，其中一位姑娘说："816室床铺上的被褥非常整洁，根本没有住宿过的痕迹。隔壁的818室的床铺就非常凌乱，外屋的茶几上更是一片狼藉，吃剩的饭菜摆满了一桌子，烟灰缸里也堆满了烟蒂。每当我们看到这个场面，都感到非常惊奇，这么文静的女人，怎么会有这么大的饭量？"

"那位男子平时对你们说过什么吗？他的口音你们能听出来吗？"

"他第一次来时就说过，他是一位作家，要在房间里写小说，需要安静的写作环境，晚上如果没什么事，最好不要打扰他。他说一口纯正的普通话，没有一点地方口音。从那以后，他见到我们总是礼节性地微微一笑，算是打了招呼。他每次总是戴着一副大墨镜，好像生怕有人认出他来！那个女人对我们则非常冷漠，进出门时连个招呼都不打，一副高高在上、拒人于千里之外的样子。"

"当他们住宿的时候，有什么人来找过他们吗？或者度假村发生过什么事情吗？"

姑娘们摇头道："没有人找过他们，度假村有严密的保安措施，也没有发生过什么异常的事情。客房部有规定，只要客人亮起了'请勿打扰'的指示灯，我们是绝对不能敲门打扰的！"

两位姑娘离去之后，晓晨有条不紊地分析道："通过服务员的叙述，我认为818室正是陶晓月和情人约会的场所。刘家轩到达816室后，从里面锁上房门，打开'请勿打扰'的指示灯后，就从阳台上跨进 818 室。一个年轻女人能吃完那么多的饭菜和啤酒吗？显然她订的是两个人的饭菜。根据住宿记录，他们每个周末都要在 818 室约会一次，虽然他们做得非常隐蔽，但还是被我们发现了他们的秘密。这个刘家轩做得这么谨慎，他住宿登记的身份证一定是伪造的。雷队长，你可以和中华大街派出所联系一下。"

果然不出所料，中华大街派出所户籍室并没有刘家轩的户籍登记记录。

雷雨鸣挂断电话后，陈忠国脸上闪过一丝懊丧的神色，雷队长宽慰地说："我们得到了他的照片，这说明我们的工作前进了一大步，查出他的真实身份是迟早的事。"

雷雨鸣对保安部长的真诚合作表示了由衷的感谢。当刑警们正要驾车离开度假村时，晓晨接到了薛阳打来的电话。薛阳说："在花山西郊凤凰山脚下的鸳鸯湖里发现了一具年轻女性的尸体，这具女尸与叶雪松一案有着重要的联系。目前正在对她的死因进行详细的调查。在石门的调查工作可以交由雷队长负责，你和王海迅速赶回花山。"

接到指令后，晓晨向雷队长转达了薛阳的安排。对此雷雨鸣非常理解。通过这几天的接触，他感觉到晓晨是一位非常优秀的侦查员。他对他们说："你们可以放心地回去，这里的工作由我来做，争取早日揪出幕后的元凶，为国家挽回经济损失。"

凌晨时分，晓晨和王海回到了花山市公安局刑警支队重案队。

当他们走进灯火通明的队长办公室时，只见薛阳正倒背着双手在屋中央踱着步子，低头沉思。随后他抬起头来，见晓晨和王海站立在门口，紧锁着的眉头舒展开来，喜悦之情溢于言表。振庆在隔壁办公室听到晓晨他们回来的消息后，兴冲冲地闯进薛阳的办公室与久别多日的战友握手寒暄。办公室里传出了阵阵爽朗、欢快的笑声……

薛阳一边听取晓晨的工作汇报一边频频点头，最后他补充道："能够发现陶晓月和她的秘密情人，这说明我们的调查工作取得了突破性的进展。通过银行方面，我们查到了叶雪松把贪污的巨款转到了华联公司，这是一家皮包公司，公司里只有一位叫袁娜的女人。振庆在工商银行查出袁娜每收到一笔巨款，总是立即提出。据银行的监控录像显示，她将钱装进一个大旅行箱里，然后放进一辆桑塔纳轿车的后备箱，独自一人驾车离去。根据监控录像中摄下的车牌号码，我们查出这是一辆被盗车，车主是一家家用电器商行的老板。在轿车被盗之后，他向东城区刑警队报了案。东城区刑警队已立案侦查。但当我们对袁娜实施追捕时，她却驾驶着桑塔纳轿车掉进了石门市西郊的鸳鸯湖里。

"鸳鸯湖是一个巨大的淡水湖，也是许多垂钓者喜欢聚集的场所。发现尸体的是一位钓鱼爱好者。今天清晨，他驾驶着摩托车早早地来到鸳鸯湖边垂钓。他选择的是一处幽静的处所，湖边有几棵粗大的柳树，身后是一条窄窄的小路，这条小路直通湖边。他坐在一棵柳树下，往鱼钩上挂好鱼饵，正要把鱼饵抛入湖中时，忽然发现不远处的湖面上漂浮着一大片油花，油花下面是一大团黑乎乎的东西。他顿生疑虑，这么洁净的湖面怎么会有这么一大片油花呢？而且油花还在不停地扩散着……这时，两位鸳鸯湖管理员驾驶着一艘小木船从对岸划过来，拣拾湖面上人们扔掉的食品袋、饮料瓶等杂物。垂钓者急忙向管理员们求助。之后管理员们用打捞工具把湖面上的油花拨散开，这才看清楚湖里面是一辆轿车，油花正是从轿车的油箱里冒出来的。其中一名管理员立即用手机向打捞队报告了这一情况，打捞队派出两艘打捞船把轿车打捞了上来。当轿车上岸之后，打捞队员们才发现轿车里面有一具年轻女性的尸体，他们随即拨打了110报警。

"指挥中心接到报警电话后，命令重案队出现场。我带领几位刑警赶到了鸳鸯湖，对轿车进行了全面的检查。轿车四门紧锁着，女尸俯卧在轿车后座上。拍照、摄像后，技术员用特制的钥匙打开了车门，将女尸放在湖边的草地上。女尸衣衫整洁，长发散乱，我仔细观察她的脸，发现她正是用假身份证登记租房的女子。随后技术员把我们搜集的指纹和女尸双手的指纹进行了比对，结果证实这具女尸正是袁娜。

"我们在现场周围展开了细致的搜索，但由于当时参加打捞的队员很多，现场四周非常的凌乱，除了发现两道模糊不清、深浅不一的车轮印之外，没有任何收获。经检测，这两道车轮印正是桑塔纳轿车留下的。此外，轿车里没有任何与袁娜有关的物品，车里也没有采集到其他人的指纹。

"法医对尸体进行了检验，袁娜的死亡时间确定在5月7日晚上11点至12点间。她临死前饮用了大量的啤酒，死因系窒息而死，大约在晚上9点至10点之间曾有过性行为。根据现场情况及检验结果看，很容易给人感觉是她在醉酒的情况下，独自一人驾车来到鸳鸯湖，由于神志不清操作失误把车开进了湖里。但凭我的直觉，她的落水有蹊跷之处：第一，这条小路是一个斜坡，桑塔纳轿车正是从这个斜坡上直接进入湖里的，而通过检测车轮的痕迹，发现当时轿车下坡的速度并不是太快。由此，我推断是有人把醉酒的袁娜扶进驾驶座，挂上挡后，用防盗遥控器锁闭了车门，然后在后面推动轿车，借助着下坡的惯性，把车缓缓地推入了湖中，致使醉酒的袁娜被闷死在轿车里。第二，凤凰山方圆几十里根本没有饭店，鸳鸯湖周边更是如此，那么她是在什么地方喝的酒呢？第三，一个妙龄女子酒后驾车来到远离闹市区几十里的荒郊野外，显然有悖于常理，这更有力地说明了她身边有一位陪同者，这个人很可能就是杀死她的凶手。第四，根据轿车被推动的这一情况看，凶手应是一位很有力气的壮年男子。凶手虽然制造了假象迷惑我们，但还是被我们识破。按照死亡时间，凶手先除掉叶雪松再除掉袁娜，每走一步都进行了精心的策划，为了保全自己，竟然不惜连杀两人。近一段时间，叶雪松一直往返于花山和石门之间，和袁娜频频约会。而陶晓月又是通过什么途径与叶雪松相识的呢？他们之间一定有一条联系的纽带，找到这条纽带，这起疑案便会水落石出了。"

薛阳讲述到这里，把身体仰靠在高背靠椅上，燃起了一支香烟。办公室里一片静默，每个人都在苦苦地思索着……

片刻之后，薛阳打破了办公室的沉寂，继续说道："安雨莹的情人丁浩然在广州经商多年。据广州警方提供的情况，他在广州期间曾与那里的几个黑社会头目来往密切，经常一起喝茶聊天称兄道弟。他从广州回到花山，仅仅是为了初恋情人吗？这里面也许隐藏着什么秘密。去年10月份，一个叫周思礼的黑社会头目在一次黑帮火并中接连杀死了两人，而后畏罪潜逃。据广州警方推测，他很有可能跑到了花山。这个周思礼和丁浩然的关系非同寻常。广州警方请我们密切注意丁浩然的动向。我在刑事犯罪情报资料室里调出了几个制作假证件的顶尖级高手，把他们召集到了刑警支队，让他们辨认袁娜的照片，但他们都说对这个女人没有印象。不过他们都一致声称，花山有一个新出道的制作假证件高手，真实姓名不知道叫什么，只知道他的绰号叫小桂子，今年25岁，好像是在南市区农林路一带居住。接下来，我和振庆调查小桂子，晓晨和王海调查丁浩然以及周思礼的相关情况。现在是凌晨两点多了，大家抓紧休息一下，明天一早分头去调查，中午在办公室汇总各自的调查结果。"

八、小桂子的供词

翌晨，明媚的阳光普照着大地。薛阳和振庆驾驶着警车离开刑警支队直奔南市区。

警车驶过几条大街，来到农林路附近的葫芦巷，停靠在一户豪华住宅门口。这是一套独门独院的三层小楼，两扇黑漆漆的大门紧紧地关闭着，大门旁边挺立着两头威风凛凛的石狮子。薛阳跨出警车走上了大理石台阶，站在紧闭的大门前按响了门铃。

门铃声响过两遍后，院子里传来轻微的脚步声，紧闭的大铁门被打开了，一位身穿吊带背心的年轻姑娘站立在门口。她大约二十四五岁的样子，弯弯的柳叶眉，圆圆的杏仁眼，高挺的鼻梁，红润的嘴唇，玫瑰红色的长发披散在肩头，饱满的乳房在吊带背心里若隐若现。她用一种狐疑的目光注视着目光炯炯的薛阳。薛阳从口袋里取出警察证，在她眼前晃动了一下说："我是公安局刑警支队的，我找段老五！"

年轻姑娘略微迟疑了一下说："五爷还在睡觉，你能不能中午再来？"

薛阳不容置疑地说："不行，你马上去叫醒他，你就说薛阳找他！"

年轻姑娘正在犹豫不决，院落里又传来轻微的脚步声，一位身材魁梧的彪形大汉来到姑娘身后，瓮声瓮气地说："五爷现在不见客，你还是回去吧！"随后他的目光扭向薛阳，当看清了门外的人是谁后，他愣了一下，胖脸上马上堆满了笑容："哎哟，原来是薛大队长，快屋里请！"转眼间，他好像换了一个人似的，"三丫，快去通报一声！"

叫三丫的姑娘急忙转身，穿过鹅卵石甬道，快步走进了一楼大厅。大汉关上院门后，点头哈腰地恭维着薛阳……

原来薛阳要找的人是花山黑道上有名的人物段耀先，因他在家中排行老五，所以被道上的人尊称为五爷。六年前，段老五在帝王夜总会门前遭到一伙不明身份的蒙面人的突然袭击，他的两位保镖身负重伤，生命垂危，段老五也身中两刀。就在这千钧一发之际，薛阳正好从此路过，看见了这一切，他立即施展武功打退了这帮蒙面人，在危难之中救了段老五一命。从那以后，段老五就对薛阳充满了感激之情。他想和薛阳结拜为把兄弟，可被薛阳巧妙地回绝了，他和段老五始终保持着一种特殊的朋友关系。刚才那个年轻姑娘是段耀先新娶的小媳妇。站立在薛阳身边的大汉是段五的贴身保镖，他自幼习练摔跤，在花山摔跤界有一定的名气。

这套前有庭院后有花园的豪华住宅是段老五花重金修建的，在周边低矮陈旧的建筑物中给人一种鹤立鸡群的感觉。

不一会儿，一位年近五旬的中年男子从一楼客厅大步流星地走出来，他身穿一身白色练功服，脚上是一双黑色千层鞋，天庭饱满，脸色红润，双目炯炯有神，明眼人一看便知此人有着非常深厚的功底。他正是威震花山黑白两道的大佬级人物段耀先。

段耀先满面春风地迎上来，声音洪亮地说："薛队长亲临寒舍，段五甚感惊喜！屋里请！三丫，沏好茶！"

薛阳与段五客气地寒暄着，在三丫的指引下，走进了一楼金碧辉煌的大客厅。薛阳端坐在意大利真皮沙发上打量着装修得富丽堂皇的客厅，犹如置身于宫殿般的感觉。

三丫把铁观音沏好后，摆放在薛阳眼前的茶几上，并给他点燃了一支中华烟。未等薛阳开口，段五挥了一下手，示意她和保镖退下。

待他俩离去后，段五脸色凝重地说："薛队长一早登门，一定有急事，老五一定鼎力相助。"

薛阳面带微笑地说："那我就不客气了。我想拜托五哥帮我查一个人，是做假证的，叫小桂子，大约二十五六岁的样子，在农林路一带居住。"

段五抚摩着光滑的下巴，沉吟道："我隐退江湖多年，早已不过问外边的杂事了。"

"五哥，这个人对我很重要，我必须找到他！"薛阳沉稳地说着。

段五字斟句酌地说："既然是薛队长的事，那就是我的事。我帮你打听一下。"说完他取出手机拨打了一个号码。

电话接通后，段五语气威严地说："骡子，我是五爷，你帮我查一个人，叫小桂子，是做假证的。你给我快一点！"

骡子立刻说："五爷放心，我马上让手下的兄弟们去打听！"

段五挂断了电话，自顾自点燃了一支粗大的雪茄，和薛阳拉起了家常。

大约过了十几分钟，段五的手机响了，是骡子打来的电话。

骡子在电话里恭敬地说："五爷，有消息了！他叫郑荣军，绰号叫小桂子，在蛐蛐胡同 19 号居住。那是一套老宅子，上下两层简易楼。他父母早已故去，他未曾娶妻，目前独自一人居住。五爷，我就知道这些情况，怎么，他冒犯了五爷？"

"行了，别啰唆了！"段五皱了一下眉头，随即挂断了电话。

段五把小桂子的情况向薛阳作了说明。薛阳点点头，站起身，客气地说："多谢了，五哥！咱们改日再叙！"

段五从太师椅上站起身，双手抱拳："我知道兄弟公务在身，不再多留兄弟，改日我请兄弟喝酒，咱哥儿俩好好聊聊！"

薛阳和振庆驾驶着警车穿越了几条小胡同，找到了蛐蛐胡同。他们把车停在胡同口，而后一前一后顺着人行便道找到了19号。只见两扇大铁门紧紧地关闭着，门上锈迹斑斑，院墙经过风雨的侵蚀已是非常破旧，给人一种用力一推就要倒塌的感觉。院子里静悄悄的，没有一丝声响。这条胡同也非常的幽静，几个行人穿过胡同，朝薛阳投来疑惑的目光。待行人离去之后，薛阳果断地朝振庆挥挥手，示意他到这栋小楼的后面守候。随后薛阳往四周观望了一下，见没有什么人，便纵身一跃，双手扒住墙头，身体灵活地蹲伏在墙头。他往院子里看了一眼，小院只有巴掌大小，二层小楼更是破旧不堪，与段五的豪宅相比简直是天壤之别。

只见薛阳一个鸽子翻身，身体便轻飘飘地翻落在院子里，随即他站直身子，直奔一楼。当他冲到房门口时，忽然从屋里传来"吧嗒"一声轻响，敏锐的薛阳意识到了这是什么声音，急忙闪身避开。就在这一瞬间，"砰"的一声脆响，一颗子弹穿透了房门，擦过薛阳的肩头。薛阳蹲伏下身子，从腰间拔出六四式手枪朝着枪响的方向开了一枪。

这时他听见楼梯发出了"咯吱咯吱"的响动声，有人跑上了二楼。他果断地上前一脚，踹开了房门，随着房门的开启，他冲着二楼楼梯口晃动着的人影开了一枪，只听"哎哟"一声，一个人栽倒在楼梯的拐角处。

薛阳没有贸然进攻，而是身体灵活地躲在一个破旧的沙发后面，大声喊道："小桂子，负隅顽抗只有死路一条，我劝你放下武器，举手投降！"

他一边喊话一边从茶几上拿起一个茶杯朝楼梯口投去，"啪"的一声，茶杯砸在楼梯的扶手上。趴在楼梯拐角处的小桂子以为警察要冲上来，急忙朝楼下胡乱开了两枪，随后忍着剧痛跑向二楼的卧室，打开窗户，纵身从窗台上跳了下去。然而他的双脚刚落地，还未直起身子，就被在此守候的振庆一个干脆利落的扫堂腿撂倒了。振庆大吼一声，跳起身子，左脚踏在小桂子的后背上，右脚踩着小桂子持枪的右手，蹲下身子把六四式手枪顶在小桂子右侧太阳穴上，怒吼道："再动打死你！"

小桂子嘴里发出了痛苦的喊叫声："哎哟，哎哟！疼死我了！我不敢动了！脊梁骨都让你给踩断了！"

振庆顺势一脚把小桂子手边的手枪踢到了一边。此时，薛阳从楼上一跃而下，取出手铐把小桂子的双手铐在背后，然后把他从地上提溜起来。振庆从地面上捡起那把手枪，仔细端详着，这是一把自制的左轮手枪。

这时蛐蛐胡同口响起了尖锐的警笛声，原来是在附近巡逻的特警听到枪声后，朝现场火速赶来。几位头戴钢盔、手持微型冲锋枪的防暴警察呈战斗队形朝这里快速包抄，防暴队长是一位年轻英俊的小伙子。当他看清楚是薛阳时，急忙关切地说道："薛队长，你没受伤吧？"

薛阳摇摇头说："我没事，这小子左小腿中了一枪，也没什么大事，包扎一下就好了！"

振庆打开左轮手枪弹仓取出里面的子弹，愤然道："没想到这小子居然有枪，还敢持枪拘捕！老实说，这枪是怎么得来的？"

小桂子低垂着脑袋，唉声叹气地说："去年，我在广西漓江旁边的一个小山寨花五千元买的。"

　　周围的居民听到了枪声和警笛声，纷纷从家中走出来，站在门口观望。为防止发生意外，警察们立即把小桂子带离现场，只留下派出所的几位民警把小桂子家的大铁门贴上封条。

　　在支队审讯室，医生对小桂子的伤口进行了包扎。随后薛阳和振庆立即对小桂子展开了凌厉的审讯攻势。

　　薛阳语气严厉地说："小桂子，你私藏枪支，持枪拘捕，光这两条就够你在里面住上几年了。要想从轻处理，摆在你面前的只有一条路，积极配合我们的工作，绝不能对我们有所隐瞒，否则……"

　　振庆余怒未消，接口道："否则就是死路一条！你小子胆子也太大了！"

　　小桂子浑身一颤，哭丧着脸，结结巴巴地说："我不知道你们是警察，我还以为是黑道上的，黑吃黑！再说，我买枪也是为了自卫呀！我是个做假证的，干的也不是什么光彩的活儿……"

　　振庆拍了一下桌子："你少给我胡搅蛮缠，再东拉西扯，小心我敲碎你的脑袋！"

　　小桂子张口结舌，支吾着说不出话来。

　　薛阳轻轻地敲了敲桌子，暗示振庆不要这么激动，而后继续讯问道："既然你提到了制作假证件，"他从桌子上拿起一张复印纸，径直走到小桂子跟前，"这个女人有印象吗？"

　　小桂子端详了片刻，摇头道："我不认识她。"

　　"你再仔细看一看！"薛阳干脆把复印纸塞进小桂子手里，复印纸上是袁娜的照片。

　　小桂子看了半天，用不太确定的语气说："她好像让我给她办过假身份证！"

"你能确认是她吗?"

小桂子眨了眨眼睛,然后信誓旦旦地说:"绝对没有错!我确实给她办过假身份证!"

薛阳用威严的目光逼视着小桂子:"你能回想起给她办证时的情景吗?"

小桂子点点头说:"大概是去年 10 月份的一天,我接到一个女人打来的电话,让我办一张身份证。在电话里我们谈好了价钱,然后约定下午 3 点钟在北国商城一楼存包处见面。我提前半小时到达商城,在橱窗外面仔细观察存包处的情景。我干的是危险的行当,稍有不慎就会栽进去,所以我格外谨慎。经过这几年的磨炼,我已经能够区别出来人是警察还是需要办证的人。因为警察面部表情沉稳、不慌不忙,而办证的人面部表情急躁、东张西望。3 点钟,一位衣着时髦的年轻女子走进商城,她肩上挎着一个高级背包,在一楼存包处四下张望着,还不停地看着手表。3 点过 5 分后,她见我没有按时出现,就从包里取出手机拨打我的电话,我为防止出现意外,特意把手机关了机。她连续拨打我的手机不通,脸上流露出焦虑的神情。我确认她是办证的人后,就打开了手机,拨通了她的电话。她接听后,我向她表示了歉意,谎称路上塞车来晚了。之后我一边和她通着话一边走到她身边,向她索要定金以及近照。她从背包里取出一个信封,里面有定金、照片以及她提供的地址。她让我尽快把证办好,争取明天下午 6 点钟交货,她可以付给我双倍的价钱。做我们这一行最讲究的就是信誉,我答应了她的要求,随后她就快步离开了。我看见她走进商城门前的停车场,钻进了一辆黑色桑塔纳轿车,一位青年男子坐在驾驶座上。

"第二天下午 6 点钟,她准时来到商城存包处,我仍然先躲在僻静处默默地观察着周围的动静，我发现昨天那辆桑塔纳轿车又来了，车里坐着的仍是昨天的那个青年男子。凭我的直觉，我认为他不是警察。我确认周围没有什么危险后，就悄悄地走到她身边，把身份证交给她。她看过之后，非常满意，当即付给了我双倍的钱，随后她就又乘坐那辆黑色桑塔纳轿车离开了。"

当小桂子讲述完这一切后，薛阳继续追问道："你还能认出那位青年男子吗？"

小桂子困惑地摇摇头："事隔这么久，很难说啊！再说，我平日办证接触的人很多！"

薛阳说："你先想一想他的面部特征！"

小桂子仰起脸，微闭着双眼，一副仔细回想的样子。过了半晌，他开口道："大概能记起他的一些轮廓。我能喝口水吗？"

振庆从饮水机旁给他接了一杯水，小桂子接过水杯，一口气喝了个底朝天。

振庆的目光变得柔和了一些，问："你还喝吗？"

小桂子鸡啄米似的点点头，感激地说："再来一杯！"

喝过水后，小桂子又朝薛阳投来渴望的目光。薛阳从他的目光中感觉到了什么。他给小桂子点燃了一支香烟。

待小桂子吸上了烟，薛阳把叶雪松的照片递给了他。仔细看过照片之后，他肯定地点着头说："是这个人！"

得到了小桂子的确切答复后，薛阳吩咐振庆把小桂子带到留置室里，他自己拿着讯问笔录离开了审讯室。

晓晨和王海驱车赶到腾飞电脑公司。在三楼董事长办公室门前，他俩正欲敲门，门从里面打开了，一位身穿套裙、留着齐耳短发的年轻女人站在门口。她手里拿着一个文件夹，见面前站立着两位陌生的青年男女，一脸惊奇地问道："你们找谁啊？"

晓晨面带微笑地说："丁浩然在吗？"

年轻女人彬彬有礼地说："他还没有来上班，你们有什么事可以跟我谈，我是他的秘书。"

"那，他什么时候来上班呢？"王海看了一下手表问道。

女秘书歉意地笑了笑说："最近他上班很晚，有时 11 点多才到公司，还有的时候下午来。"

"我们怎么才能和他联系上？"

女秘书白皙的脸庞上闪过一丝疑虑："你们是来谈业务的还是有什么其他的事？"

"喔，对不起！"晓晨表示了歉意，随后向女秘书出示了警察证，"我们有一些情况需要找他核实一下！"

女秘书无可奈何地说："我和他也联系不上，刚才我还给他打过电话，他的手机没有开机。这不，我这里有一份急件需要他签字，只有等到中午了。"

晓晨看着秘书为难的样子，便不再多说什么，和王海离开了腾飞公司。

在停车场里，王海发动了警车问："我们去哪儿？"

晓晨胸有成竹地说："学府街！"

王海甚为不解地说："你怎么能确定？叶雪松刚死了几天，他就敢这么明目张胆地到安雨莹的家里去？"

晓晨蛮有把握地说："丁浩然从广州回到花山就是为了追寻昔日的爱情。何况叶雪松已经死了，他还有什么可顾忌的？如今的人啊，是很难说清的！"

警车很快驶到了学府街。王海把车停到了街口，两人顺着人行便道往小街深处走去。他俩在叶雪松家门口止住了脚步，晓晨站在台阶上正要敲门，却见大铁门虚掩着。就在此时，她身后传来一个女人的声音："你们找谁呀？"

晓晨和王海扭过身来，说话的正是安雨莹。只见她身穿休闲装，脚穿一双女士轻便布鞋，一副家庭主妇的打扮；左手提着两个购物袋，右手提着两只捆好的甲鱼。当她看清来人是刑警队的孙晓晨、王海时，禁不住说道："你们可是稀客，快屋里请！"说完她走上台阶，推开了虚掩着的大门。

她引领着晓晨和王海走进了一楼的客厅，冲着楼上喊道："浩然，来客人啦！"随后，她对晓晨说，"你们快请坐，我把甲鱼放进厨房。"

她在厨房洗了洗手，给刑警们端来了两杯龙井茶，随后又从茶几上拿起玉溪香烟请王海品尝。王海急忙站起身客气地说："你不用忙了，我们找你们是要核实几个问题。"

"什么问题？"一位头发梳理得整整齐齐、身穿睡衣的青年男子从楼梯上走下来。

安雨莹急忙迎上去，男青年张开双臂把她搂在怀里，在她的额头上轻轻地吻了一下，温柔地说："这么早出去买菜，辛苦了！"

安雨莹轻轻地挣脱丁浩然的拥抱，小声地嗔怪着："有客人呢！"

晓晨站起身，自我介绍道："丁先生，我们是公安局的刑警，在调查叶雪松的案子。"

丁浩然神情冷漠地坐在晓晨对面的沙发上，从茶几上拿起香烟点燃了一支，说："我能帮你们什么忙呢？在你们警察眼里，我是重大嫌疑人。他刚死没几天，我就住在了他家里。我和雨莹的关系想必你们早已调查清楚了。为了雨莹，我宁愿付出自己的一切。"

晓晨从公文包里取出工作手册，问道："我很欣赏丁先生的坦诚。据我们了解，你从广州回来以后，生意进展得非常不顺利，接连泡汤了几大笔生意。可是从4月份开始，你公司就运转得非常顺利了，你能告诉我们是什么原因吗？"

丁浩然脸色凝重起来："这涉及我的个人隐私，我有权不回答！"

晓晨不急不躁地说："我们会为提供线索的公民保密的。你要知道我们调查的是人命关天的大案。我们还清楚你和广州的黑社会头目过往甚密。"

丁浩然睁大了双眼，不由得提高了嗓音："在南方做生意，不和黑帮老大交朋友，生意怎么能做得顺利？"

安雨莹非常不满意丁浩然的口气，她面带怒容地责怪道："你应该积极配合警察的调查工作！你有什么隐私？我怎么不知道？"

丁浩然的眉毛微微抖动了一下，随后朝心爱的女人投去了爱恋的一瞥。他这一系列表情，晓晨尽收眼底。

安雨莹看着丁浩然犹豫不决的样子，心里更窝火了，不由得杏眼圆睁，柳眉倒竖。丁浩然见安雨莹态度坚决，只得语调低缓地说："我叔叔在马来西亚有四家农场。今年2月，他因患食道癌，医治无效，离开了人世。他身边又没有儿女，我是他唯一的继承人，他经营的那四家农场就全部划到了我的名下。我委托我的朋友帮我照看农场。前一阵我急着用钱，只好卖掉了一家农场，用这笔钱接连做成了几笔生意，使公司得以正常运转。"

安雨莹无比气愤地说："你卖掉农场，这么大的事为什么不和我说一声？"

丁浩然低垂着头，无可奈何地叹息着："我在花山举步维艰，接连赔了几笔大生意，公司已是人不敷出，濒临倒闭了。我只有卖掉农场，得到资金，才能起死回生！"

晓晨步步紧逼，不容他有丝毫的喘息："你的那个朋友一定是周思礼了！"

丁浩然浑身一颤，浑浊的眼睛里闪过一丝懊悔，急忙矢口否认道："不，不是周思礼！"

晓晨锐利的双眼直视着丁浩然，他的目光下意识地移向了天花板。晓晨从他躲躲闪闪的目光中已经知晓了答案。随后，她转移了话题："去年12月24日晚上11点至凌晨3点，你在干什么？"

丁浩然迟疑地说："事隔这么久，我怎么能想起来？"

"你必须回答我的问题！"晓晨的口气不容置疑。

丁浩然知道被警察盯上，不说实话，这一关无论如何是过不去的。于是他站起身说道："我的记事本在手提包里，我上楼去拿！"

坐在他旁边的安雨莹拉了他一下说："我去拿！"

丁浩然无奈地坐向了沙发上。

安雨莹从楼上拿着一个蓝色笔记本下来，递给了丁浩然。他打开笔记本，翻看了几页，说："那天晚上6点钟，我和外地的几个客户在望月楼吃晚饭，之后我们又去天天乐保龄球馆打保龄球，直到夜里两点才离开球馆。"

晓晨分别把这几个人的姓名和住址登记在笔记本里，又说："我再问你，5月7日晚上7点至12点，你在干什么？有谁能为你做证？"

丁浩然皱起了浓眉，不悦地说："我知道你们是什么意思，我绝不会干杀人的事！叶雪松的死跟我没有关系！"

安雨莹轻捶了他一拳，埋怨道："你跟警察说明白，让警察调查清楚,不就证实了你的清白吗?你不配合工作,到底想干什么?"

丁浩然从内心对警察的询问非常抵触,可是听到安雨莹善解人意的话语,联想到自己粗俗的话语和不理智的行为,确实太说不过去了!他深情地凝视着安雨莹,心里充满了无限的爱恋。随后他翻看着笔记本,说:"5月7日7点至12点,我在一品香茶楼和几个朋友打牌。那天我的手气特别好,赢了两千多元,你可以给他们打电话核实。"

晓晨把这几个人的名字也记在了笔记本上。随后她站起身由衷地说:"雨莹、丁先生,感谢你们的配合!"

回到车里,细心的晓晨把丁浩然提供的信息输入到"警务通"进行比对,所有人的信息都准确无误,唯有一个人与实际情况不相符。他是丁浩然的司机,叫汤子天,今年40岁。晓晨联想到周思礼从广州潜入花山的信息,丁浩然一定给他提供了帮助,那么这个汤子天是否就是负案在逃的周思礼呢?

晓晨想到刚才他们把警车停到安雨莹家门口时,门口停着一辆奥迪轿车,驾驶座上好像坐着一个中年男子。而现在奥迪车已不见了踪影。如果这个男子是丁浩然的司机,那么他的身份就要仔细地查询一番了。

这时,王海坐在驾驶座上怎么也打不着火,他下车打开发动机检查一番后,双手一摊,无可奈何地说:"油路故障,车走不了,只能让队里来拖车了。"

见此情况,孙晓晨只好返回安雨莹家求助。她充满歉意地对安雨莹说:"真是不巧,我们的车坏了,能否借一下你们的车,把我们的车拖到修理厂?"

安雨莹看着忙碌不停的王海,把目光投向了丁浩然:"车刚才不是还在吗?他去哪儿了?"

丁浩然不露声色地说道："是不是公司有什么事,他先回公司了?"

安雨莹不悦道:"这个司机真是太不靠谱了,走也不打个招呼。"

丁浩然没有接安雨莹的话茬儿:"我给你们联系一家汽车修理厂,让他们给你们拖车。"

安雨莹嗔怪道:"那你今天不去公司了?"说完,她看了一眼脸部表情有些僵硬的丁浩然。丁浩然瞬间明白了安雨莹的用意,叶雪松刚离世不久,他长期在这里居住,容易引起街坊四邻的非议。

晓晨示意安雨莹不要这么客气,此时她更加确认了那个司机有问题。她取出手机拨打薛阳的电话:"薛队,我和王海在安雨莹家里,我们的车打不着火了,你从队里给我们派辆车来拖走我们的车。我们车的零件,是你的朋友从广州进的货。"

薛阳愣怔了一下,他的朋友从来没有从广州给刑警队进过什么汽车配件。他听出了晓晨的弦外之音,立即说道:"你们稍等一会儿,我派车过去。"

丁浩然一脸坦然,暗自思忖,应该马上打电话,让司机回来,怎么着也应该有老板的气势。想到这里,他拨通了司机的电话,让他回学府街接他去公司。

没过多久,司机驾车回到了学府街。他刚把车停稳,薛阳和王海就把他堵在了车里。经身份证比对,汤子天正是广州警方通缉的周思礼。薛阳掏出手枪顶在周思礼的胸口,王海上前铐住了周思礼颤抖的双手。

随后由于窝藏逃犯,丁浩然被传讯到刑警队接受调查。经过审讯,丁浩然供述,去年12月25日凌晨3点,袭击叶雪松一事,系他和周思礼等人所为。周思礼花钱从工地上找了两个精壮的汉子，目的就是想教训一下叶雪松，当时并没有想要叶雪松的性命。没想到，叶雪松武功高强，三拳两脚便打倒了两个大汉。周思礼恼羞成怒取出猎枪，幸亏巡逻民警及时赶到，否则，叶雪松非死即伤。

九、蹊跷的车祸

一位年轻漂亮的女子身穿艳丽的时装，手里提着一个绣着美少女图案的购物袋，迈着轻盈的步子，娉娉婷婷地走到清华园小区大门口。

一位衣着整齐的年轻保安身体笔直地站立在大门口，看见美貌的年轻女人犹如天女下凡般朝自己走来，他的眼前好似闪过一道亮丽的彩虹。他知道这位是小区的第一美女陶晓月，朝她报以礼节性的微笑。可陶晓月却对他的微笑视而不见，高昂着头，目不斜视地走了过去。保安深感疑惑，平时这位美女总是会回人一个迷人的微笑，而今天她的眼神却是空洞无神的，没有了往日的光彩。

陶晓月走进了清华园附近的家佳惠超市，在购物架中穿梭，可是过了一个多小时，她却什么都没有买，并且眼神显得有些慌乱和迷离。此时，一位四十多岁脑门儿光秃秃的中年男子对胡乱转悠的陶晓月产生了浓厚的兴趣。当陶晓月在挑选一件女式睡衣时，男子悄悄地站在了她身后，用粗大的手指轻轻地碰了一下她的屁股。陶晓月对此似乎毫无反应，仍然在专注地挑选着睡衣，旁边的几位妇女也没有注意到她们身边这个心怀叵测的男人。男子见陶晓月反应迟钝，认为有机可乘，于是得寸进尺地把身体贴靠在陶晓月身边，用沙哑的嗓音说："如果喜欢我给你买！"

陶晓月慢慢地转过身来，不经意地看了这位男子一眼，她的眼神是迷茫的，男子从心里嘿嘿地奸笑着，他把陶晓月当成了心里有障碍的花痴女子。随后陶晓月放下睡衣穿过服装部朝厨具部走去，男子紧紧地尾随着她。陶晓月从货架上拿起了一把闪着寒光的剃骨刀，猛地转过身来，朝她身后的男子刺来，男子惊恐万分地大叫一声，躲过了致命的一刀。陶晓月又接连朝男子刺了两刀，都被男子躲闪开。男子号叫着往超市楼下跑去，陶晓月在后面紧追不舍……

周围购物的顾客们眼睁睁地看着眼前发生的追杀场面，纷纷四散躲避。男子一边拼命奔跑一边狂呼救命，陶晓月咬牙切齿步步紧逼。男子连滚带爬地往有保安的地方跑，之后紧紧抓住其中一位保安的手，好似溺水的人抓到了一根救命稻草。两位保安亮出警棍拦住了杀气腾腾的陶晓月。杀红了眼的陶晓月挥舞着手中利刃，怒吼道："没你们的事，你们给我让开！"

两位保安见这位女子持刀的手微微地有些发抖，目光也有些慌乱和迷离，便把陶晓月围在中间，规劝她放下刀子，有事好商量！

陶晓月把亮闪闪的尖刀指向保安，喊叫着："我要杀了这个色魔！"

男子躲在保安身后，浑身如筛糠般哆嗦着，叫道："我什么都没有干，只是碰了她屁股一下！"

陶晓月依然不依不饶："我要杀了这个色魔！我要杀了这个色魔！"

这时有热心的群众打110报了警。一辆警车呼啸着驶到超市大门口，从车里跳出四位全副武装的巡警。

训练有素的巡警在疏散了周围的群众后，竭力劝说陶晓月放下刀子。但陶晓月仍执迷不悟，一副不把男子杀了绝不罢休的架势。

在劝说无效的情况下，一位年轻巡警从侧面扑上去，一招漂亮的空手夺刀，把陶晓月手中的尖刀夺了下来。随后巡警们把陶晓月移交到了派出所。

在派出所里，陶晓月依然大吵大闹，愤怒的情绪高涨到了极点。民警根本无法展开询问工作。富有基层工作经验的民警意识到这个女人的神经有问题。直到下午两点多钟，陶晓月的情绪才渐渐地稳定下来。可是她仍然语无伦次，回答民警的问题也是答非所问，令民警哭笑不得。没有办法民警只好翻阅她的手机，查出了她父母的电话。陶父陶母随即赶到派出所，当看到精神失常的宝贝女儿，他们浑身哆嗦着不知如何是好……

陶晓月持刀行凶、精神失常的消息在石门不胫而走。身为超市老板，平日说话柔声细语，连一只蚂蚁都不愿踩死的陶晓月，竟然做出如此不理智的行为，令她手下的员工们感到不可思议。

而陶晓月在其父母家里仍然是吵吵闹闹，并砸坏了家中几件值钱的电器。接连几日，她不分白天黑夜在家里折腾着，搅和得街坊四邻都无法正常休息。在万般无奈的情况下，她父母只好把她送到了精神病院。

陶晓月精神失常的消息传到了花山刑警支队。重案队的几位刑警对此都感到不可思议，而薛阳却非常的冷静。他默然地端坐在椅子上，脑海里回想着江局长对他说的话。绝不能再这么下去了，也许后面还有更严峻的问题，想到这里，他决定让雷雨鸣对陶晓月身边来往密切的女人进行秘密摸排。

雷雨鸣认为薛阳的调查方向是正确的，他立即开展调查工作。经查，他发现与陶晓月从小一起长大的好友季洁近日神秘地失踪了。季洁至今未婚，仍然在保险公司家属院与其父母在一起居住。随后，他又找另外一些人了解了季洁的情况，她是一位美容师，在伊莉莎白美容院工作。

据美容院的老板说，季洁已经有半年时间不来上班了。季洁技艺高超，深受顾客的喜爱，而且她长得又漂亮，有着迷人的风韵，所以美容院老板至今还对她念念不忘。

而当雷雨鸣获取了季洁的照片之后，他当即认出，失踪多日的季洁就是警方遍寻无果的袁娜！他随即带领着几位刑警对季洁的家进行了细致的搜查。在书柜的影集里，有十几张季洁和陶晓月从小到大在一起的合影。除了这些照片，刑警们一无所获。

薛阳在接到雷雨鸣的案情通报之后，他心里更加坚定了一定要将凶手绳之以法的信念！

翌晨，一辆奥迪轿车从花山市政府驶出。轿车穿过大街小巷，驶出了花山市区，而后很快融入花山到石门高速公路上川流不息的车流中……

轿车在高速公路上行驶了一个多小时，年轻的司机凭借着高超的驾驶技术以及奥迪轿车优越的性能，快速超越着前面一辆又一辆车。端坐在后面的一位中年男子下意识地望了一眼落在后面的一辆辆轿车，提醒着年轻人要稳一点，不要太着急，时间还早！他的话音刚落，这辆轿车就好像脱缰的野马冲向了公路右边的护栏，只听"咔嚓"一声巨响，奥迪轿车撞断了护栏，翻滚着冲进了路边的土沟。轿车被摔得破烂不堪，一股浓烟从车里冒出，转瞬间，一团熊熊燃烧的烈焰腾空而起……

高速公路巡警队接到车祸的报告后，立即派出巡警赶赴现场。巡警们扑灭了大火后，发现在轿车的残骸中有两具面目全非的尸体。之后通过查询车牌号，得知这辆轿车是花山市市政府的公务车，轿车的使用人是花山市副市长胡立坤。轿车里两位死者的身份也得以确认，一位是花山市建设银行信贷科副科长汤家兴，另一位是花山市市政府司机班驾驶员潘大军。根据现场目击者的叙述以及奥迪车的刹车痕迹，警察断定这是一起由于驾驶员超速行驶所造成的车祸。

高速公路上的惨剧传到了花山市市政府，市政府办公厅的几位秘书闻讯后都感到难以置信，连忙放下手中的工作跑到副市长胡立坤的办公室。

办公室里，胡立坤正在审阅文件，当他从秘书的口中听到车祸的消息后，顿时感到浑身无力，双眼失神地凝视着天花板……

垂手站立在他身边的栾秘书被胡市长失态的举止吓得惊慌失措，他嗫嚅着不知如何是好，片刻之后，他似乎醒悟过来，连忙给市长倒了一杯水，轻声细语地说："市长，您先喝杯水！"

胡立坤身体瘫软在沙发上，无力地摆摆手，嗓音沙哑地说："小栾，你们不了解我内心的感受，司机潘大军在我身边工作多年，我们建立了深厚的感情，他的离去使我感到无比的伤痛。和他一起乘车的是我的一位挚友汤家兴。我俩都是栾城县大陈庄的，从小在一起长大，不论干什么他总是很关照我。在我十岁那一年，我在村外追撵一只兔子，一直追到大山里，后来我迷路了，怎么也找不到回家的路。天渐渐地黑了下来，我心里感到很害怕，禁不住失声大哭起来。没有料到，一条恶狼盯上了我。我只好爬到树上躲避。恶狼在树下咆哮着转来转去，不停地用牙齿啃咬着树干。就在这时，汤家兴的父亲从山里砍柴归来，发现了身处险境的我，他当即拔出砍柴刀朝恶狼冲去，恶狼转过身来，对新的目标发起了疯狂的撕咬，一场人狼大战在荒郊野外展开了。汤家兴父亲的左手臂被恶狼咬断了；恶狼身中数刀，落荒而逃。我终于获救了！可是汤伯父的左手臂却永远地失去了。汤伯父是我的救命恩人啊！"

胡立坤的眼睛有些湿润，哽咽着继续说："汤家兴自参加工作以来，很少因为个人的私事找我。他今年55岁了，身体又一直有病，他想提前办理退休手续，银行方面已经答应了他的请求。明天是他老父亲十周年的忌日，他准备回老家给父亲的坟上添几把土，烧几张纸钱，向我提出借我的轿车一用，这件事我能拒绝吗？可没想到出了这样的意外，唉……"

秘书们看着市长悲痛万分的样子，纷纷上前劝慰。

胡立坤的眼睛里闪动着晶莹的泪花，无力地挥挥手说："你们先去忙工作吧，让我安静一会儿。栾秘书联系一下交警支队事故处，让他们详细调查事故原因。他俩的后事，你负责办理，所有的费用由我来承担！"

待众人离去之后，他闭目仰靠在沙发上，轻轻地叹息着……

高速公路巡警队把这起交通事故移交给了支队事故处。事故处民警按照规定把两具尸体拉到了花山市火葬场。随后刑警支队法医老许依照程序对两具尸体进行了检验，对汤家兴的尸检未发现什么异常，而在潘大军的胃里则发现了少量的安眠药成分。

老许默不作声地把鉴定结果向薛阳作了汇报。薛阳感觉到这起车祸有蹊跷之处，一个有十年驾龄的驾驶员，并且还是市长的专职司机，他怎么会在出车时服用安眠药呢？

而技术员通过对报废车进行技术鉴定，发现刹车系统有人为破坏的痕迹。这可是胡市长的专车啊！这让薛阳意识到问题的严重性，这绝不是一起简单的车祸！

一股强烈的责任感在薛阳的心里升起。他当即指示晓晨对潘大军进行秘密调查。他和振庆则赶到建设银行信贷科对汤家兴的情况进行调查。通过细致的调查以及账目分析，薛阳获取了意料不到的线索。叶雪松贪污了巨款，但如果没有汤家兴暗中相助，他就难以顺利地达到自己的目的，这说明那笔巨款的转移是叶雪松和汤家兴共同操控实施的。只不过汤家兴做得非常隐秘，没有暴露而已。同时又有一个问题浮出水面，汤家兴花一百万元在老家购买了一套乡间别墅，这笔巨款从何而来？

叶雪松的罪行暴露后，他不但被撤职，而且还被金融系统移交司法机关接受调查；而对汤家兴的处罚则只是给予了一个记大过处分，撤销其副科长的职务。这样的处理结果似乎违背了组织原则。据悉是胡市长曾给相关部门打过招呼，这样一来，谁还敢给汤家兴出难题，追究他的责任？

而通过对潘大军的调查，他是一位退伍军人，在市政府开车已有十年。他因患有胃病，常年滴酒不沾，在市政府司机班深受同志们好评。尤其是在给副市长胡立坤开车以来，他更是认真负责，令胡市长非常满意。这么一个对工作高度负责的小伙子，又在部队锻炼多年，怎么会在出车前服用安眠药呢？如果不是他自己主动吃的安眠药，那就是有人暗中给他服用安眠药。一个从未与人有过利害冲突的司机，怎么会遭人暗算呢？难道这人的目标不是潘大军而是副市长胡立坤？薛阳的心里涌动着阵阵不安和疑惑……他决定对潘大军展开进一步调查。

胡立坤自从担任花山市副市长以来，他的专职司机就是潘大军。五年前的一个深夜，潘大军开车回老家办事，由于车速太快，在回市里的途中将一位穿越马路的老人当场撞死。事发后，胡立坤利用手中职权，亲自出面协调各方面的关系，给死者家属赔偿了一大笔抚恤金，使潘大军不但保住了饭碗，还免除了牢狱之灾。从此以后，潘大军对胡立坤感恩戴德、忠心耿耿。

由于潘大军患有胃病，他经常到药店购买一些治疗胃病的药物。因此薛阳认为应该对潘大军服用的药物进行核查。他根据潘大军购买药物的发票，来到了益民药房，先后找到了几名药房职员，了解潘大军的情况。由于他经常来买药，大家对他非常熟悉，知道他在市政府工作。几位职员知道他遭遇了车祸，不幸罹难，都感到非常痛惜。所以，当薛阳询问有关潘大军的相关情况时，大家都给予极大的配合。

据益民药房的售货记录显示，从去年12月至今年4月，潘大军先后五次购买了这种中药配方。据了解，潘大军不但经常来买治疗胃病的中药，还购买了一些中草药，一共有三十多种。薛阳获取了这些中草药的名称。他对中草药知识多少有一些了解，知道这些中药根本治疗不了胃病，并且其中有五味药材对大脑神经还具有一定的刺激作用，服用过量容易导致精神失常、神经错乱，而且根本无法治愈。他决定找专家了解一下相关的药理知识。

随后，薛阳和晓晨在中医院请教了中医学专家，得到了确切的答复：其中有五味药材服用五次，便可使正常人精神失常。

夜幕降临，薛阳和晓晨心情异常沉重地从中医院回到了刑警支队。办公室里的光线暗淡下来，晓晨随手打开了电视机，电视里正播放着《花山新闻》。副市长胡立坤在城建局领导的陪同下，视察市毛巾厂家属区。家属区还有许多几十年前的老式平房，这些平房已被城建局列为危房，限期内拆除。但这些老住户已下岗多年，根本没有足够的钱财购买单元房，从而导致老工人聚众上访。开发商雇用社会闲散人员，将其中一位上访的老人殴打致死。这一恶性事件，引起了市委、市政府的高度重视。主管全市政法工作的副市长胡立坤对这起重大案件非常关注，责令公安机关限期破案，缉拿打人凶手，维护法律的尊严，并指示职能部门协调拆迁中出现的相关问题，绝不能再次发生类似事件。摄影记者特意拍了胡市长站在危房前讲话的几个特写镜头……

晓晨睁大双眼紧盯着电视屏幕，脸上流露出难以置信的神情。她急忙取出手机，调出手机里储存的刘家轩的照片，仔细地辨认着，随后她确认，刘家轩竟然就是副市长胡立坤！

晓晨把自己的这一意外发现告诉了队长，薛阳的脸色渐渐凝重起来……

沉思了一会儿，他似乎找到了问题的症结，随即说出了心中的想法："种种迹象表明，叶雪松和汤家兴合伙贪污了那笔巨款，而汤家兴和胡立坤有着非同寻常的关系。我们可以这么推测，胡立坤为了达到自己内心膨胀的私欲，指使汤家兴与叶雪松合谋贪污巨款。他首先利用了他们两人心里的想法，第一，汤家兴已经 55 岁，已过了升迁的黄金时间，他上面还有比他年轻的叶雪松；而汤家兴又是一个非常恋家的人，他分外怀念农村的乡土生活，一直想要修建自家的老屋，但手中又没有太多的钱财。胡立坤便借此诱使汤家兴上钩，心甘情愿听从他的调遣。第二，在汤家兴的安排下，胡立坤与叶雪松相识，叶雪松自认为结交了一位市长感到由衷地喜悦。胡立坤从汤家兴口中得知叶雪松与妻子的关系貌合神离，他终日在外面寻花问柳包养情妇，对女色有特别的喜好，便把陶晓月的闺密季洁介绍给叶雪松，使他沉溺其中。他则趁机向叶雪松暗示其利用职权贪污公款，事成之后，自己可以给他在石门安排一个银行行长的位置，那时他就可以和自己心爱的女人永远地在一起生活了。行长的位置对叶雪松来说有着极大的诱惑，在女人和权势的引诱下，利令智昏的叶雪松在犯罪的泥潭里越陷越深，最终难以自拔……

"胡立坤合理利用手中的这些棋子，他先让陶晓月的好友季洁在花山办理了假身份证，注册了华联公司。而后他命叶雪松往华联公司的账号里汇款，并且让季洁开着偷窃来的桑塔纳轿车到工商银行提款，然后把这笔巨款转移到石门。这笔赃款现在应该藏匿在石门市北郊启乐小镇。他在启乐小镇有一处私宅。胡立坤之所以和陶晓月选择在天鹅湖度假村约会，主要是因为启乐小镇与度假村只有五十公里的路程。每逢周末，胡立坤都要回到启乐小镇的家中照顾患病的妻子，其实，那是在掩人耳目，给外人造成一种他重情重义的假象而已。他在花山市口碑极好，深得市委高书记的赏识。为了诱骗陶晓月，他买了豪华住宅让她居住，还出资为其开了一家大型超市。他还让叶雪松和季洁在情妇的家里居住，让叶雪松充分感觉到市长和自己是一条船的人，跟着市长绝对前程似锦，从而从内心更加听从他的调遣。同时胡立坤收买拉拢汤家兴，为其在老家购买了一套豪华别墅。之后他见叶汤二人贪污的钱已达到了一定的数目，足够他后半辈子享用了，他便开始实施第三步计划——杀人灭口。为阻止我们的调查，他命令江局长把案子移交给石门市局侦查。江局长也是身不由己。季洁是胡立坤手中最小的一枚棋子。他指使潘大军在陶晓月的家中把叶雪松和季洁用酒灌醉，然后开车把昏睡不醒的叶雪松拉到郊外的密林挖坑掩埋，又把季洁拉到鸳鸯湖，制造了她酒后驾车落水的假象。如此分别处理叶雪松和季洁的尸体，完全是为了混淆侦查视线，不让办案的刑警把他们的死亡联系在一起。他连续多次让陶晓月服用会使人精神失常的药物，使陶晓月最终住进了精神病院。做完这一切，为了保证自己的安全，他决定除掉潘大军和汤家兴，永绝后患。他利用汤家兴回家给老父亲上坟的机会，让司机小潘吃下了掺有安眠药的食品或饮料，成功地制造了这起惨绝人寰的车祸，从而达到自己独自占有巨款的目的。"

　　说到这里，薛阳轻轻叹息着，办公室里陷入了一片寂静之中。薛阳刚毅的目光透过窗户凝视着夜空中璀璨的群星，他相信明天一定会更加美好，系列凶杀案一定会真相大白……

绑 票

一、深夜惊魂

午夜时分，雪城市的大街小巷沉浸在一片寂静之中，弯弯的月亮悬在高空，璀璨的群星在天空中闪烁着动人的光芒……

雪城市北郊紫荆园别墅区掩映在茂密的树林中，微风吹过，树叶发出哗哗的轻响。这里每家每户都是独立的二层楼房，小巧的庭院里，翠竹环绕，花台、鱼池、草坪修整得别致精巧，显得格外清幽雅致，空气中弥漫着花草的清香……

雪城市中信房地产公司董事长何圣斋在紫荆园拥有一套豪华的别墅，从一楼客厅到二楼的卧室装修得富丽堂皇、温馨舒适，他把这套别墅送给了一位年轻美貌的女人马薇。

马薇大学毕业后，应聘到中信公司，成为何圣斋的私人秘书；三个月之后，她便成为何圣斋最宠爱的女人。

此时，何圣斋躺在紫荆园别墅二楼卧室的睡床上，手里拿着一支粗大的巴西雪茄，慢慢地品味着雪茄的清醇和芳香。一位年轻的女人赤裸着身体蜷缩在他的怀抱里，他伸出左手轻轻地抚摸着女人光滑、细腻的身躯，清瘦的脸上流露着一种心满意足的微笑。

中信房地产公司从一家小公司开始起步，直到现在成为拥有固定资产上亿元的大公司，这是何圣斋经历了十几年的打拼才取得的辉煌成果，其中的酸甜苦辣，只有他一人知晓。何圣斋今年50岁，唯一的女儿何苗苗在日本留学，一个月前回国探亲。自女儿留学日本以后，他便和妻子分居了，妻子任莲在东城区玫瑰园别墅区居住，两人之间几乎很少沟通和交流。

他虽然创下了这么大的一份家业，但心里却总是感到空荡荡的，有一种非常失落的感觉。女儿早晚要嫁人，成为别人家的儿媳，到那时他的丰厚家产就会成为别人家的财产了。近几年，想要一个儿子的想法在他心里特别的强烈，可是妻子早已过了生育的年龄。但自从遇到马薇之后，他就迷上了这个年轻美貌、性感迷人的女人。他认为马薇简直就是人间的尤物。他为了获取了美女的芳心，买房又送车，终于让马薇成为他包养的金丝雀。

他轻轻地抚摸着小情人微微隆起的腹部，感到非常的喜悦。前几天，他陪着马薇去医院做了常规的检查，医生告诉他，马薇的肚子里已经孕育着一个健康的男孩。当他得知这个消息之后，激动得说不出话来，自己终于后继有人了！

马薇静静地依偎在何圣斋温暖的怀抱里，整个身心都感到无比的愉悦。她对这个男人特别的欣赏和崇拜。何圣斋出身于一个农民的家庭，靠自己辛勤的打拼创办了一家房地产公司，拥有了一大笔财产。而当初如果不是他解囊相助，身患重病的父亲早已命丧九泉了！因此虽然她和何圣斋的年龄相差二十几岁，可她依然投进了他的怀抱，并为他怀上了孩子！她对何圣斋始终怀有一种感恩之情，愿意为他付出自己的一切，丝毫不在乎别人的指责和议论！

何圣斋掐灭了手中的雪茄，他想起了医生的叮嘱，香烟对孕妇和胎儿有极大的危害。他柔和的目光移向了进入甜蜜梦乡的女人，而后关闭了床头灯，卧室里陷入一片黑暗之中……忽然，床头柜上的手机响了起来，他急忙拿起手机，一看来电显示，是一个陌生的手机号码，是谁这么晚了给他打电话呢？他一边思忖着一边接通了电话，手机里传出一个男人沙哑的声音："你是何圣斋吗？你的女儿何苗苗现在在我们手里，要想让她安然无恙，你明天早晨准备两百万元！不准报警，否则，何苗苗必死无疑！"

何圣斋听到这一消息，惊出了一身的冷汗，他深深地吸了一口气，尽量使自己平静下来："你是什么人？我为什么要相信你？"

手机里再次传出沙哑的声音："明天早晨，你就知道了！"

何圣斋难以接受女儿被绑架的事实，他对着手机喂了一声，发觉对方已经挂断了电话。他只好放下了电话，迷茫的眼睛凝望着漆黑的天花板……

马薇也被手机铃声吵醒了，一直在旁听着电话，这时她从床上爬起身，惊悸的目光紧盯着在黑暗中沉思的何圣斋说："这可如何是好？赶快报警吧！"她的身体不停地抖动着，说话的语气也有些颤抖。

何圣斋从被窝里爬起来，穿上衣服，拨打着女儿的手机，但女儿的手机已经关机。他略微迟疑了一下，又拨通了家里的电话，很快电话接通了，里面传出小保姆睡意蒙眬的声音。何圣斋语气急促地问道："苗苗是否在家？"

小保姆回答说："苗苗姐自早晨 8 点钟离开家，直到现在还没有回来。阿姨打她的手机，她的手机一直关机。阿姨以为她又在朋友家玩通宵了或者是她的手机没电了，就没有再打。"

何圣斋知道妻子任莲这时早已睡觉了，再把她叫起来接电话也没有多大的意义，便对小保姆说："苗苗回来后，让她立即给我打电话。"

小保姆连连答应着，同时还善解人意地安慰着何圣斋："苗苗姐经常早晨回家，在朋友家里玩个通宵是常事！"

何圣斋忧心忡忡地挂断了电话，他认为事情并不像小保姆所说的那么简单。苗苗一定遇到了麻烦！女儿是他的心肝宝贝啊！她还有半个多月就要回日本了，这一去又是半年。她今年 23 岁，已经是一个大人了，并且独自一人在日本学习了三年。他从来不干涉女儿的私事，只是对她选择的那个男友，从内心并不是那么的满意。他一直想让女儿找一个门当户对的人家，至少也得是政府的公务员。可那个小伙子大学毕业后一直没有找到工作，人长得倒是一表人才，只是出身于普通的工人家庭，父母都是老老实实的工人，全家老少挤在一套不足五十平方米的房子里。他如果娶了自己的女儿，那简直就是鲤鱼跳龙门了！所以从他见到那个小伙子后，他便让女儿终止他们之间的关系。为此苗苗又哭又闹，企图用泪水打动父亲，可没想到，他是铁定了心，不认可他们之间的恋爱关系。

何圣斋现在脑子里特别的混乱，一时没有调整好自己的思路，犹豫着是否要报警。在焦虑不安中，他一直拗到了东方露出鱼肚白。马薇则一直坐在床边，唉声叹气，泪水涟涟……

何圣斋知道在这里静等下去是不会有什么结果的，他决定回家去看个究竟。在马薇的叮嘱声中，他驾车离开了紫荆园……

回到东城区玫瑰园别墅区，他把车开进车库后，便急匆匆地走进了一楼的客厅。小保姆见到他以后，急忙给他沏了一杯热茶。他仰靠在沙发上，从保姆的神情上看出女儿还没有回来。这时，妻子任莲从二楼的卧室走了下来，她显然还不知道女儿被绑架的消息，他犹豫着是否要把这事告诉妻子……

突然，他的手机响了起来，他一看还是那个电话，心不由得缩紧了一下。他强迫自己镇静下来，接通电话，手机里还是那个沙哑的声音："你抓紧准备两百万元，我要现金！"

何圣斋的心一下子跌到了谷底，女儿遭到绑架绝对是千真万确了！

沙哑的声音继续说："两百万，我没有时间和你啰唆！"

何圣斋刚要说话，手机里传出女儿撕心裂肺的惨叫声："老爸，快来救我！"

何圣斋语气急促地说："快住手，我答应你的要求！请你不要再伤害我的女儿！"

沙哑的声音说道："我奉劝你不要报警，什么时候交钱，你等我的电话！"之后不容何圣斋再说什么，便挂断了电话。

任莲此时痴呆呆地在一旁站立着，她张大了嘴，浑身颤抖着说不出话来……

何圣斋无可奈何地放下了手机，他的目光和任莲的目光接触在一起，任莲不由得发出了一声凄惨的叫声："这是造的什么孽呀？可怜的苗苗啊！"

何圣斋大声斥责着妻子："你不要乱喊叫了，我这不是在想办法吗？着急解决不了问题！"

任莲浑身无力地瘫倒在地板上，小保姆见状，急忙跑上前去，搀扶着她去二楼的卧室休息。

何圣斋焦虑地在客厅中间踱起了步子⋯⋯

正当何圣斋一筹莫展之际，屋外响起了门铃声。小保姆听到门铃声，脚步匆匆地从楼上跑了下来。打开院门，站在外面的是何苗苗的男朋友陈鹏飞。小保姆引领着他走进了客厅。一进来，他立即感觉到气氛的沉闷和压抑，他打量着不停踱着步子的何圣斋，神情恭敬地喊了一声"伯父"，又问道："苗苗在家吗？昨天一整天她都没有开手机！"

何圣斋止住了步子，冷冷地看了一眼陈鹏飞。他本来就看不起出身贫寒的陈鹏飞，此时，他心乱如麻，心里更有一种说不出的愤懑。

陈鹏飞从何圣斋烦躁不安的神态和小保姆惊慌失措的举止上，意识到家里发生了什么重大的事情。

何圣斋浑身无力地靠在沙发上，冷冰冰地抛出一句："你这两天和苗苗见过面吗？"

陈鹏飞摇了摇头说道："我已经有两天时间没有见到苗苗了。"

何圣斋一字一顿地说："苗苗被绑架了！绑匪开口索要赎金两百万！"

陈鹏飞闻言，瞠目结舌，白皙的脸上闪现出难以置信的神色。

客厅里出现了短暂的沉寂，陈鹏飞嘴角嚅动了一下，犹豫不决地说："报警吧？不能轻易答应绑匪的要求⋯⋯"

何圣斋挥手制止了他的话，而后拨通秘书凌峰的手机，让他从银行里提取现金两百万，中午 12 点以前送到家里来。

办公室秘书凌峰对提取巨款一事感到特别的惊讶，平常都是通过银行转账的，他迟疑着说出了心中的疑问。

何圣斋此时不愿意和他多说什么，他口气严厉地说："你让保安部长成龙飞多派两个人和你一起去银行。路上小心，注意不要发生意外！"

凌峰急切地说："何总，什么事这么急……"

何圣斋打断了他的话："你和财务部长想办法，事情确实非常紧急！"

凌峰从何总说话的口吻中判断出他家里出了事情，他关切地询问着："何总，有什么事情咱们可以商量一下，两百万毕竟不是一个小数目！"

何圣斋略微沉思了一下，还是把事情来龙去脉告诉了凌峰。

凌峰跟随何圣斋多年，可以说是他的心腹。平时公司里有什么重大决策，他总是和保安部长成龙飞在一起协商，可是今天这件事情太突然了，令他始料未及。他非常理解何总解救的女儿迫切心情。可是绑匪如果得到钱以后，不把何苗苗安然无恙地放回来呢？现在的绑匪有几个讲诚信呢？

何圣斋认为凌峰言之有理，于是他接受了凌峰的建议，决定打电话报警。

十分钟以后，市公安局刑警支队一大队队长丁冬带领着队里的精干刑警，悄悄地来到何圣斋的家里。凌峰随后也急匆匆地赶来了。

丁冬今年 28 岁，毕业于刑警学院。他体态中等、身材适中，言谈举止干脆利落，给人一种精明干练的印象。自参加工作以来，他屡建奇功，侦破了数起重大疑难案件，被支队领导视为刑警支队王牌侦查员，不久前被提升为队长。

他接到指挥中心指令后，立即带领一名技术人员和两名刑警身穿便服，分开走进何圣斋的别墅。他还把警车停在离别墅一百余米远的便道上。这样做，是为了不引起他人的注意，说不定绑匪已在何圣斋住处附近布置了眼线！

随后，丁冬详细地询问了事情经过，并接过何圣斋的手机，调取了绑匪的号码，指示技术员和技术侦查大队取得联系，以便如果这个号码再打来时，锁定绑匪的方位。同时，技术员对何府的住宅电话也进行了技术处理。另外，他还指派了一位刑警隐蔽在别墅外面，注意观察过往的行人，并对一些对别墅特别关注的人员进行仔细甄别。

凌秘书坐在何总身边，一言不发地观察着丁冬警官有条不紊地部署着工作。任莲在卧室里听到警官说话的声音，在小保姆的搀扶下从楼上颤颤巍巍地走了下来。她那浑浊的眼睛里空洞而无神，一副魂不守舍的样子。她刚絮絮叨叨地说了几句，何圣斋便用严厉的眼神制止了她。陈鹏飞疾步走到任莲身边好言相劝，极力安慰着惶恐不安的任莲。何圣斋表面上显得沉着、平静，其实内心却在翻腾起伏……

时间静悄悄地流逝着，何圣斋等人在焦躁不安中一直等到了中午 12 点钟，可是绑匪始终没有再打来电话……

二、小手指

下午 1 点 30 分，何圣斋的手机突然响了起来，他一看正是绑匪的手机号码，神情显得格外激动。丁冬用眼神示意他一定要沉着、冷静，尽量拖延时间，从而使技术人员确定绑匪的方位。

何圣斋接通了电话，那个沙哑的声音恶狠狠地说："你报警了！你要为你的行为负责。我给你准备了一份礼物，收到以后，你看着办吧。你女儿的生死，现在由你决定！"

何圣斋故意慢悠悠地说："你要的钱太多了，我一时凑不齐啊！能不能再少一些？或者再宽限……"

绑匪粗暴地打断了他的话："我没时间和你废话，你已经惹怒了我们，再追加三百万元！五百万！你如果不想在明天早晨见到何苗苗的尸体，就最好跟我们合作！"

这时手机里传出了何苗苗微弱的求救声："老爸，快来救我！"

何圣斋听到女儿的声音，心如刀绞般疼痛，他知道女儿正遭受着巨大的摧残和折磨，不由得对着电话大喊："请你们放过我的女儿，我……"

他的话还没有说完，绑匪已经放下了电话。

技术员摆弄着监听仪器，可由于时间太短，无法确定绑匪所在的方位。他失望地朝丁冬摇了摇头。

丁冬脸色严峻，暗自思忖着，绑匪怎么会知道警察在家里呢？难道他们的行动暴露了？

何圣斋失魂落魄地靠在沙发上，凌秘书一时也没了主意……

就在此时，门铃丁零零响了起来，何圣斋悚然一惊，忙示意小保姆去开门。很快，小保姆回到了客厅，手里拿着一份特快专递，上面书写着何圣斋的姓名和住址，没有寄件人的信息。

何圣斋迫不及待地打开了快递，当他取出里面的物品时，不禁震惊了，摆在他眼前的竟是一节小手指，他顿时呼吸急促，脸色苍白，脑门儿渗汗，双手发抖……

任莲仔细观察过小手指后，觉得越看越像苗苗的小手指，浑身禁不住哆嗦起来。

丁冬上前查看后，认为这是年轻女性的左手小手指，手指是被齐刷刷地从手掌根部切除的，上面还凝固着新鲜的血迹。

根据手指的肤色，他断定手指被切除的时间不会超过四个小时。

他急切地问小保姆："邮递员走了没有？"

小保姆说："他还在门口，等何总的印章！"

丁冬接过何圣斋的印章，跟随着小保姆一起来到了大门口，向邮递员了解这件快递是从哪家公司发出的。

邮递员翻阅了一下记录，说道："人民路邮政储蓄所下属的快递公司。"

近年来，市邮政局为了方便市民百姓，开辟了速递鲜花、礼品、食品等新业务，邮局公开承诺，只要是市区内的业务，保证两小时内送到客户手里。

丁冬记录下快递的编号后，立即派一名刑警去人民路储蓄所调取营业大厅的监控录像。之后他站在门外，目光不经意地扫了一眼在别墅外面负责监视的刑警，这位刑警眨动了一下眼睛，表示没有发现可疑人员。

丁冬不动声色地回到了客厅。任莲正手捧着血迹斑斑的小手指号啕大哭，任凭陈鹏飞怎么哄劝也止不住……

凌峰张了张嘴，刚要说什么，何圣斋摆了一下手，示意他不要再多说什么："不能再耽误时间了，你马上去银行，快速取钱！绑匪的胃口越来越大，根本就没有回旋的余地，立即答应他们的条件，否则，后果难以想象啊！"

事情出现了意想不到的变化，在这种情况下，机智聪慧的凌秘书也只好遵照何总的吩咐，转身离开了别墅。

丁冬见没有监测到绑匪的方位，目前也只能去银行取款了，他给何圣斋提出建议，如果公司的账目里没有那么多钱，可以用一部分假钱来蒙骗绑匪。

何圣斋连连摇头说："绑匪已经下了最后的通牒，如果这样做，对苗苗意味着什么？我不能拿女儿的生命开玩笑！"

　　很快，派去调取监控录像的刑警回到了何府。他把丁冬叫到院子里低语着："邮寄快递的是一位三十多岁的中年男子。他办理快递的时间是上午 11 点 20 分，在办理过程中，他戴着一顶棒球帽始终低垂着头，有意避开了摄像头，监控器无法拍摄到他的面部特征。而储蓄所门外没有安装监控设备，那位男子是步行还是乘坐交通工具，无法查证。"然后他取出手机递给丁冬，把拍摄下来的监控录像放给丁冬看。丁冬看到视频中的男子在书写邮寄地址时，右手有意戴着手套，他这样做无非是不想留下自己的指纹。看来从这里入手查找绑匪的可能性几乎为零。目前丁冬也实在想不出来什么良策，他想只有等到绑匪取钱时，在交款地点实施抓捕了。

　　下午 5 点钟，凌秘书和成龙飞每人手里提着一个沉甸甸的大提包走进了客厅。他俩把提包摆放在茶几上，拉开提包，请何总过目。而何圣斋看也未看提包里的钱，他从秘书的神情里已经知道五百万元已如数取来。

　　夜幕低垂，客厅渐渐笼罩在黑暗之中。众人一直期盼着绑匪再次打来电话，可对方却始终没有什么动静。丁冬于是劝大家都回去休息，剩下的工作由警察去做，就算大家都在这里耗着，也解决不了什么问题！

　　何圣斋认为丁冬警官言之有理，便让凌秘书和成龙飞先回公司休息，又扫了一眼陈鹏飞，示意他也回家休息。这时他的脑海里闪过马薇焦虑的面容，也不知道她那里的情况怎么样了？一整天有这么多人围坐在家里，他实在是不方便给她打电话。

　　随后，众人听从了何圣斋的建议，纷纷离开了何府。任莲也被何圣斋打发上楼去休息了。

　　丁冬靠在沙发上闭目养神，同时在心里思索，绑匪的胃口也太大了，这说明他们对何圣斋的经济情况非常了解，知道他有这个实力能一下子取出五百万来。而且绑匪也清楚何圣斋对女儿喜爱，为了救女儿的性命，他一定不会吝啬自己的钱财！

夜渐渐深了，何圣斋靠在沙发上打起了瞌睡，负责监听的刑警也趴在桌子上睡着了，客厅里一片静寂……

这时，手机铃声突然响起，在这夜深人静的时候显得特别刺耳。何圣斋从睡梦中惊醒，他哆嗦了一下，打了一个冷颤，看到来电显示的正是绑匪的手机号。丁冬和技术员的精神为之一振，立即进入了工作状态……

手机里还是那个沙哑的嗓音："礼物，你收到了，只有和我们合作才能保全你女儿的性命。你现在把钱装进两个编织袋里，立即到火车站乘坐 12 点 48 分的特快 M22 次列车，车票买到终点站省城。只许你一人前往，我如果发现你身边有警察，我们的交易立即终止，你就等着去收尸吧！你上车以后，我会和你联系的！"

何圣斋刚要说话，对方便挂断了电话。

这次的通话时间依旧很短，技术员一无所获，这让丁冬意识到绑匪具有一定的反侦查能力，他知道所有打来的电话都已被警察监听，说话时间太久，肯定会被警察锁定方位的。

何圣斋抬手看了一眼手表，此时已是 12 点 10 分，离 M22 次列车开车还有三十多分钟，事不宜迟！他从库房找出两个白色的编织袋，把装钱的手提包放进袋子里，然后用尼龙绳把编织袋捆扎得结结实实。之后他穿好衣服就要出门，似乎不再打算与警方继续合作。

而丁冬在何圣斋忙碌的时候已在脑海里想好了几个方案，他取出手机命令队里的值班刑警抽调四位精干刑警火速赶到火车站，暗中保护何圣斋。同时，指派另外两位刑警驾驶警车沿公路追赶特快 M22 次列车，与列车上秘密监视的刑警保持密切的联系。

　　临出门时，何圣斋对丁冬说："你们最好别跟着我，让绑匪发现了后果难以预料啊！"

　　丁冬对何圣斋的迫切心情表示理解，绑匪的作为已经让他的内心对警察怀有一种抵触和不信任的心理。

　　何圣斋手忙脚乱地驾驶着汽车直奔火车站，绑匪安排的时间太紧凑了，容不得他作出考虑和选择。丁冬随后也驾车离开了何府。在距何府一百余米处一栋幽暗的二层小楼里，一双眼睛透过二楼窗帘的缝隙，默默地注视着这一切……

　　何圣斋手里提着两个编织袋，走进了灯火通明的火车站。他在售票处购买了一张到省城的 M22 次特快列车车票。一进候车室，他就听到广播员已经开始广播 M22 次列车可以检票进站。他四下张望了一眼，之后就紧跟着旅客们检票进站上车了。由于是夜间行车，车厢里的旅客不算太多，他在硬座车厢找到自己的座位，随后把编织袋放在了座位下面。

　　列车缓缓地启动了，他下意识地掏出手机看了看，等待着绑匪的电话。

　　丁冬和手下的刑警并没有跟随着何圣斋走进这节车厢，而是在另一节车厢远远地监视着。

　　当列车开出半小时之后，何圣斋的手机突然响了起来，他低头看了一眼来电，急忙接起电话。沙哑嗓子低沉地说："还有五分钟时间，列车就要驶过沙河铁路大桥了，你马上去厕所，打开窗户，把装钱的袋子扔到桥下。天亮时，你的女儿就会安然无恙地回家了！你不要错过这个机会，否则后果你是清楚的！你不要指望警察，现在他们帮不了你。"

　　何圣斋已经知道了绑匪的厉害，他只有按照指令照办了。他拖出编织袋走进了车厢的厕所，打开紧闭的窗户，一股刺骨的寒风吹打在他的脸上。他屏住呼吸，咬紧牙关，把头探出窗外，隐隐约约看清了铁路大桥的轮廓。当列车驶上大桥时，他急忙把两个编织袋扔了下去。列车轰隆隆地驶过，直到大桥的轮廓消失在漆黑的夜幕中，他才从厕所里出来。

丁冬发现何圣斋提着编织袋走进厕所，就感觉有些不大对劲，但也不能贸然上前去问个究竟。几分钟之后，何圣斋空着双手从厕所里出来，他才意识到问题的严重性。他随即拨打电话通知在公路上驾驶警车的刑警，但由于公路和沙河铁路大桥相距三百余米，警车里的刑警根本无法看清楚从快速行驶的火车上抛下的物品。

刑警们接到队长的紧急通报后，立即停下警车，翻下公路的护栏，朝铁路大桥疾奔。之后，两名刑警沿大桥两侧搜索，在桥下的杂草中发现了明显被人踩踏过的痕迹，而五百万早已没有了踪迹。他们把这一情况向队长作了汇报。

丁冬无可奈何地放下了电话，这次行动彻底失败了，他心中充满了万分的愤怒和懊恼！

黎明时分，何圣斋从省城回到了家。可是他没有见到女儿的身影，绑匪也没有给他再打来电话。一直到中午 12 点钟，仍然没有何苗苗的消息。丁冬向支队领导检讨自己的失误。

何圣斋对警察彻底失望了，同时也对绑匪的言而无信感到无比的愤怒，他在家气呼呼地踱起了圈子……

凌秘书非常理解何总此时的心情，他甚至能够想象绑匪一边数着到手的钞票一边嘲笑警方的无能！这时他忽然想起了一个声名显赫的人物，于是急匆匆地走到何总身边低声耳语了几句。何圣斋听后微微颔首，布满阴霾的脸色略微有所缓和，他挥挥手示意秘书快去请人！

三、刑警生涯

　　下午两点钟，一位眉清目秀、身材适中的青年男子在秘书的陪伴下走进了气氛沉闷压抑的何府。

　　当丁冬看到来人之后，眉宇间闪过一丝喜悦之情，他激动地走上前去和来人握手拥抱。

　　来人叫欧阳雨明，今年 28 岁，曾经就读于刑警学院。从刑警学院毕业后，他和丁冬同时被分到市公安局刑警队。几年前，一天下午 4 点多钟，他和丁冬在街上巡逻时，接到指挥中心指令：建设大街工商银行储蓄所发生抢劫案件，三名持枪歹徒抢劫了一笔巨款后，乘坐一辆没有牌照的红色桑塔纳轿车沿建设大街向西逃窜，命他俩迅速前往建设大街进行堵截。随后他俩在建设大街和歹徒遭遇。雨明鸣枪示警，歹徒开枪还击，双方展开了激烈的枪战……

　　但由于他们只是例行的常规巡逻，所以只有雨明携带了一支 64 式手枪，丁冬手里只持有一根伸缩警棍；而歹徒手里则持有两支微型冲锋枪和一支五四式手枪。雨明和丁冬明显处于劣势。歹徒射出猛烈的子弹，使他们无法前进一步。

　　由于三名歹徒驾驶的汽车轮胎被雨明打爆，他们只好弃车而逃。在追击歹徒的过程中，雨明射出的子弹没有击中歹徒，反倒击伤了两名路过的行人。一人肾脏被击伤，一人胃部被击伤。储蓄所抢劫案引起了社会公众的关注……

　　事后，被流弹击伤的两名受伤者的家属到公安局又哭又闹，严重影响了公安局的办公秩序。新闻媒体大肆宣扬，不明真相的网民也跟风指责。一位市局领导拿这件事大做文章，大会批小会点。一时间雨明成了舆论的焦点，身心备受煎熬。最终还是雨明的父亲赔偿了两位伤者一大笔钱后，才算是把这件事平息下来。

那些天对于雨明来说是黑色的日子，生性倔强的他在万般无奈的情况下，提出了辞职。他离开了警队。但是当一名侦探的梦想，在他心中始终没有被磨灭。

雨明自幼习练杨氏太极拳，而且还会一手江湖独门绝技——燕子镖。当上了刑警后，他手里拥有了一支六四式手枪，燕子镖自然派不上用场了。但每当夜深人静的时候，他仍会在自家的院子里苦练燕子镖的技艺。小小的燕子镖在他手中上下翻飞、运用自如、百发百中，已经到了炉火纯青的地步。

辞职后，他在父亲的公司里帮着打理了几年生意，积累了一些人脉，增加了人生的阅历，手里也有了一定积蓄，后半生可以说是衣食无忧了！可每当夜深人静的时候，他躺在床上望着窗外满天的繁星，仍总是怀念自己短暂的刑警生涯。孩提时代想成为一名人民警察的梦想，眨眼间就破灭了，他的内心充满了无限的惆怅和茫然……

近年来，国内兴起了开办私人侦探调查所，这使雨明感到自己又有了用武之地。之后他便说服了老爸，离开了公司，注册了一家信息调查事务所，单枪匹马干起了私人侦探。在调查案件的过程中，他体验到了工作的乐趣，那久违的侦探梦在他心中又冉冉升起了。

雨明信息调查事务所自创建以来，办理了多起疑难案件，在雪城声名鹊起，欧阳雨明的大名在警界更是名声显赫！这引起了新上任的公安局长的注意。经过了解，局长知道了欧阳雨明离开刑警队的原因，他从内心感到无比惋惜。爱惜人才的公安局长决定把欧阳雨明重新吸纳进警察队伍。他将雨明招聘到郊区分局马庄派出所担任一名刑警，并且允许他参与派出所、刑警队关于刑事案件的调查工作，使他可以充分发挥自己的聪明才智。局长之所以这么做，完全是从珍惜人才的角度出发。

欧阳雨明接到了聘任通知书，心里感到有些惆怅。但经过深思熟虑，他决定接受这份工作。虽然不是公安机关的正式警察，但也是在公安机关工作，这充分体现了公安局长对自己的信任和支持，同时也可以更好地实现自己的梦想和价值。随后他摘下了事务所的牌子，停止了事务所的所有业务，满怀激情地到派出所干起了协警的工作。

刑警队队长丁冬得知这个消息后，感到非常振奋。有了聘任书，欧阳雨明就可以直接参与到刑事案件侦查中了。丁冬激动地跑到欧阳雨明的事务所，向老朋友表示祝贺。

丁冬和欧阳雨明在学生时代就是一对非常要好的朋友，到了刑警队更是一起并肩作战、出生入死的好战友。雨明离开刑警队是无奈的选择，更是丁冬心中永远的伤痛……

何圣斋对于欧阳雨明的到来感到非常的欣喜，他早就听别人说过雪城有一位年轻的大侦探，无论多么复杂的案件到了他手里都会迎刃而解。他把全部的希望寄托在雨明身上。

丁冬对欧阳雨明没有任何的隐瞒，向他详细地讲述了绑架案的所有情况。雨明听取了绑匪的电话录音，判断绑匪的沙哑声音是刻意伪装的，使用了变声器。但绑匪得到钱后就没有了任何消息，何苗苗至今生死不明，雨明沉吟着，认为绑匪对何圣斋的个人情况非常熟悉。他决定先从其复杂的社会关系查起。

四、密谋

何圣斋在雪城经营房地产已经有十几年的时间，在雪城市房地产业属于大亨级人物。他和省市领导关系密切，甚至在黑道上也享有一定的声望。

他手下有两名得力助手，一个是司机兼保安部长成龙飞，其武功高强，曾是雪城市黑道上著名的十三太保中的老大。公司遇到什么棘手难缠的事，全由成龙飞出面解决。另一个就是秘书凌峰，其毕业于北京某名牌大学，应聘来到中信房地产公司，因聪敏机警，深得何圣斋赏识。平时公司的大小事务均由凌峰处理，他虽然是秘书，可是在公司里一言九鼎，相当于公司二号人物。

他们两人是何圣斋的左膀右臂，为公司的发展立下了汗马功劳。三年前，雪城市等多家房地产公司同时看上了北湖区域的一片土地。在市政府的组织下，十几家公司积极地参与了招标前的准备活动。

中信房地产公司是雪城市房地产业的龙头老大，他们自然不会放过这么一块大"蛋糕"。凌秘书把北湖土地的相关方案摆在何圣斋的案头，从这个预案里，何圣斋好似看到了巨大的利润在向他招手。

何圣斋对参与招标的十几家公司进行了细致的分析，觉得唯有同仁房地产公司和通达房地产公司有实力与他争个高低。同仁房地产公司老总赵跃进和通达房地产公司老总彭宁在雪城市都是响当当的人物，在巨大的利益面前，他们自然也要跃跃欲试了。为了在招标中胜出，看来，只有采取非常手段了。

主管此项工作的郑副市长与何圣斋是多年的老朋友，私下里，何圣斋给郑副市长送了不少的钱，郑副市长自然对他言听计从。

经过深思熟虑之后，何圣斋认为这件事仅有市领导的支持是远远不行的，必须要得到省领导的支持和帮助，那样才能稳操胜券。于是他带着凌秘书和成龙飞连夜赶到省城，住在省政府招待所，准备第二天早晨去找常务副省长路展红。

　　早晨8点钟，路展红早早地来到办公室，静静地等候着何圣斋。

　　何圣斋一走进路省长办公室，路省长就满面春风地从办公桌后面站起身，走到何圣斋身边，紧紧地握着他的双手，热情地寒暄着："老何啊，什么事情这么急？"

　　何圣斋看着神清气爽的路省长，直截了当地说道："我看上了一块地皮，我想拿到手，你给我关照一下……"之后他把有关情况向路省长作了一番介绍。

　　路省长听了何圣斋介绍的情况后，没有马上答复，而是说道："你把相关的资料放在我这儿，我了解一下具体情况，你回去等我的信。"

　　何圣斋听省长这么一说，自是心知肚明，他从手包里取出一张银行卡，放在茶几上，低声说道："你中午要是没有什么事，我在迎宾楼等你，咱们聚聚！"

　　路省长笑了笑说："今天上午我有个会，不知道开到几点。你还是回去吧，这事完了之后，咱们再聚。"

　　"那好吧，咱们下次再聚！"何圣斋站起身，拱拱手，"密码还和原来的一样，我等你的好消息！"

　　在回雪城的路上，何圣斋内心充满了喜悦。凌峰和成龙飞见老板这么高兴，知道事成了。凌秘书眉开眼笑地说："老板，今天晚上我们要好好庆贺一下！"

　　何圣斋大大咧咧道："咱们喝茅台，一人一瓶，对瓶吹！叫上郑副市长到老地方，喝个痛快！"

　　晚上，在郊外一家静谧的农家院，郑副市长如约而至。

　　在幽静的雅间里，何圣斋端坐在一把太师椅上，抽着一支粗大的雪茄。凌秘书把郑副市长请进了雅间，随后，轻轻地关好门，和成龙飞一同站在院子里。

何圣斋开诚布公地说："老郑，这里没有别人，就咱们俩，我看上了北湖那片地，还请老弟给予关照。"

郑副市长点点头，沉吟了一下说道："我可以帮助你运作，只是你的两个对手实在太强大了，听说他们已经找到了省里。北湖，那可是一块大'蛋糕'啊，多少人都在盯着呢！我知道老兄在省里也有关系。我们要采取一些措施，让你的对手主动放弃竞标。"

何圣斋不露声色道："望老弟指点迷津。"

郑副市长抽着软中华，慢条斯理地说："过去打打杀杀的那一套，现在已经行不通了，我们玩点文雅的……"

何圣斋打断了老郑的话语，不以为然道："我手下的大飞可是个干将，该出手的时候就得出手。"

郑副市长摆摆手道："错了，你也不看看现在什么形势。同仁的老赵，资金不是多么雄厚，全靠银行贷款，可以通过银行的人给他采取点措施，他立马傻眼。通达的老彭，喜好女色，我们可以在这方面下功夫，找点料，把他关起来。等他出来，黄花菜都凉了，北湖的那片地已经到你手里了。"

何圣斋茅塞顿开，说："好，就按你说的去办！愚兄这里先向老弟致谢了。这是一点小意思，请笑纳！"说着，便把一张银行卡放在桌子上。

郑副市长坦然自若地接过银行卡，放进自己的手包里。

何圣斋站起身道："我准备了几瓶茅台酒，咱哥俩好好喝上一杯。一会儿，找几个小妹助助酒兴，我们高兴一下。"说完，他冲着屋外喊了一声："凌秘书，上酒！"

五、看不见的硝烟

在一个阳光明媚的早晨，雪城市同仁房地产董事长赵跃进在几位工作人员的陪同下，走进了公司的会议室，研究北湖土地招标一事。

9点钟，同仁公司的董事们先后走进了会议室。赵跃进见主要成员全部到齐后，语气严厉地说道："我们公司自创建以来，可以说是历尽坎坷，受尽磨难，才终于取得了今天的辉煌成果。为了公司的扩大和发展，我们迎来了新的挑战，大家想必已经知道，北湖那片土地对我们公司极为重要，如果获得成功，我们的前景将会更加广阔。经过前期的策划和考察，我们制订了多套招标方案。目前，资金短缺是我们公司最大的困难，我们急需大量资金的融入，这就得靠银行的大力支持……"

正在此时，公司财务部长手里拿着文件夹一脸焦虑地走进会议室，径直走到赵总身边低声说道："建设银行通知，我们公司申请的那笔贷款不符合相关的规定，让我们补充资料，目前针对我们的贷款工作已经停止。"

赵总不禁皱起了眉头："那其他几家银行呢？"

财务部长回答道："全都回绝了我们，说我们不够贷款资格。"

赵跃进甚感不解："原来都是这样的程序啊，到了紧要关头，怎么会出现这个问题呢？"

财务部长也是一脸的疑惑。

会议室里的董事们听到这个消息都感到非常的惊讶，纷纷议论起来。

见此情况，赵跃进只好宣布暂时休会，回到办公室和财务部长商量对策。他拿起电话，拨打了一位市领导的电话，这位领导无奈地说道："我知道这事，省里刚下的文件，要求金融系统贷款规范化，对于违规操作的人员一律严惩。我也没有办法啊，抱歉了。"

赵跃进又找了另外几个关系人，大家都表示帮不上这个忙。赵跃进深知贷款下不来，这事就黄了。当即他会也不开了，吩咐司机备车，火速赶往建设银行，准备去找与他关系最铁的建设银行马行长商量这件事。

在马行长办公室，赵跃进也顾不上说什么客套话了，急切地说："我们公司正处在紧要关头，如果这样，那么我们前期的工作可都是白做了。"

马行长面露难色说："上面有了新要求，我也是无能为力呀，希望老弟能理解我的苦衷。"

"难道没有一点回旋的余地吗？"赵跃进恳求着。

马行长摊开双手，无可奈何地说道："真是没有办法啊！"说完，他指着办公桌上的一张银行卡，"你把这个拿回去吧，这个忙，我帮不了了。"

听到马行长这么说，赵跃进感到浑身冰凉，好似掉进了冰窖里……

通达房地产公司的老总彭宁带领公司财务部、策划部的员工连续工作多日，汇总了多方面的信息。他感觉到自己的公司完全可以在北湖土地竞标中稳操胜券了，毕竟公司的实力在全市同行中还是屈指可数的。

为了答谢辛苦的员工，他特意在王府花园办了一桌酒席。酒席上，彭宁非常高兴，自己的公司之所以能够取得今天的成功，全仰仗在座各位的鼎力支持和帮助。他给每位员工发了一个红包，对于他们辛苦的工作给予了充分的肯定。

　　性格豪爽、喜欢饮酒的彭宁在酒桌上异常地兴奋和激动。酒宴结束之后，他又带着几位员工来到新天地夜总会唱歌喝酒，一直到深夜时分。渐渐地，彭宁有些失态了。在陪酒小姐的引诱下，他们来到了隔壁的包厢里。正当两人进入一种忘我的境界时，碰上了市公安局治安支队治安大检查，彭宁和陪酒小姐被抓个正着。在证据确凿的情况下，彭宁被公安机关给予了拘留七天的治安处罚。

　　彭宁对此事颇不以为然，老子找个小姐玩玩有什么大不了？他立即给市公安局副局长关明亮打电话。关副局长是他多年的老朋友了，并且对他的房地产生意曾经多次给予关照。

　　万万没有想到，关副局长竟然一口回绝，说："这是省公安厅对雪城市一些夜总会、洗浴中心、洗发屋、足疗店等场所进行的专项治安整治行动。省厅派出了督导组在现场督导，主管治安的公安厅副厅长在市公安局指挥中心现场指挥，一旦发现通风报信、徇私舞弊的人员，一律严肃处理。我不敢给厅长开这个口啊！这个忙我实在帮不上了，还是请老兄在里面委屈几天吧！"

　　彭宁气急败坏，把电话狠狠地摔在地上……

　　第二天，雪城电视台、《雪城晚报》等新闻媒体对此项活动做了专题报道，彭宁嫖娼被处罚的事情一时成为了街头巷尾议论的热点。通达房地产公司的完美形象在市民百姓心中大大地打了一个折扣。

　　三天后，北湖土地招标会顺利召开。在没有竞争对手的情况下，中信房地产公司成功地得到了那片梦寐以求的土地。

六、往事如烟

何圣斋浑身无力地坐在沙发上，脑海里闪现着过去那些不光彩的经历，难道是过去的竞争对手给他下的黑手？如果真是这样的话……

欧阳雨明安慰着神情落寞的何圣斋，他分析绑匪获取了五百万以后，绝不会再有所举动了，刑警继续在何府进行秘密监控已经没有什么意义了，于是他让丁冬带领刑警们迅速撤离。丁冬认为雨明分析得有条有理，从内心对这位曾经并肩战斗出生入死的战友感到无比的信赖和敬佩。

刑警们离去之后，雨明用眼神示意何圣斋自己有话要谈。何圣斋于是吩咐秘书道："你去公司主持全面工作，我在家里休息几天，等候欧阳侦探的好消息。公司里有什么事，你全权处理。"又对陈鹏飞说，"这里没你什么事了，你也回家吧。"

他对陈鹏飞说话时，连眼皮都没抬一下，这让雨明觉得他对女儿的男朋友并不是多么的欣赏。他不由得打量了一眼神情严峻的陈鹏飞，见他身材颀长、面容清秀，身上散发着浓浓的书卷气，给人一种文弱书生的感觉。

凌秘书微微颔首，提起自己的公文包脚步匆匆地离开了何府。

陈鹏飞刚要张嘴说些什么，何圣斋无力地冲他挥挥手，示意他快点离去。他只好离开了。

客厅里恢复了平静，只听到电子座钟发出的嘀嗒声。雨明的话打破了室内的寂静，他说："何总，首先感谢你对我的信任，我一定会给你一个满意的答复，但是希望你能配合我的调查。"

　　何圣斋的眼睛里闪过一道亮光，他再次点燃了一支巴西雪茄，而后点点头表示理解。

　　雨明直截了当地提出了想要了解何圣斋和一些年轻女性的关系。因为据他观察，何圣斋与其妻子任莲的关系并不那么和谐和恩爱。何圣斋略微沉思了片刻，向雨明说出了他和马薇的关系，同时，他的脑海里闪现出一个青年男子清晰的面容。他陷入了对往事的回忆中：自从马薇成为他的女人之后，对他百依百顺，从各个方面都对他十分关爱。在马薇的照顾下，何圣斋似乎找到了年轻时谈恋爱的感觉。在这个世界上，他最爱两个女人，一个是他的宝贝女儿，一个就是马薇。他始终在考虑怎样让女儿接受并认可马薇。女儿在日本留学，接受着国外文化的熏陶，她的思想意识应该比在国内的时候更为开放一些。至于妻子任莲那里，他则并没有过多地考虑，她过惯了养尊处优的舒适生活，如果不接受马薇，对于她意味着什么，她应该心知肚明。

　　自从拥有了马薇之后，他的公司如日中天，接连挤垮了两家房地产公司，成为雪城房地产业的龙头老大。

　　去年秋天的一个午后，他陪雪城的一位副市长在海鲜城吃完午饭，刚走进公司大门，忽然，不知从什么地方冒出了一名身材魁梧的青年男子，冲着他破口大骂，指责他抢了自己的女朋友。要不是公司的保安及时拦住了青年男子，他一定会对何圣斋大打出手的。何圣斋感到非常突然，他微蹙着眉头急匆匆地走回了办公室，靠在老板椅上，余怒未消，他是一个有身份有地位的人，竟然遭到了一个毛头小子的辱骂。平静了一会儿，他渐渐地想起来这个人是谁了，他是马薇的男朋友杨江峰。他曾经听马薇说起过这个人，他是马薇的初恋情人。两人从小在一个村子里长大，马薇考上大学之后远离了家乡，而杨江峰高中毕业后没有外出打工，一直在家里种着几亩薄田，并精心照料着马薇体弱多病的父母。为什么他会无悔无怨地照顾马薇的父母呢？因为，他和马薇的父母从小就为他们定下了娃娃亲，虽然他们没有举行结婚仪式，但是从内心里他已经把马薇当作了自己的媳妇。他的家境不是太好，他节衣缩食为马薇的父亲买药看病，可时间长了，他囊中羞涩，再也没有钱买药了，穷则思变，他就产生了偷盗的想法。他把目光投向了邻村的几头牛。在一个漆黑的夜晚，他悄悄地潜入了邻村，用老鼠药毒死了看牛的狼狗，牵走了三头牛，并把偷的牛卖给了牛贩子，用这笔钱给马薇的父亲买了药。没过多久，刑警队侦破了此案，他在被窝里被警察带走了，被判处有期徒刑五年。

自杨江峰入狱之后，马薇再也没有和他联系过。她毕业后就被中信房地产公司录用。何圣斋看中了年轻美貌、清纯靓丽的马薇，他略使手腕，便让马薇投进了他的怀抱，心甘情愿地成为他的情人。之后何圣斋又把马薇的父母从农村接到市里，给马父治好了病，给他们买了一套两室一厅的单元房，还给他们雇了一个年轻的保姆，照顾他们的饮食起居。

想到这里，何圣斋拨通了马薇的电话，向她确认了来闹事的年轻人正是杨江峰。原来，杨江峰出狱后，他的父母早已因病离开了人世，他去看望马薇的父母，没想到也是人去屋空，他们全家人都没有了任何消息，村子里的人也都不知道他们的去向。杨江峰只好凭借自己一身的力气，在市里的一些建筑工地一边打零工一边寻找马薇和她的家人。

马薇被何圣斋安置在别墅区，整日大门不出二门不迈，活动的空间总是在别墅的院子里，一日三餐都有保姆去做，所以，杨江峰根本不可能找到她。可是，他找到了马薇的父母。两位老人的身体康复后，平时没事时总是在居住的小区附近转来转去锻炼身体。恰好有一天，他们在小区外面散步时，被苦苦寻找他们的杨江峰看见了。两位老人为人宽厚，他们把杨江峰请到了自己的住处，向他说明了一切。杨江峰听完老人的叙述后，火热的心冰凉到了极点，他内心充满了愤怒，感到自己受到了欺骗，自己付出了一切竟然落得这种凄惨的结局。两位年迈的老人也知道杨江峰为他们所付出的一切，可是，事到如今，再说什么也是无济于事了！马薇的老父取出厚厚的一沓钞票，想要安抚一下杨江峰。但杨江峰拒绝了老人的馈赠。他浑身无力地蹲在地上抱头痛哭起来……

何圣斋本以为杨江峰只是一时冲动才会找上门来，没有把这件事当回事，只是让成龙飞带人把他轰走了事。万万没有想到，杨江峰一连数日都到中信公司闹事，只要一见到何圣斋，他就扑上前去破口大骂。武艺高强的成龙飞恨不得把辱骂老板的穷小子打趴下，可是何圣斋制止了他，他不想在这件事上给自己制造不必要的麻烦。他示意手下通过派出所来解决这件事。

派出所对杨江峰的行为给予了严厉的警告，规劝他收敛自己的行为。可没想到杨江峰对此置若罔闻，从派出所出来后继续到中信公司闹事，拦堵何圣斋的轿车。

何圣斋被杨江峰这个一根筋的家伙彻底激怒了，他再三忍让，本不想为难这个农村的小伙子，他毕竟为马薇的家里出过力，付出过自己的心血和汗水。但他三番五次地在公司闹事，传出去别人怎么看待自己啊！既然这小子这么不知好歹，那只好教训教训他了。

成龙飞在老板的授意下，在一个漆黑的夜晚，带领手下的兄弟将杨江峰暴打了一顿。但他们出手太重了，竟然打折了杨江峰的左腿。而由于没钱治疗，医治不及时，导致伤口感染，杨江峰出院后成了一个瘸子。从此之后，他再也没有到中信公司闹过事。

何圣斋斟酌良久，为了救自己的女儿，最后他还是向雨明讲述了杨江峰的事情。他认为杨江峰对自己怀有刻骨的仇恨，他很有可能对自己的家人实施报复。

结束了与何圣斋的谈话，欧阳雨明离开了何府，沿着别墅区的林荫路往外走去。在距何府一百余米的一栋二层楼里，那双眼睛仍透过厚厚的窗帘的缝隙，冷冷地凝视着雨明的背影……

雨明走到别墅区门口，拨打了丁冬的手机，把获悉的这一线索告诉了他。随后，他给自己的女友安然打了一个电话。没过多久，安然就骑着一辆电动车风驰电掣般地赶来了。

雨明站在人行便道上看着朝气蓬勃、神采飞扬的安然，她今年22岁，身材适中、体态婀娜，俊美的脸上荡漾着甜美的微笑，明亮的眸子里闪耀着聪颖的光泽，乌黑发亮的披肩长发随风飘逸，衬托出年轻女性迷人的风韵和气质。大学毕业之后，安然没有找到正式的工作，便在雨明的侦探事务所干一些接待工作。她对雨明所从事的侦探工作非常的支持和理解。

安然把电动车停在雨明身边。雨明的思绪还停留在扑朔迷离的绑架案里，白皙的脸庞上流露出若有所思的神情。安然知道，雨明只要接手了案子，他的整个身心都会投入进去。她调侃道："大侦探，怎么一副愁眉苦脸的样子？有什么棘手的事？可别愁成了小老头！"

雨明坐在电动车的后座上，伸开双臂，搂住了安然柔软的细腰："有你陪伴着我，我不会成为小老头的！"

两人一路说笑着回到了位于文化街68号的侦探事务所。安然把电动车停在事务所门前的走廊里。雨明取出钥匙打开了事务所的大门。这是一栋二层小楼，一楼有一间大约二十平方米的宽敞、明亮的接待室，沙发、茶几、办公桌、电脑桌、文件柜等办公物品错落有致地摆放着。接待室后面有一间休息室以及厨房和卫生间。通往二楼的楼梯在接待室和厨房的连接处，二楼有一间客厅、一间卧室、一间书房和一个卫生间。这套房产是雨明的父亲购置的，他为了使儿子实现心中的梦想，对儿子创建的侦探事务所给予了大力的支持和帮助。

安然和雨明把事务所布置得温馨、舒适。在工作之余，雨明有时会静坐在二楼的书房里翻阅他喜爱的侦探小说，有时会站在窗户旁观察着楼下小街上过往的行人。

现在他习惯性地站在书房的窗边，点燃了一支香烟，分析着绑架案里的几个疑问……

七、别墅血案

早晨 8 点钟，明媚的晨光照耀着紫荆园别墅区，整个别墅区都沉浸在一片寂静之中……

忽然，从 16 号别墅中传出一声女人惊恐的尖叫，而后一名 50 多岁的中年妇女失魂落魄、跌跌撞撞地跑出了别墅，在大门外呼喊着："来人啊！出人命啦！"

几分钟后，接到报警的 110 巡逻车赶到了出事地点。

两名巡警在这位妇女的指引下来到别墅的二楼。在卧室的睡床上仰卧着一具年轻女性的尸体。其中一名巡警看过尸体后，确认死者早已死去多时，随即他迅速封锁了现场，并向指挥中心通报。

稍后，刑警队队长丁冬带领刑警、法医和技术人员走进了命案现场。众人在丁队长的指挥下，开始了有条不紊的现场勘查工作。

死者叫马薇，是这套别墅的主人。报案人是这家的钟点工。她每天早晨 8 点钟到别墅清扫卫生。今天早晨她打开院门走进别墅，没有见到主人的身影，便来到二楼的卧室，却发现女主人死在了床上。

经检验，法医确认了死者的死亡时间在凌晨 1 点至 1 点 30 分之间，死因系窒息而死，在死者雪白细腻的脖颈上有一道明显的掐扼痕迹。死者临死前曾遭受过性侵害，阴道里残留着大量的新鲜精液。此外，死者怀有五个月的身孕。

技术员在现场提取了一对清晰的脚印，但是没有提取到指纹。根据现场遗留的痕迹以及一楼卫生间窗户外破损的铁护栏，警方推断凶手是从别墅西侧的墙头翻越到院子里，拉弯一楼卫生间的铁护栏，从破损处钻入了卫生间，再由卫生间潜入二楼的卧室，对熟睡的马薇实施了性侵害，而后掐死了她，又顺原路逃离。

丁冬从钟点工嘴里得知，别墅的男主人就是何圣斋。他随即通知何圣斋速来紫荆园。何圣斋怀着忐忑不安的心情赶到别墅，当他看到马薇的尸体时，禁不住失声痛哭……

经过丁队长的好言劝解，何圣斋逐渐恢复了平静，配合刑警们对贵重物品进行了清点，发现丢失了两万元现金以及三条金项链、五枚金戒指和六条金手链。

技术员把丁队长叫到院子里，悄悄地说："根据现场提取的脚印，显示凶手左腿有明显的残疾。可是他的身手却是异常的敏捷，翻越围墙借助的工具是习武人使用的'飞狐爪'。"

丁冬联想到近来市里发生的一些盗窃案，没有发现左腿有残疾的窃贼啊！一般窃贼作案时总是重点对现金和贵重物品下手，对在家的老人、妇女、小孩则很少伤害。但本案的凶手却在马薇身上留下了十几处掐、拧的痕迹，似乎对她怀有刻骨的仇恨。正在此时，一名刑警匆匆地走到他身边说："外面有一个叫欧阳雨明的人找你!"

丁冬闻言，眉宇间闪过一丝喜色，对刑警说："让他进来吧!"原来，他在出现场前给雨明打了电话，告诉他紫荆园发生了命案。

雨明在丁冬的陪同下查验了现场，当他观察凶手的脚印时，眼睛里闪过一丝光泽。

"难道是杨江峰报复杀人?"丁冬说出了心中的疑问，"他有明显的作案动机啊，强奸杀人后，对死者的财物洗劫一空。"

雨明没有接他的话茬儿，而是拿着放大镜仔细观察凶手留下的脚印。渐渐地，他不由得蹙起了眉头……

"这起案子有疑问，凶手身手敏捷，虽然左腿有残疾，但是却使用'飞狐爪'翻越墙头，肯定有一定的武术功底及轻功技能。第一，你可以派人调查近来市里发生的盗窃案，找寻有相关特征的窃贼；第二，全力查找杨江峰的下落；第三，调查马薇的社会关系。"雨明简明扼要地说出了自己心中的想法。

丁冬根据雨明的分析，针对下一步的侦查工作做了新的部署。刑警们在接到各自的调查任务之后，随即分头离去开展工作。

之后雨明又根据现场情况，分析出命案现场一共有两名嫌疑人。其中一人左腿有残疾；另外一人在别墅围墙外面负责望风，没有参与对马薇的性侵害。技术人员根据现场提取的脚印及遗留痕迹，分析了嫌疑人的体貌特征，一号嫌疑人左腿残疾，男性，身材适中，身高 175 厘米，体重 65 公斤，年龄在 20 至 30 岁之间；二号嫌疑人，男性，身材高挑，身高 180 厘米，体重 65 公斤，年龄在 20 至 30 岁之间。

另外，通过察看别墅区监控录像系统，刑警发现在案发时间曾有一辆黑色桑塔纳2000型轿车出现在别墅区附近。由于案发时间是深夜,而且嫌疑人有意避开了监控探头,所以监控录像里并没有录下嫌疑人的影像和嫌疑车辆的踪迹。这说明嫌疑人具有一定的反侦查经验。

可是,技术人员在对马薇体内的精液进行了提取、检测后,却得出此人与左腿有残疾的一号嫌疑人体貌特征均不相符的结论。这个疑问一直困扰着雨明。

雨明自幼习武,在雪城武术界有许多非常要好的朋友,他向几位武术界的老前辈和同门师兄弟了解雪城市擅长轻功而且还会使用"飞狐爪"的人,很快得知雪城市一共有十人会使用"飞狐爪"。雨明分别对他们进行了综合分析,其中东风豫剧团的演员杨坤引起了他的注意。杨坤具有轻功功底,而且年轻时跟剧团师傅学习过"飞狐爪"。雨明把他纳入了侦查的视线。

随后,雨明请丁冬对杨坤进行了细致调查,获取了他的个人信息。杨坤今年28岁,离异,无子女,居住在东风豫剧团家属院。他的体貌特征与一号嫌疑人有极大的相似之处。而且杨坤嗜赌如命,负债无数,这也是他离婚的主要原因。通过对杨坤社会关系的调查,一个意想不到的人物出现在刑警的视线里。敏锐的雨明感觉到他们离案件的真相越来越接近了……

午夜时分,一名身穿黑衣黑裤戴着棒球帽的男子沿着铁西大街疾步行走。铁西大街和人民路交叉口有一处新建的小区新城,里面几十栋高楼大厦的主体建筑已经完成,配套施舍还在进一步完善之中,所以目前还没有交工。这便给无家可归的流浪汉们提供了挡风避雨的绝妙场所。夜幕降临后,他们会爬过铁丝网,躲过巡逻的保安,钻进未竣工的大厦里舒舒服服地睡上一觉;天快亮时,再离开这里四处讨要……

　　黑衣人在新城附近转悠着，似乎在寻找什么。离新城不远处有一座高大的过街天桥，天桥下面的桥洞里也经常住着流浪汉，且这些流浪汉有规矩，自己睡觉的地盘是不允许他人强行进入的，如果谁破坏了规矩，那就将有一场恶战。男子逐个桥洞察看着，忽然他止住了脚步，四下张望了一眼，而后蹑手蹑脚走进了一个低矮的桥洞。桥洞里躺着一个流浪汉，身上盖着一条厚厚的棉被，棉被散发出一股刺鼻的酸臭味。流浪汉正香甜地睡着，嘴角挂着甜蜜的微笑，似乎在做着一个美梦……

　　黑衣人仔细端详着流浪汉的脸庞，确认他正是自己要找的人，随后从腰间拔出一把闪着寒光的匕首，闪电般冲到流浪汉身边，蹲伏下身子，左手掐住流浪汉的脖子。流浪汉被突然的疼痛弄醒了，他睁大了眼睛，挣扎着想从被窝里站起身。黑衣人不等他有所动作，右手挥动着匕首朝他的胸部接连扎了六刀，流浪汉当即毙命。黑衣人确认流浪汉已经死亡后，在棉被上擦拭了匕首上的鲜血，把匕首收回腰间，又从衣兜里掏出一样东西塞进了流浪汉的上衣口袋里。随即黑衣人迅速离开了桥洞，消失在茫茫的夜色中……

八、街头鬼影

　　黎明时分，环卫工人发现了流浪汉的尸体，立即打电话报了警。丁冬接到指挥中心的指令后，带领队里的刑警赶到现场。

　　法医对流浪汉进行了检验，死者的胸部被扎了六刀，死亡时间是在凌晨两点钟。丁冬从死者贴身的衬衣口袋里翻出九百元，又从其外衣的口袋里翻出一条亮光闪闪的金项链，这是一条足金项链，价值不菲。一个无家可归的流浪汉怎么会有这么贵重的金项链呢？他不禁联想到马薇被盗的物品中有金项链。

他把金项链装进物证袋里，让一名刑警去找何圣斋辨认。

丁冬仔细观察着死者的刀伤，凶手出手真是太狠了！究竟是出于什么原因对一个流浪汉充满了如此的仇恨呢？流浪汉身上的现金和项链没有丢失，说明凶手杀死流浪汉并不是为了钱财，那究竟是为了什么呢？正当丁冬苦苦思索时，他的手机响了起来，指挥中心命他速派精干刑警去人民公园，在公园西侧的一片小树林里发现了一条年轻女性的左手手臂，左手小拇指少了一节。

此时桥洞凶杀案的现场勘查工作已经结束。流浪汉的尸体被装上运尸车送往法医室。由于命案发生时间是在深夜，找到目击者的可能性非常渺茫。可是他仍然留下四名刑警在现场周围寻找目击者及查找凶器。布置好这里的工作之后，他立即驱车赶到人民公园。

当他走进小树林时，派出所民警和110巡警已经封锁了现场。现场周围聚集着晨练的市民，他们议论纷纷，对树林里的手臂感到特别的恐慌……

丁冬穿过围观的人群，径直走进警戒线。他向在现场维持秩序的巡警了解当时的情况。巡警说："报案人是一位捡拾垃圾的中年妇女。早晨7点钟，她在树林里的十几个垃圾桶里翻拣垃圾，在树林深处的一个垃圾桶里，翻出一条白色编织袋，袋口用尼龙绳捆扎得非常结实。她还以为拣到了什么好东西，可打开一看，竟然是一条年轻女性的手臂，她当即大呼小叫地跑到树林外面。晨练的市民听说后，有人拨打了报警电话。"

丁冬听他这么一说，就知道现场已经遭到了严重的破坏，果然，在垃圾桶附近有许多杂乱的脚印。

丁冬蹲伏下身子，仔细观察着这条年轻女性的左手手臂。手臂肌肤光滑、雪白、细腻，手掌光嫩、手指细长，指甲修剪得整整齐齐。手臂是从左肩部齐刷刷地被切断的，可见凶手对人体关节部位非常熟悉。根据手臂的僵硬程度，他认为手臂被切除的时间不会超过三天。那么凶手把手臂抛进垃圾桶里目的何在呢？

这时一位刑警打电话来说，经过何圣斋的辨认，流浪汉口袋里的金项链正是马薇的。马薇的金项链怎么会到流浪汉的手里呢？他刚挂断手机，不一会儿手机又响了起来，指挥中心再次打来电话，在春晖小区的垃圾站里发现了一条年轻女性的右手手臂。他只好让派出所的民警留在现场继续调查，自己迅速驾车赶往春晖小区……

在春晖小区垃圾站，几名环卫工人往垃圾车里装运垃圾时，一名工人发现了一个包装完好的白色编织袋，打开之后，袋子里露出一条女性的右手臂。随后这名工人打电话报了警。

丁冬仔细看着右手臂，根据手臂的僵硬程度以及肤色，他断定这条手臂与人民公园里的左手臂是属于同一个人的。他指派维持秩序的派出所民警在现场周围调查寻找目击者，自己则向环卫工人了解垃圾装运的情况。据悉，这个小区里一共有二十个垃圾桶。每天早晨，物业管理部门的清洁工人负责把所有垃圾桶的垃圾运到小区的垃圾站，之后环卫工人到垃圾站把垃圾装车拉走。

接连出了三个现场，丁冬感到无比的疲惫。他坐在警车里点燃了一支香烟，思索片刻之后，他把早晨发生的一切告诉了自己的好友欧阳雨明。

雨明非常冷静地倾听着丁冬的叙述，随后他沉吟了一下，决定去何府向何圣斋了解一些情况。至于这两条手臂究竟是不是何苗苗的，还有待下一步的鉴定。

当欧阳雨明走进何府时，何府正笼罩在巨大的悲痛之中。

人民公园和春晖小区发现两条年轻女性手臂的消息早已传遍了雪城的大街小巷，何圣斋和妻子也知道了。何圣斋正准备拨打雨明的手机，当他见到雨明之后，神情显得非常激动。任莲更是像见到救星一样，她拉住雨明的双手，悲愤地说："你一定要抓住凶手为我的女儿报仇啊！"

雨明完全理解何圣斋此时痛苦和焦虑的心情，他安慰道："你要冷静，保持清醒的头脑，你和我去公安局法医室辨认一下手臂……"

"我也去！"还未等雨明把话说完，任莲喊道。

雨明微微颔首，他认为母亲对女儿的身体应该是非常熟悉的。

众人刚走到庭院里，陈鹏飞一脸焦灼，脚步匆匆地走了进来，他也听说了发现手臂的消息。

何圣斋冷漠地看了他一眼，没有说什么。任莲则无力地挥挥手示意陈鹏飞可以一同前往。

到了刑警队，雨明等人在丁冬的引领下，径直走进地下一层的法医室。法医室凉气袭人，弥漫着浓烈的来苏水味。法医和雨明打过招呼，指引着众人来到一个带抽屉的大冰柜前。随后他打开一个带编号的大抽屉，一股冷气扑面而来，大抽屉里并排摆放着两条硬邦邦的女性手臂。

陈鹏飞上前一步，往里观望了一眼，发出了惊叫："啊！是苗苗的手臂！"他对自己的恋人非常熟悉，何苗苗的左手腕上文了一朵色彩艳丽的牡丹花。原来，何苗苗8岁的时候，不小心用开水烫伤了自己的左手腕，伤好之后，留下了一块难以消除的疤痕。何苗苗考上大学后，为了掩饰难看的疤痕，就在疤痕处文了一朵牡丹花。

何圣斋和任莲神情惶恐地往抽屉里面探望着。老何看着没有小手指的左手臂，从心里升起一股冰凉的寒气，任莲则浑身哆嗦着说不出话来……

众人回到了阳光明媚的院子里。陈鹏飞搀扶着任莲走在前面。雨明有意落在他们身后，和他们拉开一定的距离，注视着他们远去的背影。之后他招呼了何圣斋一声，靠在他身边低语了几句。何圣斋点点头，示意司机先把妻子和陈鹏飞送回去，他和雨明在刑警支队还有事情需要办理。

老何失魂落魄地回到了玫瑰园。他仰靠在沙发上，沉思不语。凌秘书和成龙飞站立在他身边面面相觑，他俩对于老板的心情非常理解，但不知道说什么来安慰老板。

大飞气急败坏地说：“妈的，老子要是知道是谁干的，灭了他全家！”

凌秘书倒是显得非常沉稳。

何圣斋挥挥手，示意大飞不要冲动：“这件事我们要沉住气，不要让别人看我的笑话。我比较看好那个欧阳雨明，他给人一种精明强干的感觉，他一定会给我带来好消息的。”

“大哥，会不会是我们过去的那些对手干的？”大飞急躁地问。

何圣斋打断了大飞的话，恶狠狠地说道：“他们把我心爱的人全部杀掉了，目的是让我备受煎熬，生不如死，在精神上刺激我。我必须挺过这一关，到时候，可别怪老子手下无情！”

黑沉沉的夜，一辆没有牌照的黑色桑塔纳 2000 型轿车疾驶在寂静、宽阔的中华大街上。当轿车行驶到人民广场上时，缓缓地停靠在马路边的阴影里。一名身穿黑衣黑裤戴棒球帽的男子从车里走出，绕到车后，四下观望了一眼，然后打开后备箱从里面取出一个白色的编织袋，扔进了路边的一个垃圾桶里。做完这一切后，他开车离开了人民广场……

随后当轿车路过市政府门前时，放慢了车速，黑衣人用眼角的余光瞟向了大门口值班的警卫，嘴角掠过一丝恶意的冷笑。之后他把轿车往前开出了一百多米，远离了警卫的视线后，走出轿车，又从后备箱里取出一个白色编织袋。只见他身体灵活如鬼魅一般越过马路边的花池，靠近了市政府的围墙，蹲在围墙下面的阴影里侧耳倾听着院子里的动静。市府大院里寂静无声。他站起身把编织袋抛了进去，随后脚步轻快地钻进了轿车，轿车闪烁着耀眼的尾灯消失在漆黑的夜幕中……

清晨5点钟，110报警电话骤然响起，一位环卫工人报称：在中华大街人民广场路边的一个垃圾桶里发现了一条年轻女性的左小腿。

指挥中心值班民警立即命令中华大街派出所民警迅速赶到现场进行调查。可刚放下电话，报警电话再次响起，市政府保卫处报称：在市府大院北侧墙头下发现一条年轻女性的右小腿。值班民警感觉到问题的严重性了，急忙指派刑警支队重案队出现场。可没想到这还没有结束，之后的一天，110指挥中心总共接到八个报警电话，内容都是一致的，发现了被肢解的年轻女性的躯体。

接连两天在市里繁华地段发现被肢解的女性躯体，已经引起了市民百姓的恐慌。人们议论纷纷，把焦点和矛头指向了公安机关。市电视台、报社等新闻媒体聚集在市公安局大门外，追踪报道案件的最新消息。市委书记、市长对此非常的震惊和愤怒，命令公安局限期破案，给市民百姓一个圆满的答复。

丁冬感到了前所未有的压力，他向支队长立下了军令状，七天内破案，否则引咎辞职。

欧阳雨明昨天晚上跑了好几个地方，获取了重要的线索，直到黎明时分，他才拖着疲惫的身躯回到了文化街事务所。可他刚躺在床上休息片刻，安然便把他从睡梦中晃醒了，嗔怪道："你还有时间睡大觉，现在人心惶惶，传言雪城出了一个杀人恶魔，把人杀死后大卸八块。市民纷纷指责公安局的警察是饭桶！"

雨明困意全消，他从床上跃起来，打开了手机，拨打丁冬的电话。丁冬在电话里焦急地说："昨天晚上，凶手在市里八个地点，抛了八块尸块。目前还没有发现死者的头颅。法医已经对尸体进行了缝合，确认死者的年龄在20岁至22岁之间，血型为O型。死者很有可能是何苗苗……"

"你先不要过早地下结论，等待尸体的DNA检测结果。"雨明打断了丁冬的话，"这起案子看似凌乱，其实这里面有一根主线，如果找到线头，我们一定会接近事情的真相。昨天晚上，我在紫荆园方圆五百米以内展开了细致的搜索，结果在距离别墅区三百米处的一条排水沟里找到了一个注射器和一个安全套。你速派人化验精液的血型以及注射器上的指纹。化验结果出来后，我们就可以确定流浪汉被杀害的原因了！"他忍不住打了一个哈欠。

丁冬说："你昨天晚上工作到了几点？这类工作你让队里的兄弟们去做就可以了！另外，同仁房地产公司和通达房地产公司所涉及的嫌疑人均已排除作案的嫌疑。"

雨明没有接他的话茬儿，迫切地询问道："现在是否查找到了杨江峰的下落？"

"他自从被何圣斋的保镖打断腿之后，就再也没有任何消息了！"丁冬无可奈何地说。

雨明说："化验结果出来后，你马上通知我。"

他刚放下电话，安然便追问道："你怎么天亮才回来啊？"

雨明倒在床上睡意蒙眬地说："化验结果出来后，我再告诉你！"

傍晚时分，丁冬一脸疑惑地走进了雨明事务所。雨明睡了大半天感到精神抖擞，他看过丁冬的检验报告，自语道："果然不出所料啊！注射器和安全套里的精液与马薇体内的精液是一致的，而精液正是流浪汉的。"

"你是说紫荆园命案系流浪汉所为，与杨江峰没有任何关系？"丁冬满腹疑问。

雨明没有回答丁冬的提问，他的眼睛里闪过一丝光泽，思绪似乎回到了昨天晚上：11 点多，他在新城附近查访了许多流浪汉，得知被杀害的流浪汉叫刘铁，32 岁，外号铁子，在天桥的桥洞里居住已有两年时间。雨明找到了刘铁被害的桥洞，发现桥洞里烛光摇曳、烟雾缥缈。他走近一看，原来是两名二十多岁、衣衫褴褛的流浪汉，正满脸悲戚、双手合十为死去的刘铁祈祷、超度。

两名流浪汉听到脚步声，转过身子，目光中充满了警觉，其中一人下意识地拿起了放在一旁的"打狗棍"。

雨明知道他们此时悲愤和恐惧的心情，为了打消他们的顾虑，他慢悠悠地说："对于刘铁的遇害，我表示沉痛的哀悼！我叫欧阳雨明，在文化街开了一家私人侦探事务所。我是来调查刘铁被害真相的！"他取出名片递给两位神情高度戒备的流浪汉。

他们仔细看过雨明的名片，又上下打量着雨明，见雨明衣着整洁、眉清目秀、和颜悦色，眼睛里流露着令人信服的光亮，便相互对视了一眼，放松了对雨明的戒备。其中一个年轻一点的流浪汉忍不住流下了辛酸的泪水，他哽咽着说："希望你抓住杀害刘铁的凶手，为他报仇。我们四处流浪，无家可归，与世无争，为什么要对他下毒手呢？"

雨明安慰他们说："你们不要太悲伤了，我到这里来就是为了找线索，抓凶手的！刘铁得罪过什么人吗？"

"没有啊，我们白天出去讨要，晚上回到住处睡觉，谁会和一个要饭花子过不去呢？"两人连连摇头。

雨明联想到刘铁连中六刀，刀刀致命，而口袋里的现金及金项链却未被拿走。如果否定了仇杀和谋财害命，那么难道是他看到或者知道了什么不可告人的秘密，而遭到了灭口？

"刘铁近来有什么异常的举止吗？"

岁数稍大一些的流浪汉说："我们三人是关系不错的朋友，晚上经常在一起喝酒。在他被害前的一天晚上，他请我们喝酒。他那天非常高兴，竟然喝了一瓶白酒，还醉意朦胧地说：'我得到了一笔意外之财，一千元哪！'"

"我们不相信，他是酒后胡言乱语。认为一个要饭的，谁会给他这么多钱呢？"年少的流浪汉插了一句。

年长的流浪汉继续说："见我们不信，刘铁便得意地说，一个年轻男人让他手淫，把精液射在安全套里，然后给了他一千元现金并拿走了安全套。刘铁说完这事之后，我们都感到非常的不可思议，怎么会有这样的人呢？"

雨明静听着流浪汉的讲述，明白了刘铁被杀的原因。

雨明向丁冬讲述了自己昨天白天和晚上的调查情况，丁冬感觉到这起案子有些离奇，眼前好像笼罩着一团迷雾。正在此时，他的手机突然响了起来，一位刑警说，他是负责调查杨江峰下落的，经过多方查找，确认杨江峰已于两个月前回老家给父母上坟烧纸的途中遭遇车祸死亡。

负责追查桑塔纳轿车轨迹的刑警同时向丁冬汇报了调查结果，他说："根据几起作案现场车轮痕迹，确认嫌疑人使用的车辆是一辆桑塔纳2000型轿车。根据雪城市天网工程，我对桑塔纳轿车的行车轨迹进行了细致的分析和汇总，判明这辆桑塔纳轿车系千里马汽车租赁行的车辆。之后我从千里马租赁行获悉杨坤租赁了这辆轿车。而且，这辆轿车经常在玫瑰园别墅区附近出没。但之后我对杨坤进行查找，他却像是从人间蒸发了一样，无影无踪。"

雨明获悉了这一消息，依据各项调查结果进行综合分析后，更加证实了自己的推断。

丁冬一脸的惊奇："马薇之死与杨江峰没有关系？可是凶手的左腿有残疾啊！"

雨明说："杨坤的左腿没有任何残疾！这是凶手为了转移我们的侦查视线，有意使用的一种障眼法，误导我们的调查方向。你立即派人到玫瑰园别墅区，对所有的住户进行详细的登记和甄别，这些住户里面有我们要找的人。我相信今天晚上就会有结果的，到时候，我会告诉你事情的真相！"

调查的结果果然不出雨明所料，杨坤在玫瑰园别墅区租了一套独栋的别墅，时间为三个月。这套别墅与何圣斋的别墅只有一百余米的距离。

九、真相大白

午夜时分，何圣斋居住的豪华别墅区一片静谧。

这时，距离何府一百余米的一栋二层小楼紧闭的大门悄无声息地打开了，一个黑影站立在门口四下观望着，周围寂静无声。随后他回到院子里，开出了一辆黑色的桑塔纳轿车，轿车驶出别墅区后，顺着人民路奔往西郊方向……

一小时之后，轿车驶到了西郊卧虎岭，沿着坑坑洼洼的山路一直开到了山脚下茂密的树林里。之后黑影从轿车里下来，手里拿着一把铁锹往密林深处走去。他在一棵粗大的柳树下止住了脚步，仔细听了听周围没有异常的动静，便挥动手中的铁锹，在柳树下挖了一个深坑。然后他脚步飞快地奔到轿车旁，打开后备箱，从里面拽出一个白色编织袋，并拖着编织袋来到树林里那个深坑旁边。

当黑影正要把编织袋推进坑里时，忽然，几道耀眼的光束照亮了漆黑的树林。欧阳雨明站在黑影身后，大声呵斥道："陈鹏飞，住手！"响亮的声音在寂静的树林上空回荡着……

黑影禁不住打了个哆嗦，他抄起地上的铁锹，回头张望着。在明亮的光束下，黑影露出了他的本来面目，他正是陈鹏飞！

当陈鹏飞看清楚来人是欧阳雨明时，他举起手中的铁锹，就要朝雨明的头部击打。就在这千钧一发之际，欧阳雨明右手一扬，亮光一闪，一把三寸长的燕子镖扎进了陈鹏飞的右手腕。陈鹏飞"哎哟"一声，手中的铁锹掉落到地上，鲜血顺着他的手腕流淌着……

雨明威严的目光逼视着陈鹏飞，怒不可遏道："陈鹏飞，你的戏该收场了！"

丁冬带领着几位刑警将陈鹏飞团团围住，面对着漆黑的枪口，陈鹏飞只好束手就擒。

雨明打开了编织袋，里面是一颗血肉模糊的女性头颅和一具男性尸体。

丁冬上前给陈鹏飞戴上了锃亮的手铐。陈鹏飞双眼迷离，他不知道自己精心策划的绑架案到底哪里出了纰漏。

雨明看出了他的心思，轻蔑地说："要想人不知，除非己莫为。你自以为这起绑架案天衣无缝，可是，在我看来却是漏洞百出。先从你和何苗苗的关系说起，你和她谈恋爱，遭到她父亲的强烈反对。何圣斋在雪城是一个声名显赫的人物，他怎么会让自己的女儿和家境贫寒的穷小子在一起呢？

"何苗苗和你谈了几年对象，感情深厚。但她深知父亲的脾气和个性，他决定的事情，是绝对不会让步和动摇的。因此她在回国探亲的时候，决定利用父亲对自己的爱，制造一起假绑架案，以此敲诈父亲一笔钱财。钱到手以后，就用这笔钱给你做生意，开一家自己的公司，好让何圣斋对你另眼相看。你同意了何苗苗的想法，开始精心策划绑架案。

"你找了一个帮手，你的表哥杨坤。他是雪城市东风豫剧团的演员，自幼习练武术，擅长轻功，但因为嗜好赌博，债台高筑，从而导致婚姻失败。离婚后他的生活陷入了困境，非常拮据。当你对杨坤提出制造一起假的绑架案时，他毫不犹豫地同意了。之后你们三人在一起精心制订了详细的计划。第一，你在何圣斋家不远的地方租了一套房子作为你们的藏身场所；第二，你让杨坤在汽车租赁处租了一辆桑塔纳轿车，同时购买了一张手机卡。因何苗苗还摸不清父亲的底数，不知道他到底爱自己有多深，所以你们第一次打电话时没有直接开口索要五百万。

"但当杨坤打完电话后，他心里产生了一个更加恶毒的想法，他决定假戏真做。嗜赌成性的杨坤早已丧失了人性的善良，禽兽不如的他眼里只有钱。这么好的来钱机会，他岂能白白放过？他首先对你进行了一番游说，说何圣斋在雪城是个大名鼎鼎的人物，他怎么会看上一个家境贫寒的穷小子呢？在这件事上，他是不会让步的，让你趁早死了这个心。又说何苗苗在日本出国留学，等学成回国后，她还能看得上你吗？她既然提出了用这个办法给你筹一笔钱，那就不如顺水推舟，假戏真做，直接把她给绑了，钱到手后，杀她灭口，这笔钱你们俩平分。

　　"在巨大的利益驱使下，你灭绝人性，背叛爱情，凶残地砍断了何苗苗的手指，用这个办法来威胁老何，从而达到自己的目的。之后，你为了把水搅浑，混淆侦查视线，制订了更加精细的方案，第一，让杨坤收买流浪汉的精液，杀死马薇之后，用注射器把精液注射到马薇的体内；第二，让杨坤伪装成左腿有残疾的人，把侦查视线转移到杨江峰身上。我在两起凶杀案现场仔细观察过凶手留下的脚印，经过数次比对，我发现凶手的腿是正常的，这显然是凶手刻意伪装的。谁对马薇有那么大的仇恨呢？杀死她和她腹中的胎儿，对谁最有好处呢？我调查了何苗苗的社会关系，她的社会关系极其简单，除了父母之外，她最信赖的人就是你了。我就暗中对你进行了调查，发现你有重大作案嫌疑。在辨认何苗苗手臂时，我有意在刑警支队的院子里观察你走路的步伐，并在你离去之后提取了你脚印，从而确认了你就是在别墅院墙外面望风的二号嫌疑人。而当我确定嫌疑人为杨坤后，我们对他的社会关系进行了详细的摸排，你浮出了水面。你们两个是表兄弟，从小就非常要好。你的社会关系并不是多么的复杂，能够为你卖命的人，也就只有你的表哥了。绑匪是如何察觉何圣斋报案的呢？我们刑警是秘密进入何府的。而何圣斋的两个得力干将是他的生死兄弟，绝不会背叛他做这种事情。同时我们对老何身边的工作人员以及家里的服务人员，如保姆、厨师、花匠等进行了排查，经过细致，工作这些人员相继被排除。于是，你出现在我们的视线里，成为刑警调查的重点对象。

"你们为了制造紧张空气，引起市民百姓的恐慌，转移刑警的侦查视线，让警方误认为是老何过去的仇家所为，残忍地杀害了马薇。此外，你们还故意在市里重要场所和繁华地段抛尸，让市领导给公安局施加压力，使办案的刑警顾此失彼，首尾不能相顾。

"何苗苗思想单纯幼稚，把爱情看得至高无上，甚至认为比父爱都重要。可怜的苗苗，为了一个灵魂丑恶、肮脏的人，竟然付出了自己年轻的生命，实在是令人痛惜啊！你为了独吞那笔巨款，同时你也看出了杨坤的阴毒和残暴，也许说不定哪天你的小命会葬送在他的手里。量小非君子，无毒不丈夫。于是你决定先下手为强，杀死表哥杨坤灭口。这样就没有人知道你的罪恶行径了，你的后半生就可以高枕无忧了！你的罪行真是罄竹难书，死不足惜！"雨明的眼睛里似乎要喷射出愤怒的火焰……

陈鹏飞面无表情、目光黯淡，从内心深处升起了一丝悔意……

月牙河畔的幽魂

一

这具尸体是在月牙河边的杂草丛里被发现的。

刑警薛阳伫立在旁边，默默地注视着这具全身赤裸、脸部血肉模糊的男尸。

死者的生殖器被连根切除，并被塞进其嘴里。薛阳望着眼前的惨景，心里猛烈地抽搐了几下，胸膛里好似有一团愤怒的火焰在剧烈地燃烧。现场周围的刑警们也无不感到义愤填膺。

发现这具尸体的是一位在河边垂钓的老人。

根据检验，初步认定死者死亡时间在 7 月 15 日（昨天晚上）21 点至 22 点之间。死者身材中等，肤色较白，脸部被凶手用钝器砸得血肉模糊，令人难以辨认。颅骨也被击打得粉碎，这一处伤痕显然是致命伤。

凶手将死者砸死后，似乎还不解恨，又将其面部砸烂，且将其生殖器割下。这说明，凶手对死者充满了刻骨的仇恨。且凶手很有经验，将现场处理得干净利落，没有留下任何痕迹。

薛阳站在河边，凝望着波光闪闪的水面，在心里思索着，死者脑浆四溢、脸部血肉模糊，衣服上一定沾满了血迹。

此时，青年刑警王海靠在警车旁边点燃了一支香烟。

薛阳脑海里突然灵光一现，他立即命令刑警们在这一带扩大搜索范围，凶手肯定会将死者沾满血迹的衣服焚烧干净。

果然，刑警们在距离抛尸现场三百余米处的一座小石桥下，发现了一堆灰烬和几行模糊不清的脚印。

薛阳蹲伏在地上仔细观察着灰烬和脚印。过了片刻，他突然朝站在附近抽烟的刘振庆和王海喊道："你俩过来一下！"

两位刑警急忙走过来，疑惑不解地看着队长。

"问题就出在这堆灰烬里。"薛阳用一根小棍拨动着灰烬，"在这个季节里，我们通常只穿一件 T 恤衫、一条内裤和一条长裤。这三件衣物燃尽后，会留下这么大一堆灰烬吗？凶手肯定还焚烧了其他物品，你们想想会是什么呢？"

振庆和王海相互看了一眼，谁也没有马上说话。

薛阳将小木棍扔进奔流不息的河水里，说道："根据死者头部的伤痕，我推断凶器是一把锤子。凶手和死者乘坐着一辆车子，凶手将死者杀害后，鲜血将死者的衣服和汽车座椅套染红。随后凶手驾车来到月牙河边抛尸，而因座椅套沾满了鲜血，已无法清洗干净，凶手只好将车停在小石桥旁，顺着陡坡来到桥下，把座椅套连同死者衣物一起烧掉。"

"薛队长，你怎么断定凶手是在轿车里作案的呢？"振庆在这一点上充满了疑虑。

"因为，在这堆灰烬里有未燃尽的座椅套碎片。"薛阳一边回答着振庆的疑问一边脱下 T 恤衫。

"哎，你干什么呀？"女刑警孙晓晨大为不解地喊了一声。

薛阳颇有把握地说："捞凶器！"

果然不出所料，薛阳在河水里捞出一把大号水果刀和一把锤子。

二

经过刑警们两天的工作，死者的身份得以确认，他叫韩杰，25 岁，在花山晚报摄影部工作。

韩杰家境贫寒，父亲是铁路工人，母亲是环卫工人。十五年前，一次意外事故夺去了他父亲的生命，从此他便和母亲相依为命。

他自幼酷爱摄影，大学毕业后，他如愿以偿进入了摄影部工作，实现了孩提时代的梦想。

他的摄影作品在全国摄影比赛中荣获过金奖，并且受到国内摄影界前辈的高度评价，称赞他是一位颇有发展前景的年轻摄影家。

在报社保卫干部的陪同下，薛阳打开了韩杰宿舍的房门。在门后，韩杰建了一间简易工作室，里面摆放着冲洗照片的用具和大量的照片。书柜、床头柜上摆满了有关摄影方面的书籍，墙壁上贴满了中外著名摄影家的巨幅照片。由此可见，房间主人对摄影艺术情有独钟。

花山晚报报社办公楼是一幢十八层的大厦。韩杰的宿舍位于十八楼的阁楼。

薛阳站在窗户旁，推开了紧闭的窗户，一股强劲的风扑面而来，使人感到无比清爽。

与报社大楼遥遥相对的是花山宾馆。花山宾馆气势雄伟、富丽堂皇，一共二十层。

刑警们对屋里的物品进行了详细的检查，没有发现任何可疑物品。薛阳则仔细翻阅了韩杰拍摄的照片。

报社的领导和同事们对韩杰的工作和为人给予了充分的肯定，称赞他是一位具有敬业精神的摄影记者，并对他的惨死感到无比痛惜。

通过报社的同事，薛阳了解到韩杰有一位相恋多年的恋人叫吴雪，24 岁，是市妇幼医院的护士。

随后，薛阳和孙晓晨在市妇幼医院找到了正在忙碌的吴雪。

吴雪身材苗条、体态婀娜。她看过薛阳的警官证，眨着漂亮的大眼睛，疑惑地看着神情威严的两位警官，眉宇间掠过一丝不安。

她请刑警们走进一间护士休息室，然后问道："你们有什么事吗？"

薛阳关好房门，脸色凝重地说："我们找你主要是想了解有关韩杰的一些情况，你要有个心理准备！"

当她看到韩杰遇害的照片后，发出了一声惊叫，浑身软弱无力地瘫坐在椅子上，颤抖着身子说不出话来。

"他最近有什么异常举止吗？"薛阳劝慰吴雪几句后，低声问道，"他和谁来往比较密切？"

吴雪双手掩面失声痛哭，在孙晓晨的劝说下，她止住了哭泣，悲咽地说："他只和报社的几位同事关系密切，社会上没有什么朋友，不过……"她忽然停顿下来，一副欲言又止的样子。

薛阳看出吴雪好像有什么难言之隐，联想到韩杰被害时的情景，难道他死于情杀？

沉默了片刻，吴雪终于鼓足勇气说："韩杰的死一定与玫瑰园的那套房子有关。"

"房子?"孙晓晨感到特别惊奇。

此时，吴雪已经打消了心中的顾虑，开始娓娓道来："我俩是从小在一起长大的朋友。他家条件不太好。我家多年前就住上了三居室，而他家至今仍然只有那间低矮破旧的小土房。他的学习成绩在班里一直是名列前茅。他知书达理、善解人意，对我更是体贴入微、关爱有加。由于住房紧张，我们一直在推迟婚期。上个月 20 号那天，他兴冲冲地跑到医院，双手捧给我一把新钥匙。我还没有明白是怎么回事，他便拉我坐上出租车直奔玫瑰园。我们走进了 15 号楼一套四室两厅一百六十平方米的大房子。他说，这就是我们的新房子。我感到疑惑不解，质问他这是怎么回事。但他没有说什么，从他那讳莫如深的神情里，我感觉到他心里一定隐藏着一个不可告人的秘密。"

薛阳沉默了片刻，问道："他和别的女人有来往吗?"

吴雪神情恍惚地摇头叹息："他不会背叛我的!"

三

在获悉了这一重要线索后，刑警们立即赶到了韩杰母亲居住的那间阴冷、潮湿、破旧的小土屋。

韩杰的母亲正在窗前织着一件毛线衣，她对刑警的突然拜访感到特别惊讶。而当她得知儿子的噩耗时，当即昏厥了过去。

薛阳和孙晓晨立即对老人采取急救措施。

慢慢地，老人从昏厥中清醒过来，不禁哭喊道："苦命的儿啊，谁这么丧尽天良把你害成这样!"

孙晓晨劝慰着悲痛欲绝的老人。过了很久，老人的情绪才慢慢地平静下来。

"他和什么人结过怨吗?"孙晓晨递给老人一张纸巾。

老人摇头轻叹道:"他从小到大连蚂蚁都没有踩死过,怎么会和人结怨呢?"

薛阳暗自思忖着,目光在房屋四周扫视了一遍,只见家具陈旧、简单,房子窄小得只有巴掌大小。他突然理解了韩杰对宽敞、明亮的大房子的渴望。

薛阳轻声问道:"大娘,韩杰有什么东西放在家里吗?"

老人睁着红肿的双眼,略微沉思了一会儿,说:"报社分给他一间宿舍,他的衣服和物品都搬走了……"停顿了一下,她继续说,"上个月 20 号,他把一个信封放到抽屉里了。"

随后她取出了一个大信封交给薛阳。

信封里面装着一张四十万元的活期存折和一张购买玫瑰园房产一百六十万元的发票,存折和发票上都写着韩杰的名字。

老人感到很震惊,喃喃自语道:"他怎么会有这么多钱呢?这孩子在搞什么名堂?"接着,她无可奈何地叹息道,"事到如今,我只有如实相告。韩杰不是我的亲生儿子,他是我在人民医院垃圾道捡的!"

两位刑警闻言倍感惊奇。

之后,老人从衣柜里翻出一张纸条:"这张纸条当时放在韩杰的衣服里,上面写着他的出生年月日。他刚生下二十天,就被他的父母遗弃啦!"

纸条上的字迹粗犷、飘逸、笔力遒劲,可以看出书写者具有一定的书法功底。

四

在花山市西部山区,有一座风景秀丽的玉石山。

玉石山方圆百里，树木茂密，怪石林立，大小石洞星罗棋布。

两个十二三岁的小男孩，正带着一条大黄狗在一片枝繁叶茂的杂树林里捉山鸡。可他们在树林里转悠了好半天，也没有逮住一只山鸡。

突然，嗅觉灵敏的大黄狗一反常态地冲进树林深处，之后在一块泥土松软的土地上用前爪不断刨动着。

两个小男孩感到很好奇，就用铁锹、木棍挖起了泥土。挖着挖着，一只干枯的人手出现在他们的眼前，两人顿时吓得魂飞魄散。

接到报警，市公安局刑警支队重案队刑警赶到了现场。

刑警们从土坑里挖出一具全身赤裸的女性尸体，死者的脖颈上有一道明显的掐痕，身体其他部位没有任何伤痕，初步判定系窒息而死。在她的身体下面，铺着一件浴衣，浴衣上面印着"花山宾馆"的字样。

根据尸检，死者的死亡时间初步确定在 5 月 30 日晚 22 点至 23 点间。死者怀有三个月的身孕，胎儿血型为 A 型。死者临死前与人发生过性关系，体内精液的血型为 A 型。

由于死者被害时间距今已有四十多天时间，刑警们没有在现场周围搜寻到凶手遗留的任何痕迹。

刑警们随后与花山宾馆取得联系，经查，5 月 30 日住宿在 1816 号房的客人王茜没有办理退房手续。第二天，服务员在整理房间时发现丢失了一件浴衣。由于王茜预付了一天的房费和五百元押金，所以宾馆方面也没有再追究这件事。

薛阳请服务员看过死者照片后，女服务员给予了确切的答复。死者叫王茜，22 岁，花山市著名的女歌手。近一年来，每逢周末，她总是到花山宾馆 1816 号房间住宿一夜。一般下午 5

点，她会到总台预付一天房费和押金，并让餐饮部准备四菜一汤和两瓶人头马。饭菜送到房间后，她会马上打开"请勿打扰"指示灯，直到第二天上午 10 点钟退房。而自 5 月 30 日后，王茜再也没有在花山宾馆住宿过。

薛阳和孙晓晨在服务员的陪同下，走进了 1816 号客房，今天正好没有客人住宿。这是一套里外套间的高级标准客房，外屋是客厅，里屋是卧室。

薛阳站在卧室的窗户旁向外眺望，花山宾馆与晚报社办公楼遥遥相对。

薛阳明亮的双眼凝视着报社大楼，他忽然感觉自己所处的位置与韩杰的宿舍正好在一条直线上。他略微沉思了一下，似乎明白了什么。

花山宾馆为了方便客人，安装了两部电梯。18 楼的两部电梯一部在 18 楼服务台旁，另一部在 1816 号客房门口。1816 号房旁边的这部电梯可直接通到地下停车场。而服务员站在服务台旁根本无法看到这里的情况。因此在这里住宿的客人不用和客房服务员直接接触便可驾车自由出入花山宾馆。

根据这一意外发现，薛阳对于王茜被害有了一个明确的侦查方向。

五

重案队的几位刑警对王茜三室一厅的豪华住宅进行了细致的搜查。

薛阳站在书柜旁，信手翻动着几份《花山晚报》，其中 5 月 9 日的《花山晚报》文艺版面上刊登了几幅市书法家协会会员的书法作品，一幅由马宁文书写的"书山有路勤为径，学海无涯苦作舟"引起了他的浓厚兴趣。

薛阳的一位中学老师在市书法家协会担任副主席，他拨通了老师的电话。

与老师在电话里交谈一番后，薛阳脸色凝重地挂掉了手机，眉宇间布满了阴霾。

在回局里的路上，薛阳默默地思索着这两起凶杀案，心里已经有了一个清晰的轮廓。

他点燃一支香烟，语调平缓地说："这两起命案有着内在的联系。我们先从王茜和她的情人 A 说起。王茜住在我市的高级住宅区，A 不能经常出入王茜的住处，因为怕暴露自己的身份。他俩之所以选择在 1816 号房间幽会，A 经过了精心策划，住在这里他俩可以避开服务员的视线，通过地下停车场自由出入。

"王茜每次到 1816 号房间都要点四菜一汤和两瓶人头马酒，她一人能吃下这么多菜吗？而且人头马的价格昂贵。王茜虽然是我市的红歌星，但是她的收入毕竟是有限的。这说明她的情人是一位有一定社会地位的人。他俩的关系维持了一年之久。5 月 30 日晚上，两人的关系发生了剧变。王茜在和 A 发生了性关系以后，她声称自己怀孕了，向 A 提出结婚的要求，A 以种种借口敷衍她。她便又哭又闹并提出要控告 A 的所作所为，A 感觉到王茜已对他构成了严重的威胁，只有杀死她才能保证自己的安全，因此丧心病狂地掐死了王茜。而 A 残忍的行为被正在拍摄夜景的韩杰发现，并将其全部拍摄下来。

"A 杀死王茜后，清除了自己留下的痕迹，用宾馆的浴衣裹住了王茜的尸体，乘电梯到地下停车场，将尸体放进轿车里，之后驾车离开了宾馆，把尸体埋在玉石山的密林里。途中他将王茜的衣物和手包分别抛弃在路边。A 自以为做得天衣无缝，却没想到距宾馆几百米远的大楼里有一双密切注视他的眼睛。

身为摄影记者，韩杰经常采访社会各阶层人士，所以有一定社会地位的 A 对于韩杰来说并不陌生。他本想报警，可是对房子的渴望令他失去了理智。两天后，A 收到韩杰拍摄的照片以及向他索要二百万元的勒索信。A 看到照片后惊恐不安，万般无奈，他只好如数奉上二百万元。韩杰用这笔钱购置了房产，将剩余四十万元存在银行里。

"A 老谋深算、心狠手辣，为了自己今后的安全，他对敲诈者进行了暗中调查及报复，并有意将其伪造成情杀假象，扰乱我们的侦查视线……"

孙晓晨默默地倾听着薛阳的推理，心里对 A 的残忍行为感到无比憎恨。

她禁不住轻声问道："你是怎么断定两起命案的共同点呢？"

薛阳平静地说："1816 号卧室与韩杰的宿舍处在同一条平行线上，我在韩杰宿舍发现了三张 5 月 30 日 22 点 18 分拍摄的夜景照片。经鉴定，王茜的死亡时间确定在 5 月 30 日 22 点至 23 点之间。所以我断定韩杰使用高性能的相机拍摄到了凶杀场景。这就是韩杰拥有二百万元的原因。"

振庆和王海恍然大悟，忍不住问："凶手是谁呢？"

薛阳满怀信心地说："明天晚上 10 点我们就可以剥下他的画皮！"

薛阳决定给凶手设个圈套，引蛇出洞。

他给 A 写了一封匿名信。信中这样写道：

> 我是韩杰的朋友。他在 5 月 30 日晚上拍摄的照片，我已经欣赏过了，肯定能在摄影比赛中获得大奖。
> 7 月 15 日晚上 21 点，我看见你和韩杰在一起。我也是一名摄影爱好者，我的摄影技术并不比韩杰逊色。

　　我知道你不想失去目前你所得到的一切，要想让
我对你的所作所为永远保持沉默，25日晚上22点，你
带二百万元到城东安养园来。

　　A是一位声名显赫的人物，以薛阳的身份和地位，根本就
不能和他正面接触。

　　25日晚上22点，城东安养园沉浸在一片寂静之中，只有树
叶在微风的吹拂下，发出哗哗的轻响……

　　远处传来一阵轻微的脚步声，一位气宇轩昂的中年男子出
现在了皎洁的月光下……

　　薛阳借着月光确认了来者的身份，他从隐身的墓碑后面站
起身，迈开大步迎着对方走去。

　　"马宁文市长。"薛阳面无表情地在距离对方两米远的地方
止住了脚步。

　　马宁文市长冷漠地点点头，阴冷的眼睛里隐藏着杀机。"钱
我带来了，你数一下吧！"说着他便将一个黑色手提包扔在薛阳
脚下。

　　薛阳用目光逼视着马宁文，一字一顿地说："在我数钱之
前，我想请马市长看一样东西。不过，不是你和王茜在一起的
照片。"

　　他掏出一张巴掌大的纸条，说："马市长是市书法家协会的
理事。对你二十五年前写过的字迹，你应该不会感到陌生吧？"

　　马宁文接过纸条看了一眼，他的眉毛微微颤抖了一下，问
道："你是怎么得到的？"

　　薛阳目光冷峻，满脸鄙夷之色："二十五年前，你在大石桥
乡政府任秘书。你为了和县委书记的女儿结婚，竟然把刚生下
二十天的孩子遗弃在人民医院，并对你的结发妻子谎称孩子因

病死亡。随后，你挖空心思寻找各种理由和前任妻子离了婚。没过多久，你便和县委书记的女儿结了婚。从此，你平步青云，担任了花山市市长。你的岳父从省委退下来后，你便对人老珠黄的妻子失去了兴趣，很快迷恋上了年轻貌美的歌手王茜……”

"你是谁！是干什么的！"马宁文的右手下意识地摸了下腰间。

薛阳语气威严地说道："你还想再杀人吗？韩杰就是你的亲生儿子！"他的话语犹如一记重锤般撞击着马宁文的心灵……

马宁文惊骇地后退一步，手中的锤子掉落在脚下，眼睛里好似笼罩着一层薄雾……